贺州时光

Hezhou Shiguang

如衣　著

黄河出版传媒集团
宁夏人民出版社

图书在版编目（CIP）数据

贺州时光 / 如衣著. — 银川 ： 宁夏人民出版社，2017.10

ISBN 978-7-227-06756-6

Ⅰ. ①贺… Ⅱ. ①如… Ⅲ. ①散文集—中国—当代 Ⅳ. ①I267

中国版本图书馆CIP数据核字（2017）第261422号

贺州时光 如衣 著

责任编辑 姚小云
责任校对 陈 晶
封面设计 唐秋萍
责任印制 肖 艳

黄河出版传媒集团
宁夏人民出版社 出版发行

出 版 人 王杨宝
地 址 银川市北京东路139号出版大厦（750001）
网 址 http：//www.nxpph.com http：//www.yrpubm.com
网上书店 http：//shop126547358.taobao.com http：//www.hh-book.com
电子信箱 nxrmcbs@126.com renminshe@yrpubm.com
邮购电话 0951-5019391 5052104
经 销 全国新华书店
印刷装订 广州市德佳彩色印刷有限公司
印刷委托书号 （宁）0006804

开 本 880mm×1230mm 1/16
印 张 13.5 字 数 200千字
版 次 2017年11月第1版
印 次 2017年11月第1次印刷
书 号 ISBN 978-7-227-06756-6
定 价 42.00元

与历史与现实亲切的对话

——如衣散文集《贺州时光》序

严风华

当下散文创作，渐渐呈现了这样一个趋势：以一个地域为背景，以其历史与文化做坐标，下重笔墨，尽可能地把该地的民俗风情、乡风民约、山水风物做尽情地渲染，以展示这个地区的固有的文化特质和历史底蕴。如此做法，笔力更深，内涵更丰，达到力穿纸背之功。

近的说，梁鸿的《中国在梁庄》，作者回到家乡——梁庄，通过对梁庄亲朋故友、乡里乡亲的调查，反映了近三十年来坚守在那片土地上的农民、留守儿童、留守老人以及进城的农民工的现状，还原了一个乡村的变迁史。这一类作品，扩大了散文创作的视野，扩充了散文的容量，成为散文园地里一道独特而孤傲的风景。

其实，更早的时候，已有类似的范文。沈从文的《湘西散记》便是如此。文中写的尽管只是沅水流域各个水码头及一只小船上纤夫水手等等琐细平凡人事得失哀乐，其实对于他们的过去与当前，都怀着不易形诸笔墨的沉痛和隐忧。贾平凹的《商州初录》《商州又录》也是如此。这些散文以商州作为背景，挖掘秦汉文化的源流，表现了商州在现代文明的时代氛围中所经历的嬗变、整合、发展、变迁。总之，一部商州系列散文，构成了一个具有相当文化意蕴的独特空间，在这个空间中，作者演绎着对传统文化和现实境遇的关注。

如衣的《贺州时光》当属这一类作品。贺州，特指一个地域；时光，是时间和空间的穿越。作者大量借助考古成果，对贺州地区的文化遗存、历史源流进行探究与追寻，对各地在现代文明进程中出现的变迁与更迭进行细致的描摹与记录。让我们大略得知贺州的历史渊源与文化底蕴，增强了我们对历史的尊重，对生命的尊重，对文化的自信。我以为，如衣的《贺州时光》有如下几个特点：

一、对历史渊源的探究与追问

如衣的探究很大胆，很深入。她不是蜻蜓点水式的对一两个遗存进行复述，而是以贺州为中心，辐射贺州管辖的周边几个县，对大量的洞穴、遗址进行考察。贺州李家村新石器遗址、信都镇石福遗址、昭平县北陀乡立教村枫树坪遗址、富川鲤鱼山遗址、富川龙母寨二号东汉墓，这些地方都出土了一大批新石器时代的石器，型制包括双肩石铲、双肩穿孔石斧、穿孔磨制石斧、斜刃石斧、磨光石斧、石矛、石镞、石钺。特别是其中的 2 件双肩石铲、1 件石铲、1 件穿孔磨制石斧、1 件斜刃石斧、1 件穿孔石钺，从这些石器可以看出，古人具有了当时极其高超的穿孔、开刃、打齿技术。这标志着贺州新石器时代的磨制技术领先于湘桂走廊。

这是触摸得到的古人的踪迹。万年以前的事我们知之甚少，但我们从这些远古符号里得知古代贺州人的活动范围、活动状况。顺着这些气息，我们可以知道古人是出自何处，我们来自何处；我们甚至听得见古人喃喃细语的声音，感触得到古人尚未消散的温暖的体温！如衣试图带着我们，深入历史的深处，探究我们生命的来源。

所以，如衣有很多的追问。

> 饥肠辘辘，你无食物果腹，可曾绝望吗？冬天来临，你无衣裹身，可曾苦吗？风雨来侵，你只能借洞遮蔽，可曾冷吗？除了坚强，你别无选择。（《深藏地宫的贺州风华》）

这里是揭示古人面对生活的艰难与困苦，不屈不挠，日复一日的抗争与坚持。

是谁打磨了石铲，在这片大地上锹开第一铲泥？是谁雕琢出石斧，劈开一条生活的路？是谁制造了石矛，用它一掷击碎生活的艰难？一万年来云和雨，厚重的历史，化为一道道石器上的智慧线条，成为让人感动的记忆。（《深藏地宫的贺州风华》）

这是昭示着古人用智慧和创造，与生活的艰辛与磨难比拼，一代延续一代，达到今人所营造的璀璨和昌盛！

躯体可以消失，但精神却永远不灭，代代传承。一个国家需要拥有伟大的民族精神，一条古道同样需要有自己的精神。古道精神好比是古道的内核，凝聚着几千年的思想，引领着岭南广大区域的发展与未来。（《我的潇贺，我的古道》）

如衣的探究与追问，意义在于此。

二、绿水青山的现代意义

《贺州时光》的结构有两部分，一是“古韵”，二是“今曲”。毫无疑问，“今曲”就是当代的，与“古韵”做了个呼应。

人类社会进步的进程，无非是继承、持续、发展这样的关系。“今曲”大多是贺州的风物。樟树、茶林、山水……这些自然景色，看似与人的生命没有太大关系，但事实上，却与人戚戚相关！

“今曲”以大量篇幅描写樟树。首先，樟树年轮长。“古樟树绵延成排，气势恢弘。最小的樟树树龄 160 年，最老的 470 年。樟树耸立在最热闹的街道，几百年来就这样注视着日出日落，固守着流逝的岁月，等待着贺州人在身前每一圩聚集”（《市树香樟》）。几百年的树龄，它经历了多少风霜雨雪，目睹了多少世态炎凉。多少人在它跟前走过，也有多少人在它面前逝去。其次，樟树有人的秉性。“樟树木本木质，具有钢铁般坚强的勇气。樟树扎根硬土与老岩，树身苍劲、盘虬，个性雄悍、彪挺，独具不腐不朽不虫的强悍风范，是勇士是铁汉是伟丈夫，是南方大地伟岸壮美的魂。”

树的生命如同人的生命，同样有一个成长过程，同样有传承和发扬的基因。人和自然在和谐共处中，相互依赖，相互照应，相互映照。再次，樟树有无私的奉献精神。“在过往的艰苦岁月，樟树以身滋养贺州先民。樟树树干粗直坚硬，做房柱、柜桌、凳椅、床，使穷苦的日子有了亮色。”这种精神，也就是人的精神！如衣无时无刻不在告诉人们，我们是有生命来源的。贺州几百里地，凡有古人出没的地方，也许就是我们的生命之源。如今，这里的一山一水，一草一木，也是这个源的延续与拓展。

三、“我”的温情漫无边际

《贺州时光》通篇都出现“我”。“我”就像风筝上的线，牵扯着风筝的高度和长度。

> 你带着森林芬芳的露雾，来到了我面前，我们之间，不再隔着万水与千山。我的疲惫，我的付出，你全部懂得；我的期待，我的深情，你全能体会。(《美昭和平》)

> 它悲怜地看着我，正如我尊崇地看着它。我总感到它的眼睛在向我靠近，带着梦。它要告诉我什么呢？我不能预知。我只能从它的苍绿中感受它的气息，我贪婪地呼吸着它的气息，试图让它在我的灵魂深处永驻，试图让自己也像它一样的坚强，一样的从容。(《贺州风物记》)

“我”在散文创作里是主角，是情感传达和宣泄的媒介。散文不像小说、诗歌，“我”可以躲在背后，而是必须站在前台，将自己的情感、思想、态度、观点真情暴露。这是散文特质所决定的。

《贺州时光》里的“古韵”与“今曲”，生活的距离与“我”是比较远的，但如衣能十分巧妙地把“我”安插进去，作为情感互动的纽带，缩短了与被描写对象的距离。因此，“我”的出现，增强了现场感。此外，还便于情感的宣泄，使作品增强了真实感，更加圆润、饱满、灵动。

《贺州时光》能如此深入、专注、广泛地反映一个地方的历史文化，表现在现代文明的时代氛围中所经历的嬗变与发展，这种文体的自觉在广西的散文创作中是不多见的。《贺州时光》可算得上是一部值得称道的好作品。

目录

上篇　古韵

003　深藏地宫的贺州风华
019　贺州·战国麒麟尊
031　我的潇贺，我的古道
069　临贺故城，精神丰碑
083　走进英家粤东会馆
104　解读富川古风雨桥群
114　风雨桥·风雨情
122　黄田湖南会馆
126　老桥一景

下篇　今　曲

131　市树香樟
143　美昭和平
157　南国仙山·姑婆山
161　贺州风物记
189　迷人十八水，美丽瀑布群
192　水上群岛，生态仙境
196　在生态里行走
201　贺州印象
209　徜徉富川，行走云端
211　登姑婆山顶

上篇　古韵

记忆中，总有一块镶着紫红色围边的洁白幕布，
里面所上演的故事大多已经模糊，
但故事之外的场景，
到现在依然历历在目。

深藏地宫的贺州风华

古人类时代

是宇宙洪荒的风云际会，是天地玄黄的深情孕育，是青山绿水的日夜守候。嘹亮的婴啼呱呱坠地，把沉睡的万物唤醒；坚定的脚步稳定铿锵，将厚实的大地踏响。湘桂平原缓缓打开古老的眼眸，在朝阳起落里注视着生命传承之初的乐章。

它，是生命的起点，文明的源头。

它是贺州市钟山县清塘镇龙潭角古人类洞穴遗址。

我特意选择了这样宁静温暖的清晨，缓缓靠近它，我怕惊扰了它。它掩映在如螺尖的重重峰峦之中，祥和又普通。

我站在它的正前方，等它醒来。

从这个角度远远望去，村镇的房屋错错落落、新旧交替。新的，是水泥小楼，外墙贴着瓷砖，形成颜色缤纷的图案；旧的，是灰瓦顶的青砖房，外墙被风雨侵蚀，斑斑驳驳。

天还没亮透，整个镇将醒未醒，有着如孩子赖床的娇慵。四周寂静，仿佛只有我的心跳。

天开一线，旭日东升，云层开始慢慢燃烧。那火苗，是先民们慈爱的眼眸，还是我心底燃烧的烈焰？

湘江与漓江千万年流淌不息，两江交接的上游，延伸出一片狭长平坦的平原。史称“湘桂走廊”。

湘江北去，漓江东流。

漓江流入贺州市昭平县境内，称为桂江。贺州就处在湘桂走廊腹地，很早就有古人类活动的痕迹，是孕育古文明的摇篮。

天风浩浩荡荡，回响如歌悠远。

日升月落，亘古不变。太阳轻轻一跃，抖落烟霞，将光辉洒满湘桂走廊。然而仅仅是一道光芒的转换，时间已逝10万年。

在龙潭角岩洞遗址内，2009年6月经广西壮族自治区自然博物馆试掘，发现了古人类牙齿化石17枚，并伴有大熊猫、熊、猫、牛、猪、猴、羊等等动物牙化石一批，分布面积为约100平方米，据推测为距今约5—10万年的古人类洞穴遗址。该遗址证明了当时的贺州古人类已经在驯化或饲养牛、猪、羊等牲畜，这在湘桂走廊是非常先进、罕见的，就算在古人类记载史上也是起步较早的。从狩猎到驯养，在这边陲一隅，贺州古人类迈进的步伐已遥遥领先。

龙潭角岩洞位于清塘镇河东村委赤马村，洞深数十米，东北向，距赤马村约50米，洞口在民国时被村民用石砖砌上，留有一门可供出入。

阳光落在老岩洞，植物青翠，风声细细。一条小径自山脚直通到洞口。

不曾想过先民究竟来自哪个遥远的地方？不曾想过他们长着何种模样？不曾想过触碰他们的遗物时会是何等心悸？10万年的青山绿水在蓝天下铺展，那个矗立的岩洞，阅过风霜、翻过岁月，最终积成缄默。一天天，一年年，岁月流淌成河，月光朗照成歌。静静的生活，默默的劳作，岩洞里进进出出的脚印展现着一个民族的顽强与坚定。正是这样一种苦而不怨、苦中愈强的精神，最终凝聚成潇贺文明，璀璨了华夏文明河流的波光，铸就了古老的世界东方的磅礴！

眼前的山峰鳞次栉比，好似海浪一般，温柔中暗含万钧力量。线条起起伏伏，形状层层叠叠。而此时的龙潭角岩就是矗立于古人类历史瀚海中的一座丰碑，宣告生命终于来临。

日出月落，在天空划过的轨迹永恒不变，无声的光阴在流转。这里曾发生过多少精彩的故事，这里又有哪些艰辛的过往呢？风静默，树静默，山静默。我无从得知。

我走近岩洞口，抚摸岩壁，触手微凉。在今天，我能把手掌张开放在岩壁，与先民掌印重合，是怎样的一种荣幸啊！

发掘与见证，寻迹与追思。

那几个背脊袒露的汉子，手拿简陋的棍棒与石块，潜伏在密草丛中伺机捕杀猎物；那个神情温柔的女人，侧脸的笑意映得岩洞光辉又温暖，她在轻轻拍哄着怀中哦哦细语的婴孩；那老者，在圈边苦苦思索，想必是在为圈中野性难驯的兽类伤脑筋了……

时光老去，岁月老去，人影也老去。只遗留下 17 颗牙齿化石，成为永不消逝的坚固记忆。

我只能望着图片中的牙齿，试图在脑中拼接你微凸的额头，黑亮的眼睛，颀长的臂膀，还有和善的笑意。这一颗颗牙，啃食过野果、野菜、猎物的肉，也啃食过生活的苦难。饥肠辘辘，你无食物果腹，可曾绝望吗？冬天来临，你无衣裹身，可曾苦吗？风雨来侵，你只能借洞遮蔽，可曾冷吗？除了坚强，你别无选择。

尽管岩洞空空，你依然将生命之舟填满。用爱，用心，用毅力。于是，才有了后来的我。

是怎样的一种汹涌泪水浸湿了心的坚硬，是怎样的一场撕心裂肺疼痛唤醒沉睡的记忆？旷野猎猎的回风，吹逝了先民渐远的足音；万年沉默的岩石，隐藏了谁的血泪？是谁，在这小小洞穴播种最初的文明？是谁，用身躯托起生命的图腾？是谁，让荒凉的土地焊接未来的流霞？

洞穴不为人所知，附近村庄的人仅仅懂得这里出过文物而已。10 万年的尘埃厚重，把它湮灭在其中。可透过贺州的外表，直达坚强、稳重的内核时，就会发现这座城市的历史记忆早已渗透到每一座古桥、每一片村庄，甚至每一个眼神。这一切的源头，不正来自洞穴吗？沿着时光大河溯源而上，洞穴光辉依然。

洞穴里一定还留存着先民们的一脉灵魂，在默默地注视着这片大地和她的子民们。村庄恬静，稻苗青翠，鸡鸣犬吠……这一切，也一定是她护佑的结果。10万年的追忆是一种距离，很远，远到杳然无迹。也很近，近到掌印重合。

洞穴与贺州，这是一座山和一个城的相守，这是一个母与一个儿的对话。龙潭角古人类洞穴遗址，翠色青青，是一位沉静又伟大的母亲，衍生哺育了这片大地的子民。贺州，喧闹繁华，10万年光阴里依然是一个长不大的孩子，充满活力。一静一动，一个古老，一个现代。

在洞穴前流连，当心灵沉浸在缅怀与感恩的时候，先民们的形象已经在我的灵魂中永生。

天空一片蔚蓝色。先民的魂魄，已经张开翅膀从洞穴起飞，羽翼在纯净的云脚边滑过，最后高踞在白云之上、太阳之旁。天空那一抹澄澈的蓝，是先民们慈祥的笑意；那一缕云彩，是他们的眼眸。

眼眸里，会流下动情思念的眼泪；眼眸里，曾燃烧最初的文明光芒。在10万年光阴里，这眼眸已是山川草木之情，是天地万物之心，是日月星辰之辉……

旧石器时代

鲤鱼山安静地依偎在贺州市富川瑶族自治县的怀抱里，两座石山相连，远看轮廓如同游动的鲤鱼，因而称为“鲤鱼山”。山脊淡抹白色的云朵，宛若初醒的远古母亲的温柔软语，飘啊飘啊，飘得心儿又醉又甜。

鲤鱼山遗址位于富川县富阳镇鲤鱼村东南面的鲤鱼山麓，距城约2公里，面积约16万平方米。

该遗址地处富江东岸的二龙潭地下河与富江相汇的三角地带上，遗址由坡地和山腰洞穴组成，在离地面50米处的鲤鱼山山腰，有三个岩洞，呈“品”字形，洞口高1.8米，宽为3米，深为30米，三洞内部相通，俗称“岔口岩”。岩口面向东南，洞口下的二龙潭地下水丰富，清澈甘洌。根据1979年国家水文地质普查成果资料表明：该水属于低矿化淡水，是比较好的人畜饮用水源。良好的地理环境，为贺州古代人类生产生活和繁衍生息提供了便利的条件。

山不变，水不变。自然的风烟冲洗着万年的记忆。鲤鱼山面前是一片开宽的田野，稻苗、玉米、番薯、花生，都在欢快地生长，叶色青翠养眼。更远处是富江，绕着弯流过。穿着蓝色土布衣裳的瑶族姑娘临水唱起了曼妙婉转的蝴蝶歌。歌的尾音拖得长长的，在江面飘起，在田野回荡，在鲤鱼山盘旋，然后穿越时间与天空的苍茫，与先民坚强的灵魂邂逅。

1963年，广西壮族自治区博物馆对岔口岩洞进行了试掘，发现文化层三层，分别为表土层、黄褐土层、黄色堆积层。表土层厚约30厘米，在表土层下为厚约25厘米的黄褐土层，出土了磨光石凿一件、陶纺轮一件、人下颌骨一枚；在黄褐土层下为厚约35—50厘米的黄色堆积层，发现有碎骨化石、螺壳化石、零散陶片。经考证：该遗址的年代跨度为旧石器时代至新石器时代。这说明在约一万年前或更早，贺州就是古人类活动的频繁地带，为当地进入新石器时代提供了坚实的基础。

在年年繁花盛放的季节里，一条巨鲤以它独立于世的姿态，游行在碧草之上、天地之间。它从远古的风雨中游来，在鸿蒙开天中穿透岁月。这条吉祥的鲤鱼，游进了中国古人类长河的璀璨波光中，共同汇聚中华民族永远的骄傲与自豪。

当太阳又一次从鲤鱼山脊升起的时候，阳光下的富川恬静迷人。瑶族同胞用油茶、炸果、脐橙、瑶绣来欢迎四方游客，希望所有沐浴在阳光下的人们都能来分享这座古城的美丽。与此同时，他们正在用自己的热诚与辛勤，丰富着富川的内涵，凝成富川坚强的底色。

站在县城眺望，2公里外的鲤鱼山隐约可见，峰顶葱葱郁郁，令人心生清凉。凝望鲤鱼山，就是在凝望自己的精神家园、生命来处，内心是那么纯洁而宁静。鲤鱼山默默地注视着富川、注视着我们，用万年永恒的大爱守望着这片土地。

在对视中，心底的感恩与崇拜，已跨越万年时光之河。

“孩子，我永远爱你们。”和风吹拂，风中送来鲤鱼山的深情话语，带着母亲对孩儿的宠爱，一再抚慰我内心的伤悲。那些纠缠的愁肠百结、那些追寻的虚名浮利，已随风而去。

这里散发着母亲的味道，这是一种特别令人向往与眷恋的味道。这味道藏在山脊、岩洞、草木、花、微风，触手可及的安逸与依恋。宁静与怀念，足以让任何游子心醉心酸，几欲落泪。

这里是母亲的怀抱。当我踩着柔软的光阴走进鲤鱼山，伸手抚摸翠枝嫩叶、嶙峋岩石，它们是那么温柔又稳厚，仿佛母亲就在这里长久等待我们归家。一万年光阴似乎不曾存在，母亲在微笑迎接我们，她从不曾离去。

走在山间，任何一个转身或者回眸，都会让我跌入一万年前某段遥远又感动的回忆里。石凿开垦土地，种植粮食；陶纺轮唧唧转动，纺出温暖；陶器朴实，盛着生活的希望……

这些古朴亲切的物象，与今天的我隔了一道一万年的时间厚墙。世俗的尘埃被过滤干净，纯粹的思念被瞬间牵起。石凿、陶纺轮、陶片浓缩了贺州的古人类历史原貌，它们像是一个个阅历沧桑、收藏善良的智者，无声地诉说着先民们的故事与传奇。

1974 年，富川县文物管理人员对该遗址进行了第二次考查，在岩下的坡地上采集有穿孔石铲、石斧、石矛头、穿孔石钺、石凿、陶鼎足、剑齿象牙化石等 60 多件文物。石器式样多，磨制精致细腻、光滑圆润、线条流畅，见证着当时制作石器的技术已达到了领先水平。

石斧、石矛头、穿孔磨制石斧、穿孔石钺，在 1995 年均经广西文物鉴定委员会鉴定为国家二级文物。

鲤鱼山遗址，是目前贺州发现的文化遗存和文化遗物最丰富的旧石器时代至新石器时代遗址之一。

石器出，天地惊。

是谁打磨了石铲，在这片大地上锹开第一铲泥？是谁雕琢出石斧，劈开一条生活的路？是谁制造了石矛，用它一掷击碎生活的艰难？一万年来云和雨，厚重的历史，化为一道道石器上的智慧线条，成为让人感动的记忆。

今夜，银河倾洒，富江静静流淌，清亮的光辉自苍穹洒下，铺展在大地上。富川古城灯火辉煌。天地间一派人和政兴景象。

鲤鱼山静静地在月光下站立，慈爱的眼眸注视着身边的子民。一万年前如此，今天仍是如此。变的是岁月，不变的是她的母亲情怀。是她，用深情的步履丈量着一万年的坎坷；是她，用坚定的意志庇佑着子民的日日夜夜。

鲤鱼山啊，你能否告诉我，母亲的灵魂去了哪里？母亲经历了多少风霜岁月？饮下了多少人世沧桑？滑落过多少伤痛泪水？你能否告诉母亲，我很想很想她。她的孩儿很想很想她。

富江啊，你能否昭示我，那澄净如秋水长天的莽林，埋葬过多少先民的身体？夕阳下那辽阔的原野，又隐藏了先民多少开疆拓土的血汗？

茫茫苍穹，鲤鱼山有影却无声，富江有声却无语。没有人给予我答案，独遗我于这片大地上，泣不成声。一头牛抬头向天，“哞”的一声，声音透过原野掠过天际。望向天空，我仿佛看见在风雨中用石铲、石斧、石矛头默默耕耘的先民们，他们以最朴素的方式，诠释着贺州历史的光辉。

新石器时代

山峦映衬着霞光，云彩牵引着梦想。岁月的轻烟在历史长河的波光中，氤氲了多少千回百转的动人故事？这一切，或许只有明月见证，或许只有流水知晓。

新石器时代，在考古学上是石器时代的最后一个阶段，是以使用磨制石器为标志的人类物质文化发展阶段。新石器时代大约从一万年前开始。

李家村新石器遗址位于贺州市八步区，北边为贺江。遗址大体呈长方形，地势比较平坦，在遗址地面散布很多碎石片、大块石头断块，采集有通体磨光石锛、毛坯和石片，另外还有方格纹夹砂软陶片。在局部断面地层中夹杂有较多石块、陶片等文化遗存，厚约 97 厘米。根据广西壮族自治区考古所调查，推断该遗址为新石器时代晚期的聚落遗址。

在李家村新石器遗址、信都镇石福遗址、昭平县北陀乡立教村枫树坪遗址、富川鲤鱼山遗址、富川龙母寨二号东汉墓，出土了一大批新石器时代的石器，型制包括双肩石铲、双肩穿孔石斧、穿孔磨制石斧、斜刃石斧、磨光石斧、石矛、石镞、石钺。特别是其中的 2 件双肩石铲、1 件石铲、1 件穿孔磨制石斧、1 件斜刃石斧、1 件穿孔石钺，具有了当时极其高超的穿孔、开刃、打齿技术。这标志着贺州新石器时代的磨制技术领先于湘桂走廊。

这是一条闪烁着智慧的岁月之河，浪花托起一件件型制精美的石器，冉冉而来。它们起源于新石器时代，邂逅了先民们一双双温情的眼睛；它们在涛声明朗的贺江，与两岸幽香的禾稻对话。肥沃的土地，开始生长粮食、生长希望。

我在这些遗址一再流连，却无法读懂先民们留下的生命密码。在这些风护水藏的遗址秘境，我获得了一种从未体验的快乐，一种踏实的坚强在我心中渐滋暗长。遗址很简陋，石器也很简陋，折射出的精神内涵却是如此丰硕，它包含着一个民族对待苦难和挫折的豁达乐观。这份乐观，如同一束明亮而温暖的光，照亮了贺州远古先民们生存、发展、传承的艰难道路。

我来到李家村时，正遇上田野里一片一片的油菜花盛开。它们一块块地错落连接，连成一望无际的花海。芬芳随风飘送，金黄色霸气张扬，仿佛是大地给先民们的献祭。风过处，将先民的温馨叮咛一一送至。明丽耀眼的黄色如绸缎一般，从山脚开始铺展，直达贺江江畔。江水荡漾着繁花的色彩，云影、天光、花儿共舞。临江而居，这是先民选择的居住地。万年光阴流逝，居住地依然那么美好迷人，那么盈盈如画。

贺江悠悠，流过先民的脚边，流到我的脚边。它波澜不惊地映照每一个人面容，仿佛早已参透了出世与入世。伫立贺江边听江水涛声，明白了江河山川从不曾老去，更换的，只是人的容颜，从先民，到你我。

不时有白色的鸟儿翩然飞翔，小小的翅膀掠过江面，似是一个轻轻柔柔的亲吻，又似是一次天真调皮的戏弄。看江水泛起涟漪，水纹荡起要抓住鸟儿的小爪，鸟儿便飞走了。贺江不仅属于鸟，也属于鱼。鱼与鸟是一对冤家，一个仗着江水的保护敢于挑逗，一个凭着站姿的轻松敢于守候。

远处那只江中泡澡的牛，是裁判吗？

御风而行，飞临其上。这江、这田、这万物，是先民的灵魂还是语言？我多么渴望拥有那些鸟儿的翅膀与飞翔的姿态，那样就可以让思绪在天空与江水间畅行，让心灵追随先民的身影。

鸟儿翩翩，牵动我的感恩与追忆，于苍茫宇空接引前行的先民与后来的我。

先民们磨亮石器，就磨亮了勤劳的信仰；打穿石器上的孔洞，就开启了通往未来的大门。有什么，可以熄灭生命的火把？有什么，可以阻挡不懈的追求？从一件件坚硬而线条圆润的石器上，印证出来的，是先民们永远向前的信念姿态，是供后人恒久膜拜的光辉人生。

件件石器，会勾起缕缕乡愁。它们古拙又智慧的型制，铺陈着遥远的岁月，带我们叩问生命的来处，慰藉和温暖游子的心灵。

细细观察石器，它们像来自一场遥远的梦幻，又像是一段段浓缩了的经年流转的传说。过去的岁月里，它们在月光倾泻的山峦，深藏于神秘的洞穴与墓葬，任时移世易，始终不曾改变模样。它们收敛起沉静睿智的思想，沉默着风云变幻的过往，敞开着豁达宽容的胸襟，静静地度过百年、千年、万年。经历苍凉洪荒，倾听天风浩荡。今朝，它们来到我的面前，任我细细解读它们的传奇。

石器上的一刃、一孔、一齿、一肩，无声中透出的坚强直达心底。每一件石器带着力量锄向大地，拓土开疆的声音遥远又清晰。石器起落之间，是众所周知的寻常，又是众所不知的艰辛。石器扬起，挥动的是亘古不变的坚韧；石器落下，锄开的是万千先民摇曳缤纷的人生。面对它们，不得不对生命有了全新的敬畏，不得不对生活有全新的了悟。

历史的巨轮滚滚向前，辗过新石器时代、原始社会，进入了奴隶社会。贺州，也进入了奴隶社会制度中的百越时期。

历史古籍将南方土著民族统称为“越”，因部族、姓氏众多，又称“百越”，所居之地包括浙江、江西、福建、湖南、广东、广西、越南。不同地区的土著又被冠以不同的称谓，苏浙称“吴越”、福建称“闽越”、江西湖南称“扬越”、广东称“南越”、广西及越南称“西瓯”或“骆越”。百越繁荣于商、周，汉初时被汉朝廷重兵镇压后消失，在史册的记载中只存在了 1600 年。

贺州曾史属百越，地处湘桂走廊上。

李家村新石器遗址、信都镇石福遗址、昭平县北陀乡立教村枫树坪遗址、富川鲤鱼山遗址、富川龙母寨二号东汉墓出土的石器，带着明显的几何印纹陶、有肩石斧、有锻石锛的特征，这些特征被历史学界、考古学界公认是百越民族早期使用的典型器物。贺州出土的新石器时代的石铲、石斧、石矛头、石镞、石钺无不打上了这一特征的深刻烙印。

这样辉煌凝重的开头，将演奏出怎样雄浑壮阔的乐章呢？又会将贺州带入何方呢？

青铜时代

面对一件件文物，似趟过一条时间的大河，感觉岁月可以触摸，可以遥望，甚至可以缩短。但细细读着文物上的斑迹，方惊觉岁月是实实在在的存在。

我要如何才能读懂岁月刻烙在文物上的密码，走进它的心灵呢？

1996 年，在贺州市马东村发现了两座周代墓葬，出土器物全部为青铜器，有罍、鼎、甬钟、凤字形钺共 8 件。

2001 年 11—12 月，广西文物工作队会同贺州市博物馆组成联合考古队，对贺州市高屋背岭 M122、M123 进行发掘，共出土 50 件器物。其中铜器 48 件，器形较多，有棺栓、矛、斧、剑、匕首、刀锯两用器、转角器、镦、锛、斧、钺、镞等。其中棺栓 4 件、铜矛 1 件、铜剑 1 件、匕首 1 件、锛 2 件、斧 2 件、钺 2 件、刀锯两用器 1 件、码角器 1 件、铜镦 2 件、铜镞 31 件。这两座墓出土的文物种类主要是实用青铜兵器、生活工具及陶生活用具，其年代应在战国中晚期。

从该批文物可以清晰地看到贺州的新石器时代制作工艺与青铜器技术的一脉相承。铜矛与当地的新石器时代石矛头惟妙惟肖；铜锛与新石器时代双肩石铲形状相同；铜斧与新石器时代双肩石斧的造型十分神似；铜镞与新石器时代石镞如出一辙。特别值得一提的是锯齿镞，边缘带有十分突出的锯齿状，这明显是由昭平北陀乡出土的新石器时代的带齿石铲演化而来，两者无论是从造型、手柄、齿状都极其相似。

从周代墓、战国墓出土的青铜器中，都继承了本地的石铲、石斧、石矛头、石镞、石钺的造型，说明这些青铜器就是贺州的本土先民铸造的。

新石器以坚决的姿态，把贺州带入了磅礴开阔的青铜时代，腾飞在青铜的妍美苍穹。

高屋背战国墓铜钺和马东村的凤字形钺均极具有创新特色。这两件钺与富川鲤鱼山新石器时代的石钺相比，只保留了石钺上半部的造型，下半部的刀刃部分却作了相当大胆的创新，变为宽口、敞开、弧刃，这样更轻便、更锋利、更实用。

这证明了贺州先民的创新意识，始终领先湘桂走廊。

一件件青铜器，曾经缄封于墓葬地宫中，它们静静地躺在那儿，等着我们走近发现，掀开这绝美的青铜大帷幕。道道纹饰是那般精美与繁华，它们的美超出了我们的想象，使贺州的过往有了起转承合的传奇。面对它们，我一再词穷，因为不能仅仅用“美”来形容，它们，有着比外在更美妙、更深沉的内质。

一件青铜器是一首无声的艺术诗篇，打模、浇注、冷却，一道道工艺精心锤炼，凝成了青铜的躯体。我的目光缠绕着它们的弧刃、弦纹、立耳、捉手……是谁描绘了纹饰的精美？是谁浇注了躯体的圆润？是谁在使用它们时留下了指痕？青铜器虽无声，语言却无限。体悟青铜器，生命在净化，灵魂在升华。

青铜器，在墓葬地宫中沉睡两千年，今天重现盛世，它们汇集了贺州万物无穷的美丽，把缤纷辉煌的过往真实地呈现。有了它们，贺州就有了文化的根，有了记忆的落点。

它们将飞禽、走兽、碧水、酒香、音乐、力量、祈祷都藏纳其间，也将智慧的光华、生命的荣枯、人世的沉浮收归其中。青铜器，以永恒不变的坚硬，承载起思想深处的柔软。

我的身躯跟随着目光细成了一缕烟，轻盈腾飞。我绕到甬钟上的舞广、舞修、枚与壁，聆听来自数千年前的音乐，它悠悠回响，缕缕不绝；我悄无声息的潜入罍，它敞口、方唇、短束颈，两侧有兽首耳衔环，我闻到了缭绕不散的酒香，听到宴会觞光交错的喧哗；我贴近凤字钺，它方銎、弧刃，它劈向老树或侵略者，刃口闪过势不可挡的力量……

有了青铜器的加持，我发现我的内心变得如此丰富，心境如同大地一样开阔——原野苍茫，森林生长其上，贺江蜿蜒流过，耕田、种稻、饮酒、保卫家园……那些林间的小路叉斜纵横，是先民们匆匆忙忙的脚步，或砍柴，或打猎，或赶集。那急漩的流水，陡峭的岩崖，纠集的树藤，都不能阻挡先民的脚步，他们一掠而过。行行重行行。先民的面容不断变换，脚印不断叠加，踏出了贺州最壮美的青铜发展史诗。我飞翔在青铜的天空，更飞翔在自己的心境。

要怎样开阔的眼界、怎样高超的技艺、怎样深邃的智慧，才能将贺州的山水万物都装进这青铜的方寸之间？

青铜器在历史的天幕上闪烁熠熠辉光，光芒舞动间，五彩枫叶飘落大地，先民在篝火边载歌载舞，点燃了季节的灯火。风中静默的大桂山、瑞云山、姑婆山，像是阅尽风霜的智者。飘逸不定的流云，也在山头久久驻足。铜镜映照，照出先民在苦难中萌发的诗意；铜矛与铜镦，组合出先民坚韧的力量。

我的目光停留在青铜器经年累积的铜绿上，停留在斧刃斑驳的痕迹中，停留在衔环叮当的回歌里，忆起了先民们风尘起落的简朴，念起了他们勤劳艰辛的身影。我抑得住内心的感伤，却抑不住眼眶中的热泪。

面对贺州这片大地与莽林，辛勤劳作注定是先民们必定的、唯一的选择。钺、斧、锛、刀锯……是战天斗地的工具和见证。青铜钺，安装木柄，持以砍斫；青铜斧，是继新石器时代大量使用的石斧之后出现的砍伐工具；青铜锛是战国时期的农具，长条形，刃尖利，主要用于砍削木料；青铜刀锯两用器，这是贺州青铜器的创新之作，体现着先民们因地制宜创作农具的智慧，可砍可锯。辛勤劳作，日复一日，年复一年，写成了贺州大地最坚强的歌谣。

这支渗透着先民汗水的歌谣，歌音如水，处处遗留：滋润厚厚的泥土，变成禾稻的模样祭献出来；渗入石缝，化作清澈的甘泉流淌出来；从植物的根部流过，变成叶芽的形状绿出来；从岩壁上倾泻而下，化作清凉的身姿飘逸出来……

行走在这片大地，先民的歌音如天风荡涤，无处不在。

将心灵交付给这青铜、这歌音。在这样厚重的历史面前，我发觉自己渺小如一颗尘埃、一只蝼蚁、一片落叶。但凭借着青铜的光辉，让我渺小的生命也终得彻悟人生。

青铜巅峰

我来到贺州市沙田镇龙中村时已近傍晚。夕阳很美，道道余晖洒在大地上，有一种橘色的温柔，天地沉浸于一片浪漫的色彩中。龙中村是贺州千百个小村子中的一个，很普通，但又极不普通。面前一条平坦伸展的水泥路把我带入龙中村的深处。

山峦小巧秀气，层层叠叠，似是一幅水墨画的远景。绕过一山，出现一村，再绕过一山，又出现一村。捉迷藏似的层出不穷。

溪水清澈，悠然流淌，不知来路，也不知去向。水中偶尔一片落叶"啪"的一声，荡起道道水纹。水中，白云与天光共舞，闪烁出疏朗的光影。那些叫不出名字的小花在溪边盛开，柔弱轻巧，如同精灵。

稻田平坦，一望无际，风儿撒着脚丫，一忽儿就从这边跑到那边去了，掀起了一波波绿色的浪。稻花又细又白，藏在稻叶间。

村居传出鸡鸣声，带着与生俱来的清新气质。我把脚步放轻再放轻，因为即将踏入的，是一个神圣的境地。可眼前溪声哗哗，水光潋滟，四面田园景色如画，又让我忍不住要开心笑出来。

贺州矿产资源非常丰富，有煤、铁、锰、钨、锡、铜、铅、锌、锑、钼、金、银等60多种，主要矿产为钨锡矿、铅锌矿。

汉元鼎六年（公元前111年），设置临贺县。《实用大字典》"贺"字条称："贺，锡也。方术家谓锡为贺，盖锡以临贺出者为美也。"临贺县、贺江之所以取"贺"为名，是因为这一带盛产优质锡。贺州所产的精锡，敲之即发出清脆响声，誉为"八步响锡"。

青铜器是用铜、锡、铅，按适当配比，通过制范、浇铸、冷却、拆模、打磨而成。贺州盛产铸造青铜器所需的铜、锡、铅，具备了制造本地铜器的便利条件。

经过旧石器时代、新石器时代领先于湘桂走廊的文明积累，并经潇贺古道传播进来的中原、楚地青铜文化的影响，再结合自身丰富的铜锡铅矿产资源，终于凝成了贺州大气厚重的青铜史诗，注定要登上青铜巅峰。

1991年7月，在贺州沙田镇龙中村东的一个山洞中发现一处岩洞葬，共出土器物33件，其中有19件青铜器。青铜器有鼎3件、牺尊1件、铜鼓1件、铜罍1件、盒1件、龙头形饰件1对、兽头形饰件1对、箕形器1件、凤字形钺1件、环形器1件、勾形器4件、叉形器3件。墓葬的年代在战国时期。这批青铜器在器形和纹饰等方面，既有中原的风格，又有浓厚的地方特色。

龙中墓出土的这件铜牺尊很特别，尊形如一只体态圆润、神态温和的麒麟，被称为“麒麟尊”。尊高53.7厘米，长48厘米，足高13.4厘米，重21.5千克。麒麟尊背部有口，可由此处把酒注入腹腔内，口上有活动的盖，盖面浮雕盘蛇，蛇身饰三道鳞纹，居中蛇首高昂为盖钮。尊的头部形状独特，张口露齿，双目圆睁。有双角，圆柱形，尊的尾部有一直立攀附的小蛇。整体纹饰内容充满了浓郁的古越族文化特点。

它的出现，震惊了世人，精美得令人窒息。与中国过去出土的青铜鼎不同的是，它周身饰满了纹饰：双角饰蝉纹；鼻梁和鼻孔饰卷云纹，涡纹勾出；颈部饰云雷地窃曲纹；身部三组云雷地窃曲纹；背部是三道鳞纹；足部饰线浮雕的单层窃曲纹；尾部的蛇饰葵叶形凹鳞纹。纹饰交错，不厌其烦；线条流畅，不胜其美。

这岂止是一个鼎？这是匠心独运的一幅画！这幅画通过贺州先民的能工巧匠，制范、浇铸、冷却、拆模、打磨，最后凝固成青铜的传奇。

1995年，麒麟尊被全国文物鉴定委员会专家组一致确认为国家一级珍贵文物。

国之重宝，举世皆赞。

麒麟尊身披青铜的精美衣袂，带领贺州青铜器登上了中国青铜史的巅峰极顶，留下了回响于历史天幕的绝唱。

蛇类喜居荫蔽、潮湿、人迹罕至的地方，杂草沼泽、枯木树洞、乱石柴垛、古埂土墙，且饵料丰富的环境，都是它们栖居、出没、繁衍的场所。贺州地处湘桂走廊，山多、林丰、雾气重，正是蛇最理想的家园。

蛇与人，共享贺州这片美丽的土地，蛇成了贺州越人的图腾，他们将这种崇拜很自然地雕刻在青铜器上，成为百越的独特标记。

蛇，是麒麟尊的装饰主角。麒麟尊的背部有盖，盖面浮雕着一条盘着的蛇，蛇身平盘，饰三道鳞纹，道道精美；蛇首居中，头高高昂起，平伸出来的蛇头又堪堪作为盖钮，易揭易提，防止滑落，工巧别致，心思细腻。尊的尾部饰有一条直立攀附的小蛇，远看似是麒麟的尾巴，但此蛇与盖面之蛇相比又有变化，它直立，有角、鳞、爪，已演化成龙，正是龙图腾的最初雏形。

青铜器的身影在我眼前一幅幅展开，最后定格在麒麟尊温和妍美的面容上。贺州青铜器，不仅是一本精美绝伦的画册，更是一部记录人类开垦莽林大地的壮丽史诗。

麒麟尊出土于龙中村红珠（音）岩半山坡的岩洞墓内。此时此刻，夕阳的光辉温柔地笼罩着岩洞。是的，就是这样的黄昏，在贺州大地上照耀、陪伴了麒麟尊两千多年。在村中流连，走在两千多年前先民们生活过的地方，什么也不想，什么也不烦。听从遥远的指引，回归初心。视线所及之处，处处是先民们的气息和痕迹。

我心已随先民远涉，从古人类时代、旧石器时代、新石器时代、青铜时代、青铜巅峰一路走来，走进今天的盛世欢歌。回望生命来处，贺州的伟大风华，已在灵魂之上，在杂念之外，在星辰之边……

贺州·战国麒麟尊

麒麟归来

中国。广西。贺州。沙田龙中村。

1991年7月18日。

阳光炽热地拥抱着这一片曾经属于百越的大地。

这是一个值得纪念的日子，是你归来的日子。银汉星砂于热烈的阳光后隐退，白云闲散，微风拂过原野，夏蝉一声声，穿透云层织成歌。静寂、枯燥、闷热。

贺江水波光粼粼流淌不息，草木在夏日里幽幽生长。龙中村村民在田间劳作，村民们滴下的汗水很晶莹，将花生苗浇得很青翠。田间一只黄猄窜窜停停，调皮地寻找最甜最饱硕的花生粒。村民举锄顿脚，作势欲打；黄猄后腿直立，挑衅地抬着前爪，眨着眼。村民火了，一溜烟追着黄猄，一直追到黄猄住的老岩洞。黄猄逃匿了，却意外地找到了你的踪迹。你在岩洞里，与诸多青铜器、陶瓷器、贝币一起，一任尘世喧嚷，做千年静梦。而洞外时光，已流过秦汉，流过隋唐，流过宋元，流过明清……世事纷纷扰扰，战火闪闪烈烈，你睡容平静。

今天，你醒来了，你归来了。你带着战国百越民族由远渐近的渺渺仙音，归来了。

假若时光是一支歌，歌声洒落在史书的记忆，是血泪的痛楚；假若时光是一首诗，诗音阵阵，反复吟咏着悲欢离合；假若时光是一幅画，画中百越先民的影，是最坚强的底色。

时光大河，尘世流沙。你睁开沉睡了两千多年的眸，醒了。

麒麟是什么模样？史书屡屡翻动，关于麒麟的传说在发黄的书页中隐隐现现。古书记载：麒麟是天上的神物，常伴神灵出现，是神的坐骑，属火系；主聪慧、祥瑞，性仁慈，能驾云飞翔；身集龙头、鹿角、狮眼、虎背、熊腰、鱼鳞。《礼记》云："出土器车，河出马图，凤凰麒麟，皆在郊棷。"又云："麟凤龟龙，谓之四灵。"

时光河岸上，那个曾吟唱"有朋自远方来，不亦乐乎"的白发老人为什么悲痛哭泣？衣袂翩翩长须飞扬，他挥笔为麒麟写下了伤心的诗歌："唐虞世兮麟凤游，今非其时来何求？麟兮麟兮吾心忧。"圣者在风中落泪悲泣：唐尧虞舜民安国泰，常常会见到麒麟与凤凰翱翔于天，现在不是那个时候，麒麟你来了有何所求呢？我真为你忧心啊！那一刻，天上的圣兽与地上的圣者惺惺相对、静静相依。时光之钟钟声喑哑，一下下在空中回旋哀鸣，像是来自内心最深处的叹息。微风漂泊无依，拂过荒郊蔓草，如同奏起古老的乐符。夕阳西下，光辉回照圣兽与圣者的背影。

圣者孔子却只留下感伤麒麟的悲音，没有留下圣兽麒麟的具体容貌。

关于麒麟的模样，猜测了千年，千年成谜。

天风浩荡，自风潇雨瑟的河谷荡涤而过。贺江水漫过岁月的河堤，抚平模糊的文字浸湿古老的史书，成一首失传的情歌，再也无人能读懂。我于贺江古渡凭栏而望，圣灵不在，圣者不在。而江水依旧在苍茫无际的天穹下滔滔奔流，千古沉默不语。

幸好，今天你归来了。时光之河悠悠流淌，你站在河岸，目光祥和、温良、仁厚。我们之间，隔了两千多年。麒麟尊啊，我要诞生多少次，才能获得你的一回眸？我要历经多少轮回，才能获得你的一凝视？你的目光如此慈悲满含，我的目光如此热泪满眶。

麒麟尊，你是最久远的麒麟形象，凝固的史册，立体的篇章，青铜的经典。

历史的尘埃落下，一切虚幻都有了真实的归依；神秘的面纱揭开，一切谜团都有了坚定的答案：你就是圣兽麒麟的最真最原始的模样。你静静站在透明的展柜内，旁边是关于你的文字描述：

青铜麒麟尊

战国·百越

1991年广西贺县出土

高53.7厘米，长42厘米，重21.5公斤

在这片苍茫大地下，百越民族究竟埋藏了多少辉煌、静默了多少血泪、尘封了多少故事呢？我一再地追问，你却一再地沉默。在你身畔山岭连绵，冷硬墓碑记忆着百越多少仆倒的躯体；在你脚边沃野千里，镰锄刀戈陈述着百越血泪缤纷的苦难。

历史的大风遮天蔽日，卷起镇压者的贪婪、嗜血、暴敛。尘沙过处，吹去了百越民族的繁荣；刀戈回响里，冷冷的刀尖直指苍穹，成无声的控诉。风沙落定，百越民族在镇压者的铁蹄下已没有了家园，苍白了内容，只遗下史书残留的记忆字符。

你仁爱的目光饱浸了血色，你圆润的身体盛满了美酒。百越的血酿成酒，润过镇压者的喉。

你厌倦了，睡去了，是吗？

为了唤醒你，贺江日夜呜咽流淌了两千多年；为了寻找你，青草在贺州大地上密密搜寻了两千多年；为了遇见你，我在轮回里孤独地祈祷了两千多年。

麒麟百越

你的归来，带来了百越的遥远回忆。百越民族巍峨的背影，穿过风雨的传说、穿过土地的厚实，悠然而来。他们沉重又倔强的脚步，声声

踏响历史大道，惊起的是风是嶙峋的山脉。南方的原野，如梦如歌。

南方是一片神秘的土地，山势绵延，云烟缭绕，瘴雾迷漫，溪水泗流。在这里生长着万千草木，生长着世代百越，生长着无尽的希望。

草青翠，山黛色，百越灵动的身影，穿行在商、周、汉的莽莽原野，留下种水稻、铸铜器、狩猎、建舍、饮食的异域风情，更留下断发、文身、凿齿的神奇传唱。

临水而居，百越有水的清澈。远古越人多生活在水边，他们常下江潜水捕鱼，笃信把身体文成鱼龙蛇图案，可以把自己当作水族而保平安。

择山而栖，百越有山的坚韧。远古越人选择山岭作为自己的生活家园，他们在山岭中如履平地，因为当时山岭瘴气浓重造成疟疾流行，病发时牙关紧闭，饮药困难，故在少年时凿掉门牙以利灌药。山岭茅草杂生，他们剪去长发，以利于在原始莽林中奔行。

春秋战国时期是西瓯、骆越的繁荣期。随着与中原交往的渐密，受中原青铜文化影响，瓯骆本土铸造的青铜器逐渐增多，由制造简单的钺、剑、矛、镞兵器和斧、凿生产工具，转而制造大型铜器，纹饰繁缛、器型复杂，既有中原风格，又烙刻了百越蛇纹、寿眉纹的鲜明个性。

百越人以汗水作底色，描绘南疆文明；以智慧为墨彩，写下青铜诗篇。断发、文身、凿牙、铸铜器成为百越最显著的文化特征，而瓯骆出土的青铜器在数量、质量都登上了青铜的极顶巅峰，成为永不磨灭的辉煌。麒麟尊，你正是瓯骆大地上最炫美的青铜精灵，从层层包裹的器模里羽化成蝶，在历史的时空里翩然飞翔。

无论我用怎样的语言，也无法描摹你造型的繁复精美；无论我用怎样的深情，也无法抒写你内质的蕴藏丰厚。你是青铜的绝美史诗。

有什么能比凝固更永恒？有什么能比沉默更高贵？麒麟尊啊，你身披百越蛇形的彩纹，商周稳重大方的造型，炫美的姿容划亮了沉寂的历史天幕，翩翩鸿影，站在青铜的艺术之巅。然而，你的目光始终温良，一如百越。

无数个日夜，我总对你魂牵梦萦。我想象着是在一个春花开遍的清晨或艳阳高照的午后，百越人用智慧在器模上细细描出美丽的花纹，用汗水烧化熔熔铜水，浇注而下，闪亮的火花耀目四溅。冷却，拆模，打磨，铸就了你。百越人捧着你，像捧着心爱的婴儿。百越人的目光慈爱又欣喜，你的目光纯情又清澈，凝视间，结下永恒爱意。在这一刻，你是百越的孩子，百越给予了你生命。恩之深重，始终未忘，因此你穿越了两千多年的光阴，回来寻找你的主人。

可是，百越却永远逝去了！

汉初，东南地区的福建闽越和南部地区的广东南越形成了强大的政治中心，分别建立了闽越国和南越国，两越遥相呼应，与汉朝廷成鼎足之势。汉朝廷重兵镇压越人，刀光剑影，血色弥漫，越人的悲声穿透重重莽林。汉武帝征服诸越后，百越的名称就在历史记载中永远消失了，越族遗民如轻烟般散融入其他民族中，只在南方的婚丧嫁娶中还隐约看到百越遗风。

春风摇曳里，百越播下谷种；夏天将至，挂一身黛色文身跃入溪水；秋天来临，将刚硬的青铜烧注出独特的花纹；冬天，砍下山林老树，建筑房屋。白云苍狗，四季轮转，代代传承，生生不息。百越将南方独有的蛇纹刻画在青铜上，成为时代烙印，成为百越的标记。麒麟尊啊，你保留了身上道道蛇纹，甚至尊尾的龙也保留着蛇的原样，你带着这样忠贞的记忆，带着这样深情的信物，一定是回来寻找你的主人，是吗？

可是，你的主人却永远逝去了！面对你的深情，我再也无法抑制悲伤的泪。

你的眼睛平静无波，可你的心中一定呜咽不止；你的体态优雅从容，可你的创伤一定疼痛难忍。因为，我也深深感受到了这一份痛楚。你和我，在时光河流里怀念百越，悼念我们共同的先民。

可是，亲爱的麒麟尊啊，我仍想对你说：你是百越最出色的孩子，你无愧于百越，你带着青铜的巅峰诗篇，身披青光闪烁的衣袂，让时光即使流逝了两千多年，依然将“百越”二字光华熠熠地刻烙在历史的星空上！

因你，百越没有远逝，百越仍在我身边；因你，百越不再模糊，百越文化灿烂又具体。

麒麟沧桑

无数深夜里我辗转难眠：麒麟尊啊麒麟尊，你是谁？

你是不是遥远的商周时期，百越繁荣街市里的那声清脆欢笑？你是不是山林小木楼中的那个劳碌身影？你是不是战火踏进南疆前的那缕皎白月色？你是不是百越民族永远逝去前的那一声悲鸣？

镇压的烽烟旷日不息，折断的战戈满地乱横，鲜血凝固成紫酱色，黄昏的太阳卡在历史的山口上，静默地注视着这一切。只剩下那一声高亢的嚎叫，锥心伤痛穿透了岁月的尘土，回荡在我耳边，让我泪水涟涟。

站在旷野的风中，我止不住泪水涟涟啊！向前望，望不到百越先民远去的背影；向后顾，南方大地的夜色苍茫了我的双眼。在历史的长河里，我遗失了我的身份。

我不再断发，不再文身，不再凿齿。我生于斯长于斯，南疆是孕育我的土地，可我的身上不再有百越的印记。我是谁？谁是我？我曾是谁？谁又曾是我？

百越民族繁荣于商、周，消失于汉武帝时期，在史册的记载中只存在了 1600 年。麒麟尊啊，我与你，隔断了太久远的年华。无数次苍茫夜色下，我惊醒坐起，茫然四顾，我寻不到你的踪迹。不如归去！不如归去！我分明听到了你的一声声呼唤，来自灵魂深处。

南方的春天花木摇曳，江水漫流。贺江。西江。珠江。长江。江风浩荡，江浪滔天。溯江而上江之浩瀚使我迷失了方向，沿江而下江之深沉使我悲伤难平。我再也寻不到你的踪迹你的去向，思念随着清清贺江水在心底漫延，无边无际。

我是谁？

我是战戈深埋的重见天日？我是残墙脚下的孤魂一缕？我是瓯骆先民用汗水灌浆的颗颗稻米？我是镇压刀光下的滴滴飞血？蓦然回首，仍不见来路，夕阳的光影斑斓，扯起我胸口的阵阵大痛，遗我于旷野的风中，怆然涕下。

谁又曾是我？

冶炼青铜的大炉火光熊熊，泥土色的肌肤迸出晶莹的汗珠，抬起铜水浇模的那个赤裸背影，曾是我吗？昏黄的油灯边，用羊豪毛笔在陶瓷上精心描绘出古朴蛇纹的青瘦书生，曾是我吗？炽热阳光下，在禾稻间耘田、拔草的农妇，衣衫褴褛，时不时举起手背拭擦汗珠，曾是我吗？战马蹄响，刀起剑落，即使身躯仆然倒于路边也咽不下那口难断的气的伤者，曾是我吗？千年追寻，我散落的灵魂无从收集。会收魂术的百越祖先，已在战火中灰飞烟灭。

闽越王国消失了。南越王国消失了。越音袅袅，不复响起；越歌声声，已成绝唱。青铜的记忆，印纹陶的图案，归于风沙，归于旷寂。

南方是一片荒嶂蔓草、溪水横流的土地。百越先民剪去长发，没有了牵缠，在棘草中潇洒穿行；身上文浸龙蛇的图腾，跃身入水，在以水讨生活中祈求神龙的护佑；凿去门牙，便于在瘴气入侵昏迷时灌药……在重重山峦荒蔓中，百越民族开垦出希望的家园，种下金黄色的稻粒。历史的微风吹过，稻浪翻滚，稻香阵阵。百越人，是南疆的最早开发者，他们理应拥有脚下的这片土地。

种稻。织布。开矿。炼铜。在血色刀光来临前，百越人日出而作，日落而息，写成一片厚重的文明。

麒麟神兽，你温仁祥和，记录的是开战前夕的这一刻宁静寄托吗？可是，我却看见，你坚硬的脊背负起了如海的血色。

沉重的脚步山一程水一程；离离的青草枯一茬荣一茬；无际的禾苗绿一季黄一季；沧桑的人事青丝一辈白头一辈。更更迭迭。起起伏伏。

麒麟神兽，你一定是厌倦血色与刀光，你随百越民族埋入了深深大地，一缕残存的气息，散入原始莽林。

麒麟记忆

你在我心灵的最高处，矗成仰望的丰碑。

是哪一双画师的手细致描下了你的蛇形彩纹？是哪一个工匠精心浇注了你的身体？瓯越、骆越在低微的大地上留下了萦绕不去的气息，写成了南疆的青铜史诗。你的精美大气，改写了南蛮夷邦的历史，你将瓯骆文明华丽地展开。地居一隅的贺州，因你而找到了文明的源头，找到了记忆的根。

岁月蹉跎成河，流过了多少忧伤的往事。你站在岁月的彼岸，我站在岁月的此岸，中间隔着的那朵浪花，澎湃了两千多年。为了得到你温驯的凝望，我所有的跋涉都值得，所有的等待都美好。

是谁在时光的河流里冉冉行来？将悦耳动听的越歌悠悠传唱？

清波碧水，草木摇扬。瓯越、骆越与脚下的这片大地相依相融，百越将艺术写在衣食住行里，酝酿成诗，出口成歌。

贺江弯弯流动。麒麟尊啊，请你告诉我，在贺江边浣衣的那个女子叫什么名字？云锦般的衣裳，蓝黑的底色，袖口和领口镶了质朴的彩边。她低头捶衣，细长的发梢在水面晃啊晃，直把人心都晃醉了。清清的贺江波光里，有灵峰山、凤尾竹的影，还有悠扬的渔歌唱起。

麒麟尊啊，你一定见过在贺州沙田村的那片沃野上，有古铜色肌肤的后生在太阳下挥动镰锄，侧面线条美如刀刻。请你告诉我，他们都去了哪里？你的胸襟里一定蕴藏着无数故事，你的眼睛一定见过无尽沧桑，你是这片大地上最古老的诗人，最优雅的歌者。可是，你依然沉默，沉默如智者。我深信，瓯、骆先民具有诗一样美丽的灵魂、水一样清澈的品格，才凝聚成如此善良温和的你。在他们的心里，充满了向往，因此他们的心灵中，诗和爱情从不曾断绝。

贺江。漓江。湘江。珠江。江江相依相连。河流像透明的丝绸，缓缓穿行在南方的大地上，涛声楫影，划过江水，扬起千年的波浪。水里有蓝天、白云的影，水里有百越人的悠远故事。

听，是谁唱着《越人歌》踏浪行来？

今夕何夕兮　搴舟中流
今日何日兮　得与王子同舟
蒙羞被好兮　不訾诟耻
心几顽而不绝兮　得知王子
山有木兮木有枝
心悦君兮君不知

在时光的河流里，有一个日子让人铭心刻骨。那是大约公元前540年，或许是在一个薄雾飘绕的清晨，抑或许是在一个彩霞漫布的黄昏，一条小船穿波拂浪行来，船头，是摇桨的越人女儿。岸边低垂的杨柳、舟桨荡漾的碧波、一圈圈刚刚散尽又开始激荡的涟漪，似是越女千回百转的心事。越女的声音像那行进中的小小舟头，冲破了万重浪，挣脱了所有羁绊，纯真的情感一下子就那么随意凝成歌：我是多么喜悦能与您一起乘船啊，我深深爱慕着你，你却不知。

江鄰流长，舟船游弋。在这无垠的汪汪白波，托起了这歌这音。歌声里，只有婉转与爱恋，像船桨过处摇曳的水草，幽怨而不哀伤，清丽而无邪，娇羞而随性，惊喜又有礼。

而站立在船边的楚国王子子皙——鄂邑的封君，一听即忘尘，爱的恋歌随水荡漾。美好的诗和爱情传颂了两千多年，青山白水之间，一曲《越人歌》呓语般悱恻缠绵。

深夜吟来，《越人歌》竟如窗边的月光明净，清澈似贺江水，纯洁得不带一丝人间烟火。

悠悠《越人歌》的音声流淌在楚辞里，是楚辞体最早最优美的诗篇，是楚辞文学的源头，亦是中华文学的源头。谁说我越地是蛮夷之邦？谁说我南疆荒地愚昧不开化？越歌悠长，风华绝代。

无数次行走在中华民族文学的河流里，蓦然回首，河之尽头，是越女放歌，音声是那样亮晶晶、脆生生。

《越人歌》，是最清晰的文化音符；麒麟尊，是最真实的工艺凝固。

心悦君兮君不知。我是如此卑微又深情地爱慕着你啊——麒麟尊，你却不知。麒麟尊啊，我驻足灵峰广场，在你的身前夜夜仰望，在心间脑际着手描刻你依稀的模样，我要把这“心悦君兮”的秘密藏于灵魂的最深处，奢望记住你的每一条彩纹，记住你的温良笑意。

麒麟望月

明月铅华，光照万古。如水般温情的月色，照在商周的城郭宫墙，也照在今天的万里河山。走过汉唐，走过了明清，走过了岁月，中华民族在这片大地上写下血泪与勤劳凝成的灿烂文明。神秘古国，龙之故乡，每个角落都雕刻着五千年的沧桑。中华大地，五千年的回忆，五千年的风霜，处处是故事是诗情。

遥望青铜器铭记下的商周背影，中华民族与青铜的缕缕旧事如烟如云，似一幅宏大的画卷铺展在九州方圆，写就一首首凝固的青铜艺术歌谣。开采、冶铜、制范、浇铸，将心中的诗情画意全熔入了这青铜的坚硬，造就了人类历史上无人能及的极顶巅峰。百越先民、中华民族，用智慧与汗水，铸造的不仅仅是文明，更是久远的未来。当俯身靠近麒麟尊、靠近青铜器，耳畔就会隐约传来来自土地深处采冶的交响、浇铸的合唱，一声声，响成气势磅礴的东方古国文明神曲，让后世永远敬仰。

麒麟尊啊，请你告诉我，我该用怎样的文字，才能描绘你采冶的先进；我该用怎样的语言，才能形容你铜、锡、铅配比的精巧；我该用怎样的声音，才能讲述你制范的绝妙。在你的大气妍美面前，请原谅我因粗鄙浅陋而一再失言。

南疆大地是孕育诗人的家园，滔滔江水千古不息的歌唱，滋润着百越先民纯真的心灵，也使他们的青铜创造有着一种与众不同的响亮，成就了麒麟尊国宝级青铜重器的炫美姿容。

那些采冶的矿工，那些制范的技师，那些浇注的匠人，他们就是南疆大地的歌者，而他们诗意的翅膀，也从这草木摇扬的千里沃野中翩翩飞出，灿烂了人类远古文明的那一片天空。

麒麟尊啊，你坚强的身体下，是鲜活灵动的生命，你有血有肉、有声有色，你将无声的言语与生命，全镶嵌在一道道青铜花纹里，蕴藉着一份纯净的质地和自然的润泽，只要靠近你静静地谛听，耳边弥漫开来的就是荡人心弦、余韵悠长的乐声，千万年仍不息。

大地为父，展尽呵护的臂膀；江水为母，轻流哺乳的汁水。太阳起落，明月升降，亘古不变，大爱如斯夫。它们亿万年来伫立在此，肩负起雕刻时光的重任。

月色如同一双温柔的手，细细抚过商周强盛的都市、恬静的山村。百越先民在月色下轻轻入睡，经过了白天的耕作，他们累了。偶尔传来一两声孩子的啼哭，也在母亲的拍哄下又渐入梦呓了。看，房门前的那只黄狗，头搭在两只前爪上，也睡得正香。桌上，是那只泛着青色光芒的麒麟尊。一切，一切都没变。

今天，月色依旧如同一双温柔的手，慈祥的爱抚着清清的贺江水，在贺州大地上洒下白纱般的光辉。江边的灵峰山，依旧是千万年前的旧模样。华夏民族在神州大地披起印满吉祥图腾的衣衫，续写文明，续写富强崛起的王者诗篇。黑色的发，黄色的肌肤，依旧是两千五百多年前的旧模样。一切，一切都没变。

脚步声阵阵清响，如同风中的回歌，渐行渐近，是麒麟尊归家的音声。麒麟尊温善稳重的身体，放大了十六倍，铸放在灵峰广场上。麒麟尊啊，脚下是你曾经护佑过的黄色土地，身边是你曾经陪伴过的先民的后裔。一切，一切都没有变。

麒麟尊啊，你听，在明月皎白的光芒下，是一声声欢迎你归家的期盼；你看，在这片有过我们共同先民的土地上，正唱着发展进步的田野牧歌，铁路、高速公路贯穿山岭横跨河流，不再有令你流泪的血色刀影；东、西部大发展，五十六个民族和谐共处，也不再有令你伤心的镇压腥风。

你是慈善温情的母亲，深情地陪伴着这片土地，即使是睡着，你也将这片大地拥在怀里；你也是天真可爱的孩子，每一寸青铜肌肤都留下了百越抚摸的爱意。只要你在，百越就永在，华夏民族就永在。你是精神与灵魂的归依。

在我心中，你与明月一样永恒，你站在灵峰广场上静静望月的身影，是最绝美的画、最纯粹的诗。

麒麟望月，永恒史诗。

麒麟尊啊，请你原谅我，你回来了，而我却正走在归去的路上，我是时光河流里最细微的那滴浪花、那粒尘砂，我注定会归去，脚下的土地将是我生命的终结点。到那一天，请将我埋葬在那个老岩洞的身边，让我的灵魂追随百越先民，让我夜夜膜拜他们光辉的背影。

与你相遇，将是我生命里最深刻的记忆，最美好的留恋。我，为与你相遇骄傲，写下赞颂你的篇章是我在今生的日子里唯一的追求。

清凉的月色无际的苍穹下，你站成永远的影像，站成贺州百姓心中坚强的脊梁，站成华夏民族久远文明的见证。在你温情的目光中，华夏民族正在续写崛起东方的现代文明，正在复兴青铜史诗般的盛世绚烂……

我的潇贺，我的古道

引子：万事初发。万物齐聚。一切都从一条古道开始。我的潇贺，我的古道；我的来处，我的母亲。

文化之道

我在春天的微雨里，踏上古道。

雨丝飘飘洒洒，将贺州的山山水水笼罩在其中。雨中的大地，如同一幅烟光雨色的水墨画。雨雾中那初醒的柳色，也缠上了潮湿的相思。

远芳侵古道。两旁草色青青，一条或石板、或砖、或鹅卵石铺就的道路，伸向无限。它展开的形式不拘一格，总是随形就地，遇到山就沿山而上，遇到坡就顺坡而过，遇到溪就跨溪而行。古道平凡又伟大。

在古中国的西南部，有一条古道被称为海上丝绸之路的“起点”，是海上丝绸之路与陆上丝绸之路的交接地，影响巨大而深远，这就是闻名的潇贺古道。

远在四千多年前，舜帝南巡曾沿潇贺古道进入苍梧之地。据《史记》载：“舜南巡狩，崩于苍梧之野，葬于江南九嶷，是为零陵。”苍梧郡，据考证是今之湖南南部、广东西北部、广西东南部的广大区域。

清新的风，清凉的雨。古道悠然逶迤，像一条记事的结绳，静静地摆在山与水、天与地之间，跨过时间与空间的鸿沟，勾接起四千年的记忆。望着这蒙蒙烟雨，仿佛一队商队就要穿烟拂雨来到我面前。马蹄嘚嘚，马背上的重物也显得轻盈起来。云烟缕缕，赶路的粗莽汉子也显得温柔起来。

车如水，马如龙。古道沟通南方与中原，四季变换，盛景年年。从舜到商周，从唐到明清，古道的繁华呈现在沿途的记忆和厚实的史书中。

潇贺古道是指湖南永州境内的潇水与贺州境内的贺江而形成的古通道，由道州、江华大圩至贺州境内的桂岭，与桂岭河水路相接，然后顺贺江下珠江。潇贺古道在贺州境内可分为东西两条线，即东线的桂岭古道、西线的富川古道。桂岭古道使用最早。富川古道最繁华。

1973 年长沙马王堆出土的《地形图》《驻军图》上面标有潇贺古道所经的道县、江永、江华区域，印证了这条古通道的客观存在，也印证了古道的重要与繁荣。

从商周时期起，潇贺古道就担负着中原与岭南沟通往来的重任，文化、技术、贸易源源不断地从这条古道输入了岭南。不分季节，不分地域，也不分朝代，古道承载起无数行旅者的脚步。他们的步履层层叠叠，将石板磨光磨滑，将岁月走厚走重。流水的旅者，铁打的古道。古道，在时间与空间里不朽。

潇贺古道，承载起四千年光阴。文化的点点滴滴，渗入古道中的每一块石板，逶迤而来，缀连成南方宏丽壮阔的文化之诗、文明之道。

古道沿途地区是岭南与中原最早进行文化交流的地区，因此，在文化上也比岭南的其他地区要发达，考古发现的文物可以证明这一点。特别在先秦时期，这里就出现了比较发达的多元的青铜文化。贺州市马东村的两座周代墓葬、沙田镇龙中村东的岩洞墓、高屋背岭的战国墓葬，均出土了大批高水准的青铜器。青铜文化的花朵，在春风中摇曳，璀璨盛放。

行走其中，才发现我们脚下的这道古道，是如此的丰富又意蕴深绵。

石器与青铜的记忆里刻烙过它。历朝历代的旅者商者的汗水打湿过它。牛蹄马蹄的足痕印踏过它。书生游子的梦里出现过它。诗人词客的文字里，低沉吟诵过它。

在贺州地区发现的青铜器，年代跨度从西周至战国，有些是从楚地传过来的，但大部分则是在本地铸造的。青铜文明的出现标志着社会文明的高度发展。贺州青铜器的出现，推翻了认为岭南地区在先秦以前仍是原始社会性质、秦始皇统一岭南以后才飞跃进入封建社会的观点。贺州地区通过潇贺古道，得中原先进文化之精华，创造了发达多姿的青铜文化，形成贺州地区多元文化的特点，既有中原文化的特征，又有本地区的越文化特色。

我的脚步声声，踏响石板。古道寂寥，偶有鸟鸣陪伴，提醒着遥远与清幽。想着那些已经逝去的行人的身影，那些曾经震撼过我们心灵的代代流传的故事，心会泛起层层涟漪。静淋这细雨，静听这清风，静想着前人行色匆匆的画面。古道记忆，连同往事一起，镌刻成永恒。

如果说潇贺古道是一幅文化画卷，那么临贺故城就是画卷上最耀眼的那一抹颜色。

这是一座古老又温暖的古城。你一伸手就可以摸到一块汉代鱼骨纹的花砖，望见一座传世两千年的李氏总宗祠，还会喝到流淌了四百年的桂花井甘泉。

据清代顾祖禹《读史方舆纪要》记载："元初毁天下城池，此城仅存。"临贺故城，从西汉元鼎六年（公元前 111 年）始设临贺县建城，到 1952 年贺县县城从贺街镇搬迁至八步镇为止，历经十六个历史时期两千余年，期间有临贺县、临贺郡、临庆国、贺州、贺县等称谓，一直是桂东地区的县、郡、州的行政治所。临贺故城是国务院公布的第五批全国重点文物保护单位。城址有四座（遗址类），即大鸭村城址（旧县肚城址）、长利村城址（洲尾城址）、河西城址、河东城址；建筑基址（遗址类）包括临江书院遗址、文庙基址等；古建筑类包括城墙、宗祠、古井、石板街、寺观塔幢、会馆戏台、桥涵码头、宅地民居以及传统骑楼商业街等；同时还包括城外六大古墓群（属古墓葬类），即香花、高基、寿峰、蛇头岭、蝴蝶岭、大坪岭古墓群。浮山石刻及沸水寺摩崖石刻等属于石窟寺及石刻类。

临贺故城是古道上辉煌的文化节点。城墙、码头、石板街，凝固成文化的灵魂，牵引着世人的目光，勾起更多的怀念。文化是一种持久的力量，无论时光流到哪一天，无论哪一个时代的人再回首的时候，那些文化音符如影随形，不曾失落不曾离开。循着文化的轨迹一步一步走到时光的深处，缕缕馨香，清晰如昨。

在历史上临贺故城曾有过几次迁移和扩修。西汉时的县城在大鸭村，为长方形板筑土墙垣。西汉后期因城址屡遭水淹，才将城迁往洲尾。到东汉早期，又将县治迁至今贺街河西街一带，仍为板筑夯土城垣。五代南汉时，贺县升为州治，称贺州，辖临贺、封阳、桂岭、富川、冯乘等县，初期城址沿用东汉时期夯土城垣，后于乾和八年（公元 963 年），南汉指挥使吴眴因守城之便，将西面城墙内缩 90 米，重新夯筑土城墙 630 米，与南北两城相接，并于城外重开护城河。南宋德佑二年（公元 1276 年），仍沿用五代城垣，但用青砖包砌内外墙，辟四门，城上砌城垛，建敌楼，四周开凿护城河。之后的元、明、清、民国时期皆没有多大变动。

时间如同长河，大浪淘沙，冲淡了多少记忆。行人来了，行人又走了，唯有故城永恒，忠诚地记忆着行人留下的或深或浅的足迹。行人陪伴故城，故城陪伴行人，彼此珍重铭记。我在故城里穿行，将脚印留在码头、石板街、城墙根。当有一天我老去，故城一定会记得我。

大鸭村古城遗址，建于公元前 140 年；河西街城中，建于东汉建武元年（公元 25 年），石板街及古老民宅保存完好；古城墙，在临江江岸河西街城区外围，建于南宋德祐二年（1276 年）；桂花井，在河西街靠南门口处，建于明朝天启年间（1621 年）；文笔塔，在河西街临江江岸，建于清朝乾隆五年（1740 年）。

站在临贺故城，与一座座古建筑并肩，方发觉时间对这里的眷顾，时间是有情有义的，它凝固成墙基、民宅、古井、塔尖……时间永恒地停留此地，无论游子何时归乡、游客何时到来，时间都一成不变，迎接你。

古建筑温情又善解人意，它不会迎风乱舞，更不会絮絮叨叨，它们是那样的静默无声。走在故城，好像在穿行历史，一抬眼，绵延铺开的青石板、雕花房檐、青色方砖、五彩斑斓的宗祠，逐一闪过，提醒着它的古老我的年轻，提醒这里曾是一幅生趣盎然的《清明上河图》。路的旁边，是清清江水，是幽幽老木，是错落骑楼，是肃穆会馆……到底是我穿越了层层光阴回到汉代，还是汉代的时光来到了我的眼前？

有了临贺故城，历史的沧桑就有了可寻的真实细节。故城，已将我的历史记忆装满。带着这些饱满具体的印记，足以滋养一生的情怀。

潇贺古道是一首文化长诗，怎可缺少最璀璨的章节、最动人的诗句呢？

翁宏，字大举，生卒年不详，贺州市八步区桂岭镇人，唐末五代诗人。据《贺县志》卷八·列传记载：翁宏，字大举，桂岭人，寓居昭、贺间。性恬淡，不乐仕进，寄志吟咏。

唐末五代时期，南分北裂，战乱频频，民不聊生。神州大地遍野哀鸿，满目疮痍。而翁宏恰恰就生活在这个年代。面对当时的社会环境，他无心仕进，离群索居。由于翁宏身处乱世，社会地位低下，他的作品流传下来的至今只有寥寥数首。《全唐诗》收录了《春残》等三首诗及残句三联。

春残

［唐］翁宏

又是春残也，如何出翠帏。
落花人独立，微雨燕双飞。
寓目魂将断，经年梦亦非。
那堪向愁夕，萧飒暮蝉辉。

“落花人独立，微雨燕双飞。”这是古道滋润出来的千古名句，这也是一场伤感的花雨，在古道上飘洒了千年，让每一个读者，心都被深深撞伤。

文字是能摇曳生姿的，看到这一句诗的时候，我才相信这种感觉。十个字，就这样平平仄仄、深深浅浅地走进读者的视野里，永远地撩拨起千重心事。落花中，一个女子站在花树下，眉宇间愁肠百结，神韵凝聚着比落花更悲的哀伤。细雨，燕双飞，红尘男女却没有鸟儿的自由。或许承诺，经不起时光的淹没，更经不起距离的考验。梦里的相思，悠长的等待，都被春光抛掷。所有的挣扎，所有的付出，都是徒劳无功。谁也回不到当初。浸湿情思的，是微雨？催人泪下的，是落花？

读着这一句“落花人独立，微雨燕双飞”，我的泪涌上眼眶。能写出此句的翁宏，该是怎样为情所伤啊。他的心中，必定藏着一片泪的海洋。

桂岭古道是潇贺古道中使用最早的路段。我走进桂岭，走进诗人翁宏的旧家乡。或许，这里会留有他的旧迹，让山山水水都披上文化的辉光。

在桂岭漫步，总是能想起那翁宏诗中情肠欲断的意境。诗是活的，千百年来在无数心灵间传播。尽管诗人的步履已在古道远去，但他的思想，永远沉淀；灵魂，永远不朽。

桂岭是一个宁静的古镇。七里古道今天仍然留存，它是桂岭古道上最早的路段，由方块石板及部分原石钎平成台阶阶梯，蜿蜒崎岖。假若翁宏要出访会友，他必会从此道经过。假若送别朋友，他应当也会送到此处吧？

七里古道，曾听到过翁宏的吟诵，见证过他的叹息，收藏过他送别朋友的伤感。

在战乱频繁、物欲纷扰的红尘里，曾经有好多人，都幻想放下一切世俗的牵累，实现超脱平静的人生，和青山绿水为邻，与诗文词章为伴。几个好友，行走山水间；数首好诗，流露于笔端。可是要真真正正地抛开一切，与诗文相伴，在清苦中吟咏，又有几人能做到？凡尘的烟火，迷惑了众生。翁宏只与诗文为伴，只与山水为友。

借助古道的便利，翁宏经常往返于昭州、贺州一带，常与桂林的诗人王元唱和、富川的诗人林楚才相互应答。隐居湖南衡山的诗人廖融南游时，翁宏还拿着自己的诗作与廖融研论，其乐融融。翁宏一生把大部分的时间和精力都寄情于山花水月之中，吟诗作赋。

秋残

［唐］翁宏

又是秋残也，无聊意若何。
客程江外远，归思夜深多。
岘首飞黄叶，湘湄走白波。
仍闻汉都护，今岁合休戈。

在古道上，翁宏迎来了朋友，又送别友人去远方。此后一别，山上黄叶飘零，湘江白波泛起，朋友你可要珍重啊！那纷乱的战事，应当是停息了吧？那样你就平安了我就放心了。

每一段相逢，结局都是相逢后的离别。即使知道别离的伤痛让人牵肠挂肚，却依旧有那么多人，情深意切地期待相逢。在分离的刹那间，想到这可能是一生的分离了，怎不让人潸然泪下？翁宏在人生的渡口，演绎着嘱咐与思念，等待着命运将缘分一次次安排，期待着古道一次次将朋友送来。

送廖融处士南游

［唐］翁宏

病卧瘴云间，莓苔渍竹关。
孤吟牛渚月，老忆洞庭山。
壮志潜消尽，淳风竟未还。

今朝忽相遇，执手一开颜。

我们今天有了飞机、高铁、高速公路，还有了智能手机，从不把别离当回事，即使天各一方，想聚就能聚，信息随时沟通。今天的我们，可能永远无法体会翁宏对相聚的视若生命的珍惜。翁宏在病榻上，廖融来看望他了，“一开颜”的狂喜力透纸端。然后，依旧是在古道上，依旧是送别，翁宏送廖融往南方游历。

“竹关”是桂岭古道上的一个关卡。翁宏与朋友的往来唱和，使古道诗音缭绕，回响不绝。

古道是人生的驿站，朋友们被离别载去了不同的风景站点，朝着各自不可预知但又必须前行的未来，义无反顾地踏上征程。翁宏在古道这头挥手，心中的酸楚，定会如洪波涌起。分离后音讯难通，再聚再也没有约定的时候，他只能听候命运的安排，转过万重山水，等过了几春岁月，直等到相逢是一场绝望的梦境。却不曾料想，有情有义的古道又把朋友廖融送来。

我在七里古道流连难舍，想象着我的脚印是否会和翁宏重合，想象着两旁的花草，是否会记得翁宏的模样。在流连中，我总算明白，相逢是言语的暂时离别，离别是心灵的永远相逢。

诗好何须多？一句垂千古。翁宏先生的人生意境是古道上的一册文化正楷，短短三首诗，是那般去繁从简，那般信手拈来，抒尽平生。

走在古道上，植物的叶子青黄相错，提醒着我们和翁宏的距离，只是一条古道而已。暮春来临，微雨斜飘，花瓣飞落，诗人握笔写下《春残》的感伤；初秋时节，霜意还未开始，诗人写下秋天的诗句《秋残》，只为了，黄叶飘落的时候，顺便捎去一个盼望平安的念想，赠给横跨湘江的朋友。千年之后，古道空山日暮，朵朵安静的云彩，都为我们唤醒从前的烟霞往事，在诗音里为这份诚挚的友谊深深地感动。

物以类聚，人以群分。翁宏所多交往的，大都是廖融、任鹄、王正己、杨徽之、张观、王元、陆蟾等这些淡泊仕途而隐居山林的诗人。他们远离尘世喧嚣，在幽谷山林之中，以一颗纯净的诗心唱和，在诗的语言考究与声律对仗之间，捕捉一种清新的意境。这种对诗歌艺术的执着追求，成为古道上最心旷神怡的文化清风，并吹拂中原，撼动了中国诗歌的神圣殿堂。宋代的晏几道对翁宏膜拜不已，直接在其词作《临江仙》中引用“落花人独立，微雨燕双飞”。

临江仙

［宋］晏几道

梦后楼台高锁，酒醒帘幕低垂。去年春恨却来时，落花人独立，微雨燕双飞。　记得小蘋初见，两重心字罗衣。琵琶弦上说相思，当时明月在，曾照彩云归。

翁宏先生的前世，或许是佛前的一朵青莲，听从了佛的旨意，来到烟火的凡尘，留下纯净又伤感的诗音，开悟读者，带着读者超脱于红尘万丈。

谢翁宏以诗百篇见示

［唐］廖融

高奇一百篇，造化见工全。
积思游沧海，冥搜入洞天。
神珠迷罔象，端玉匪雕镌。
休叹不得力，离骚千古传。

据《贺县志》载，宋开宝年间（968～975年），衡山处士廖融南游时，翁宏向其出示了自己写的一百余首诗。廖融写的这首《谢翁宏以诗百篇见示》正好与此事相互印证。廖融读翁宏的诗之后，也击节赞叹。

心念一瞬千转，起起伏伏；万物枯荣轮回，往返交替。变，是世间常态。可这世间，总还有什么不会轻易改变，比如那屹立不动的巍峨姑婆山，比如那日夜奔腾的滔滔贺江，比如那绵延无际的潇贺古道。再比如，那凝固于彼此诗文唱和的友谊。这份情感自心灵渗出，流诸于笔端，成为古道上的永恒，让后世的我刻骨倾慕。

怀翁宏

［宋］王元

独夜思君切，无人知此情。

沧州归未得，华发别来生。

孤馆木初落，高空月正明。

远书多隔岁，犹念没前程。

尽管翁宏的步履匆匆，在古道上走完了他淡泊宁静的诗文人生，但古道如歌，把他的诗名传扬，供后世景仰。翁宏在诗中，教会我们怎样静下心看一棵绿树的姿态，抬眉去赏一座山的素美。红尘滚滚，把人心煎熬得越来越浮躁，理想如沙漠之花摧残得越来越焦渴。此时，更显得翁宏的独特不凡与伟大。

景仰中，怀念愈加深厚。怀念翁宏的，不止宋代的王元，还有更多的后来人。

翁宏的诗和他的人生，是深刻融为一体的。那是一种由繁到简、繁简合一，由浓到淡、浓淡皆情的思想高度。翁宏的诗，可以从繁杂品读到简单的意味；然后又在简单中，回味出许多深刻的内蕴。翁宏的人，可以从执着的浓情中品出淡泊的凉意；然后又从淡泊中，悟出大气的雅美。

如落花，缤纷着古道的岁月；如微雨，滋润着后世的荒芜。这就是翁宏，他也许不曾想到，他的诗矗立在古道，成为无法企及的高标。

潇贺古道东线的桂岭古道上，翁宏在微雨落花中吟咏诗的真纯；而处于西线的富川古道，响起了琅琅书声，应和成一首传扬千年的文化交响乐。莘莘学子踏着古道的露珠，向京都进发参加科考，状元、进士辈出。

富川秀水村坐落在潇贺古道的冯乘（富川）至谢沐关古道的东南侧。秀水毛姓始祖毛衷，于唐开元年间（公元 713—741 年），以刑部郎知贺州，由潇贺古道至贺州上任，途经富川，见秀水这地方山水秀丽，风光宜人，便留第三子于此定居，建成秀峰古寨。祠中立有毛衷、毛宪、毛顺良等先贤的牌位，供后人祭祀。

我走进秀水，惊喜地发觉这是一个柔软、精巧、书香飘荡的村庄，任你用多少好词好句来形容它都不觉过分。它像是一个轻盈的梦境，又宛如一个精致版的江南，将乡野注入了了文化的气息。走在其间，仿佛只要你一伸手，就可以抓到一缕柔软的绿色；一抬眼，就能留住一片未化作雨的云；一回眸，就听到一声声清脆的读书声。你一定深深疑惑：这是水墨画，还是农村？乡村莽夫、浅鄙农人，这些词语在这里一定不适用，因为这里的孩子出生就入学堂，大人拿笔就能写字、开口就能吟诗。状元楼、进士第的牌匾在岁月的拭擦下，历久而弥新。

秀水，是一个温柔可人的宜居、宜发呆之地。这里拥有诸多与幸福有关的元素：如画的风景，清澈的溪水，适宜的气候，富饶的土地，文化的气息……这是一处世外的桃源、心灵的净土、读书的胜地。还有什么比宁静地生活在这里，更让人踏实？

据《毛氏族谱》记载，秀水村的古居之所以将宗祠大门、进士门楼做成舆辕的样子，是要儿孙们记住祖先沿古道迁徙至此的不平凡经历和创业立寨的艰辛。

石门楼、石鼓、石柱础，沉重又庄严，精细雕刻的道道花纹依旧清晰如初，傲视岁月，更透着一身正气与担当。我用手轻轻抚摸这些坚硬石体，除了读到毛氏先祖走过古道的风尘仆仆、读到创业立寨的艰辛之外，还读到了其对子孙正派无私、刚直不阿、坚如磐石的寄望。

可以说，这个村寨的建设之初，就以文化作为底色。而后千年的岁月，则是对文化的坚守。

峰翠水清。每一个清晨，都由清凉的泉声和自由的鸟鸣唤醒。阳光从秀峰山顶一寸一寸放下来，仿如一片过滤得干干净净的金色佛光。秀水的房顶、老树也跟着一寸一寸镀上了金色。轻飘着的一缕云烟，也被金色吸附了。

这个当时历史上仅有150来人的小村，便设有三处商贸交易区、五座古戏台、四处祠堂和四所私塾书院（其中江东书院比梧州成化年间创建的绿绮书院早250年）。村民们重礼仪、习诗文，致使后代人才济济栋梁辈出，历代共涌现了1名状元26名进士27名举人。宋代开禧元年乙丑状元——毛自知，是贺州唯一的土生土长的状元。文化气息氤氲着秀水，在历史的长河中闪耀着睿智的光芒。

秀峰书院是一座两进的青砖院落，院内植物参差，古色古香。我站在院中，一棵桂花把清香送入我的肺腑，唤醒了那些诗文的记忆。

古道宛若一条流动的大河，不仅加强了商贾贸易、货物流通，而且也便利了人才来往、信息交流。一些外地的秀才、举人沿古道到达此地，受秀水的尊师重文风气熏陶和感动，便留下任教，传授知识，开阔了学童的视野，使他们小小年纪，也有了问鼎中原的不凡气概。莘莘学子，学成后迎着古道的朝阳，进京赶考，捷报传回家乡，更激起了秀水人见贤思齐的热切。而村中的有识之士也沿古道外出入仕、经商，成功之时又回馈家乡。千百年来，秀水就是这样，不断走出去、反哺回来，渐渐形成了村中的良好风气，更凝成了秀水的文化灵魂。

秀峰书院按现在的眼光来说，规模不大。但按当时的型制而言，这绝对是一座农家的庞大院宅。植物、青砖、轩窗、飞檐，在日复一日的文化浸染下，也有了别样的灵气。一树树桂花花团锦簇，苏铁蓬蓬勃勃，似是学童们朝气向上的人生，更宣示着学童们志气不凡的抱负。书院中间是个天井，也是青砖铺地，天边的白云、四周的青山都映入了院中，似一幅动感的图画。正厅廊柱高大，撑起了学童精神的天空。随着书声一声声响起，脚下的路也在一步步伸展。书院与秀水，形影不离，千百年来饱经风霜却无怨无悔。在相伴中，是默默的坚守，把文化之诗写得深沉绵远。

我想，在中国的农村，能把文化与生活结合得如此血肉相依的，唯有秀水了吧？侧耳倾听，仿佛这里的水也能吟诗，这里的花也会作对，这里的鸟也会出口成章。放眼望去，即使是搂抱着岩石的老树根也诗情漾动，即使是一枝花蕊也诗意盎然。

秀水的文化底蕴，不仅体现在书院，也体现在戏台。秀水农村人，千百年来过的是文化滋润的小日子。

秀水共五座古戏台，座座都是一潭泉水环绕，意境悠远，古朴高雅，这些戏台也是富川最老的古戏台。锣鼓铿锵，丝竹悠扬，无论是忠君报国为民众，还是才子佳人演绎爱恨情仇，四方观众都沉浸于动听的唱腔与感人的故事中，日常的琐碎就有了诗意与文化的颜色。

戏台是一方文化展台，多少忠孝节义、哀婉缠绵的故事在这里轮番上演，剧情曲折跌宕，吸引了观众的痴醉；演员水袖轻舞，拂去了观众的烦恼。

我最喜欢毛公山脚下的那一座古戏台。一泓清泉从戏台右边涌出，四季不涸，被称为“状元井”，清澈的水流形成溪，自戏台脚下淙淙流过。戏台的对面山脚建有一座庄严肃穆的仙娘庙，香烟袅袅升腾。仙的世界与人的世界，就以一座戏台为界线。古戏台的楼台高约 4 米，后台宽约 6 米，台面上铺有木板，屋顶青砖绿瓦，檐角飞龙栖凤。檐壁上绘有祥和福寿的古画，题有赞颂太平盛世、山光水色的古词古诗。台南、台北各有个“出将”、“入相”的小门，那是供演员上台演出、下台换装用的。这座戏台始建于唐文宗宝历丙午年（公元 826 年），距今已一千多年的历史，是富川最古老的戏台，此后经宋、元、明、清历代村民的重建或修缮，虽饱经沧桑，却崭新如初。一座戏台，一方文化的展台，丰富着秀水的灵魂，也支撑起秀水的文化脉气，让秀水的精神家园芳草萋萋。

我在秀水的角角落落里徘徊，发现远去的秀水先民生活得如此诗意优雅，发觉在秀水当农民也是一件乐事。耕田，读书，看戏。我爱这样的细碎生活，更爱这样的细碎生活中透出的温柔文雅。

而在现代生活中，很多人、很多时候都身不由己地奔忙，离自己最爱的生活，越来越远。我们日复一日，在物欲中穿梭，筑起厚厚的围墙将自己禁锢，甚至忘了自己追求什么。直到有一天围墙轰然倒塌时，才发现自己没有好好欣赏过花开，没有好好写过一幅字，更没有好好吟过一首诗。面对秀水，才惊觉与惭愧，原来秀水的农民早一千多年前就比我们生活得雅致与诗意。

这哪里是农民啊，这分明是诗人！

秀水永远是宁静的。它的静，像星空一样深邃而悠远。

秀水村内有石鼓河、秀水河、黄沙河三河汇流，水濯沙清；划分为石余、八房、安福、水楼四个自然村，村村相连。

秀水的河，见证了秀水悠久的文化沉积。那郁郁葱葱的秀峰，倒映在清澈的河水之中，仿佛笔尖划到了水里，画出了一幅幅动感的画，画中是山，是天，是云，是树，是书声。人在这样的风景前，多么想化作一缕风或一尾鱼，与秀水融为一体，再也不用分离。

秀水像诗，吟咏着出世的清逸；秀水像画，存放着七彩的颜色；秀水像歌，纯洁而宁静；秀水像戏台，人人都可以演出自己的文化人生。

商贸之道

贺江清波，泛起悠长的故事；群山巍峨，隐藏绵远的记忆。我徘徊在古道，擦去“南蛮”称呼的尘埃，找到岭南诗意又辉煌的本质。

古道上的一切，都让人想要留住，想要触摸，想要珍惜。哪怕是老树叶缝里漏下来的一缕阳光，古桥桥墩边长出的一片青苔，石板路下挤出的一棵小草，都有了沟通远古与未来的灵性，让我与过往来一场对话。

漫步古道，我从心底认同这是一个可以安然行走之所，是一个可以轻盈快乐的地方，让所有行旅者都忘了旅途的艰辛和疲劳。不同的路段，不同的风景，填补着行旅者的空虚。一路走来，一路将人的心与行囊装满，然后在路的尽头回味。古道形似古老南方的脐带，它凝聚了这片西南大地往昔清晰的缩影。阳光映在连续的石板、鹅卵石、钎石阶上，让我瞬间生出阳光也会走路爬山的错觉，仿佛从这幽深的古道一路看过去，一眼就可以看到几千年前岭南的商贸繁荣……

在商周时期，岭南地区的族群，有苍梧、西瓯、骆越等族群，而有史书记载的最早的族群则是“仓吾”一名。《逸周书·王会解》载岭南部族向西周成王进献的物产中有“路人（骆人）大竹”，“仓吾翡翠，翡翠者，所以取羽”、“骆越之菌”等方物。《逸周书·王会解》还记载了岭南与中原进贡及商品交换的情况，伊尹受商王成汤之命，为四方令曰：“臣请……正南瓯、邓、桂圆、损子产、里、百濮、九菌，请命以珠玑、玳瑁、象齿、文犀、翠羽、菌鹤、短狗为献。”舜“南抚交趾”、“南巡狩，崩于苍梧之野”就是传递了交通方面的信息，说明当时这里已经有一条互通的道路，进贡到中原的物品应是从这里运输过去的。

古道曾经凝聚了老贺州的精彩细节和贸易片断。禽畜、水果、山菌、装饰品等南方特有的土产品，从古道出发，走到中原皇族的面前。群山巍峨，流水叮咚，马蹄嘚嘚，是商贸活动的最初印记。富川、冯乘、临贺、桂岭、封阳，都是商贸路上最繁华的节点，商铺、府第、客栈、戏台、旗幡在古道两旁罗列。车来人往，声喧马嘶。熙熙攘攘，摩肩接踵。各种语言在古道交汇，北方的，南方的，中原的……不同地方的人在古道相逢，北方的，南方的，中原的……

只有走进这幅锦绣纷呈的潇贺古道长卷中，才能真切地体味其中的精彩。

古道的时光就是这样充满神奇，道路虽然崎岖不平，却总风光无限，让我停不下追寻的脚步。沿着这条令人无限憧憬的古道行走，眼前的景物总会在不经意间引起人的好奇：这个老树墩，是否拴过行旅者的马？那泓清泉，一定洗过行旅者的脸和手，然后再让他们咕嘟嘟地喝下去止渴；在那个村寨，是不是有远方的旅者带走了本地的姑娘，或者是他留在寨子和心上人一起生活？

古道上的商贸风景是流动的，货物不同，马匹不同，运货人也不同。踏着或快或慢的节奏，自在地向前行走，简单地运输。而在古道的两旁或两头，甚至整个中原腹地与海外，多少人享受着潇贺古道商贸带来的充实生活。

尧舜时期，黄河流域的尧舜部落与长江流域的三苗部落有过激烈的对抗战争。《礼记檀弓下》："舜葬于苍梧之野。"郑玄注："舜征有苗而死因留葬焉。"有苗又称三苗、苗、蛮或是苗蛮。其主要活动区域，史书多有记载。如《战国策·魏策》："昔者三苗之居，左彭蠡之波，右洞庭之水，文山在其南，而衡山在其北。"杜佑《通典》云："潭州，古三苗国之地。"又："岳州，古苍梧之野，亦三苗国之地……凡今长沙、衡阳诸郡三苗之地。"《读史方舆纪要》卷八十湖广长沙条记载："南距五岭，北界重湖，内抚蛮，外控岭粤，古三苗之境地也。"从史书记载来看，三苗的活动范围很广，可能已经达到岭南的北部地区。

无论是对尧舜还是对三苗而言，有了古道，才有了精彩。古道忠厚朴实，不管是来攻城掠地还是生意糊口，它都愿意承载。这是一条诚实之道，商贸之道，繁华之道，然而又不止于此。几千年来，古道以一种忠诚又朴素的姿态，存在于南方大地，存在于人们的心中。

尧舜是从哪里越过岭南呢？舜"南抚交趾"、"南巡狩，崩于苍梧之野"，就说明当时已经有一条通往岭南的道路，进贡到中原的物品应是从这里运输过去的；同时也表明，尧舜没有开辟新的线路通往岭南，而是沿着桂岭古道向南一路进发。舜"崩于苍梧之野，葬于九嶷"从一个侧面说明，在民间则早已通过桂岭古道开始了商品、文化等方面的交流。从发现的史前遗址和出土文物来看，这种交流早在旧石器时代已为古人类所利用，成为古人类向北辐射甚至出海的最早通道之一。

古道，是贺州最古老的符号之一。它像是一扇记忆的门，诚实地保管着这座城市的商贸历史。

沿道的古老民居和古迹遗存，依稀透露着古道曾经的繁忙景致。码头、风雨桥、石板街、老村庄，时光在这条古道上翻滚起伏，那些永远不能重回、永远无法复制的岁月，便藏在那层层叠叠的古道尘埃中。车马驰行，货物沉重，炫耀着创造的财富，宣扬着生活的信仰。

秦始皇统一岭南后，即在岭南地区推行郡县制，建立桂林、象郡、南海 3 郡。汉武帝平定南越国，将秦所置 3 郡又划分为南海、苍梧、郁林、合浦、日南、九真、交趾 7 郡，后来又增设儋耳、珠崖 2 郡。其中苍梧郡是以族名设郡，苍梧郡的县比较密集，大致与现在的县制布局差不多。苍梧郡 10 个县，郡治在广信县，约今广西梧州市附近。另外有谢沐县，驻今湖南江永县西南；高要县，驻今广东肇庆市；封阳县，驻今广西贺州南部信都及广东封开县地；临贺县，驻今广西贺州南部贺街；端溪县，驻今广东德庆县；冯乘县，驻今广西富川县东北；富川县，驻今广西钟山县；荔浦县，驻今广西荔浦县西荔水北；猛陵县，驻今广西苍梧县西孟陵。苍梧郡所辖县大部分在广西东部与广东西部的连接地带，也是在古道的两旁。从广东肇庆到广西的富川，直线距离约 200 公里，两旁分布着 10 个县，在汉代来说是非常密集的，这也表明这一地区是汉王朝的重点开发区，也是经济文化的主交流区。

每次走近这条古道的时候，仿佛空气安静下来，心也沉静下来。这是一条古老而独特的道路。它深厚的商贸基础，它开放的沟通理念，它包容的团结品格，孕育了独特的古道贸易。流年似水，而古道是永恒的凝固。它在时光中迤逦，留下无数贸易的印迹，丰富了南方，丰富了中原。甚至，丰富了海外。

封阳县始建于汉武帝元鼎六年，辖区包括今贺州市的信都镇、仁义镇、铺门镇、水口镇、太平乡、苍梧县的沙头镇和石桥镇，以及广东怀集县和封开县的一部分，是潇贺古道东线上的重镇。封阳县自西汉建制以来，历经东汉、三国、隋、唐、五代等朝代，直至宋初并入临贺县为止，历时千余年，一直是商埠要津。

我在清晨来到封阳。这时的封阳，刚刚苏醒，龙眼树一棵接一棵，铺展成连绵的绿色，结出名驰岭南的“石硖龙眼”。贺江江畔，浪花滔滔，破开平静的水面，将日出江花，写成一幕生机勃发的风景，亘古不变。所有的记忆，随着阳光顷刻间开启。那些老去的影像，还有过往的贸易故事，从来没有被时光遗忘。

最美的，还是封阳的物产。这里土地肥沃，种出来的瓜果特别甜，最受外地人喜爱。商队源源不断，带走了土产品，也留下了封阳所需的日常物品，或者是手工业、农业技术。也有不少封阳人跟着商队的步履，顺着古道走向远方更广阔的世界。古道之上，尘埃滚滚，市声滔滔，川流不息。来往的车马、涌动的人潮、琳琅的店铺、摇曳的旗幡，尽显古道的辉煌胜景。古道两旁的茶馆、酒肆、客栈，有老板娘招呼客人的温暖话语，还有封阳香醇的米酒，让商旅者慢慢品尝。封阳开放包容的气度和品格，让他们宾至如归。

繁华的封阳，富饶的封阳，正是古道上让人津津乐道的仙境。景好，物好，人情好。对于外出的生意人而言，还有什么比此处更温暖的地方呢？

封阳县自汉朝设县以后，直至宋开宝四年宋太祖改封阳县为乡方才废弃。县治在今铺门镇中华村至河东村一带。在历史的变迁中，它先后有多个城墙城址，由高寨城址、河东附城、铺门石城、誓旗肚山城、半边城址、信都县城旧址六个城址组成。其中铺门石城位于中华村，因建于两座呈半圆形的石山之间，又在南北两个狭小的隘口中垒石为墙，四面的城墙不是石山就是石墙，所以又称“石城”。汉封阳县首先在这里设治，并同时在高寨另筑土墙为主城。石城被用作贺江上游镇守县城的北大门。汉代至唐代，它是拱卫封阳县城的封中别城。宋代至元代它是信都团练的驻所。明代它是信都巡检司衙署。清代，它是信都县治署所。

尽管名称不断变换，石城的责任从不变，那就是以自己的固若金汤，守护古道的商贸繁华。

石城在，封阳在。

山野之上、江岸之边，石山横陈，像封阳男儿裸露的坚强胸膛，顶天立地的英雄之气，直贯九霄，让我触目倾心。巍峨山体，是整块巨型石头矗立，嶙峋着创世之初的悲壮，又传达着无声回护的温暖。石缝中，有绿色的杂树、草丛坚韧地生长，叶子随风摇曳，摇啊摇啊，仿佛一双双手，转动时间的轮盘。山体泛白色，植物呈绿色，白与绿之间，是千百年不分离的依偎。就像是石城与封阳，彼此守护，朝夕相依，过去不分离，以后也不会分离。石头是山的今生。山是石头的前世。

我凝视着石城，它庞大的身躯映在蓝天白云下，要抬头才望得到顶。望着望着，我突然觉得石城也会走路。石城没有脚，有时风是它的脚，悠悠风吹过，封阳大地就有了石城的护佑与坚强；有时水是它的脚，清清江水从它的身畔流过，滋润封阳，封阳就有了鲜的果、甜的瓜。所以，千年的封阳，全在石城的影子下，全在石城的怀抱中。

只要是封阳的子孙，心中都会有一座石城。它历万世光阴依旧坚强，它经千年沧桑愈加沉稳。

走动的石城也会停下来。它会停在信都，挡一挡贺江的猛风，让过往的商船更稳更平；它会停在铺门，遮一遮那炎热的骄阳，让种番薯的阿婆直起腰来擦汗；它会停在仁义，撑一撑那就要落下的太阳，让担货到古道卖的汉子不用摸黑返家。石城每一天、每一年都做着这些，但它从不言语，从不夸耀。

因此我又相信，石城也会思考，它万年来安安静静，沉默的模样，一定是想得很深很远。轻风吹过，传来它睿智的语言。即使我因愚笨没有听懂，石城也不怪我。

石城由东西两座半月形石山合围而成。在南北两个方向，各有一处隘口，人们于要冲处用石块垒砌城墙，再在山头上设置好炮台，在山外挖好城濠，这样，石城就固若金汤了。风风雨雨，石城稳如磐石，保存至今。

如果说石城的外表是至刚至强，那么，它的内在，就是至温至柔。

走进石城，又是另一番天地，别有洞天，宛若陶渊明笔下的《桃花源记》。山体三面合拢，似是一个天然的巨大怀抱，圈出一个偌大的温暖空间。山体的野藤挂下，青葱翠绿，随风摇出千般韵致、万种温柔。阳光当天洒下，为植物的叶子镀上了一层碎金，闪闪烁烁。空蒙的岚气倾泻在一棵棵龙眼树、番石榴树上，诉说着这是烟火的乡间。树下，一条条青石板小路如网一般伸延，路的两旁，是民宅参差错落。这些人家，大都被龙眼树的叶子挡住炎热，一片清凉。民宅废弃的墙基成片绵延，在无声述说过往生活的热闹。

隘口的城墙用巨型石板垒成，横落在两个山体之间，流转的回风吹进石城，也不愿离去。城墙上有一棵老榕，一部分根系深深扎进了石缝中，拥抱石山，与石山共生；一部分根系裸露在墙顶，高高隆起如同巨型屋顶。它的树冠，遮蔽天日，气吞山河。

石城是封阳的象征，更是古道忠诚的守护者。因此，即便这里的一棵小草，都沾上了阳刚的意志，凛然生威，不可侵犯。

小草与老树，是缩小了的石城；封阳与古道，是扩大了的石城。一草一木，一村一寨，一砖一瓦，都有石城的影子。石城无处不在。

石城盘踞在中华村，是石城；飘上了天空，变成云朵；俯下身体，成为大地；伸直躯体，成为古道。

有了封阳石城的情深守护，就有了潇贺古道商贸的久长繁华。

潇贺古道不仅仅有桂岭东线的商贸兴旺，更有富川西线演绎的大气磅礴的商贸史诗。

富川县葛坡镇的深坡村，是潇贺古道旁雅致迷人的商贸节点，富永

（江永）二级公路穿村而过，无论古代与现代，都占尽交通先机。深坡村始建于宋绍定年间（1228—1233 年），系始祖蒋士弘（宋嘉定年间进士）任桂林府通判致仕回湘路过此地定居。该村至今已有近八百年历史。

青石板路、水渠、徽派建筑是这里重要的元素，也是古道刻烙下的商贸痕迹。

深坡石板街全用坚实厚重的大条石铺砌而成，沉稳踏实。来往车马、商旅行人的脚步，把青石板打磨得圆润光滑。朝雾落在石板上，在晨曦的映照下泛着幽青光泽。主巷如此，即便小小的里巷也如此，显得格外铺张，也彰示着深坡的商贸繁华。

上善若水。水是慧心，在深坡绕村穿行，在每家每户门前流连，涟漪波心徐徐地舒展。一条大青石，跨水而过，连接着路面与家门。不必出门，就在家门口，可洗菜、洗衣，方便又舒适。据村民介绍，还有防火灾的作用。水中水草长长，通身翠绿，从宋朝就摇曳到今朝。水声潺潺，洗去凡心，留下洁净，然后，再枕着清凉入梦。这样的生活，精致又诗意盎然。我发现，仅仅是深坡的一条溪水，就让我惭愧到尘埃里。

水从村外引来，用石头砌成水渠，清澈流动，行在路上，有水陪伴，一点也不觉得孤单。我想，古道上过往的商旅者，一定会忍不住停下来，在水边洗洗手，洗洗脸，洗去一路的风霜和尘土，再掬几捧喝个饱。马儿也会伸头到水中，品尝深坡的热情与甘甜。这样体贴温柔的深坡，是古道上合格的驿站。

水边有像我一样来到古道寻踪的游人，他们悠然漫步，或是拿出手机与相机，把这点滴古意永远记录下来。那悠悠碧波，映照着两旁林立的商铺、马头墙。深坡这座被商贸浸润了千年的古村，生长着无尽的诗意与闲适。

行走深坡，不能不被其独特的建筑风格吸引。这是糅合了徽派与岭南建筑长处的庞大建筑群，一座接一座，罗列在古道两旁，迎接商旅者的脚步，同时也诉说着殷实的商贸底蕴。

黛瓦、粉壁、马头墙，矗立在蓝天白云之下，似是一张张竖起的明信片，从村头一望过去，层层叠叠，错落有序，飞檐翘角勾勒出繁华的气势。走入其间，高宅、深井、大厅，显示出不凡的气度。如果不是四周的山峰提醒我，我几乎怀疑自己是身处江南而非农村。厚门高槛，手一推，门柱很紧，“呀”一声，仿佛推开了沉重的时间，走入了前尘往事。屋主介绍说，老祖先们在起这房子时，为了防盗贼入屋，所以叫木工把门柱做得特别紧密，要用大力推才能推开，发出“呀”的声音就会提醒主人。入大门之后，是一个四方的天井，用青砖密密铺过，一角的排水口用一个铜钱造型的砖隔断，意为“留财”，以祈财源滚滚。厅堂中，高大的墙柱撑起宽敞的生活空间。

厚门大宅，这是深坡人家的大格局。若你认为这里的农村人不注重细节，那你又大错特错了。石雕、砖雕、木雕，无所不在，精工细巧。门墩石是大青石，或雕“寿”字，或雕莲花荷叶图，再衬以云纹。影墙是砖雕，用青砖铺边，勾勒出大气的轮廓线，或圆或方或菱形，正中雕山水、花卉、神仙人物，气韵生动。黛青的底色，立体的图案，典雅之气扑面而来。

木雕是深坡村的精华之作，大门、窗棂、神台，都是木雕的表现舞台。喜上眉梢、莲年有鱼、竹报平安是最常见的题材。那只站在梅枝上的喜鹊，眼波流转，侧头、嘴微张、脚挺立，仿佛成串的喜讯就要从口中飞出，栩栩如生。屋主人带着我参观了厅堂正中的神台，介绍说这是檀香木做的。暗红色的木头在岁月深处发出幽光，雕刻线条流畅无比，一道道花草纹缠绕，石榴饱满圆润，是一幅石榴图，因石榴籽多，寓意“百子千孙”。

最能体现深坡商贸繁忙的，是石板街两旁的店铺橱窗。橱窗开在大门的一边，底下青砖墙高约 1.2 米，窗宽约 1.5 米。窗台上有一条槽，竖放上木板，就可以关窗。大门上的店铺字号，虽经风侵雨蚀，依然隐约可见。一个个橱窗，勾勒出往昔人头攒动的商贸盛景。

是谁牵着车马缰绳，踏响古道的石板，追寻富裕的梦想；是谁水边捧起清泉，洗去旅途的风尘；是谁吱吖一声推开木门，迎接四面八方的客人；又是谁坐在橱窗后，用辛勤的双手书写古道的贸易华章？徜徉在深坡四季交替的安静里，有抹不去的旧迹，忘不掉的繁荣。

富川县岔山村始建于明代初期，兴于明中期。因村中山开两岔而得名。该村的西北两面与湖南接壤，是中原通过潇贺古道进入岭南的第一个入口，有古道“第一村”之称。

当天边第一缕阳光攀过岔山顶，温和地照在大地上，岔山村醒来了。散步的老人背着手，身边跟着一只黄狗，走在鹅卵石铺就的古道上。两旁，青翠的松树挺立，守卫着古道的年年月月。杂树、杂草长得很高，风拂过，轻轻摇动。一块块稻田，在古道两旁排列。千年前是这样，现在也是这样，中间的岁月，仿佛不曾存在过，让我顿生恍惚。

古道蜿蜒，唱出了一支绵绵不绝的商贸歌谣，青山绿水、村庄老桥之间，处处有低回的遗音。

我走进岔山村，发现村内随处可见古民居、石板桥、石碑刻、古桥、古戏台、古隘口、古庙、古祠堂、古树、古井……古意盎然，如同翻开了一本潇贺古道的活字典。

听村里的老人讲，这里的豆腐堪称岭南一绝。岔山的水土种植出的黄豆格外饱满均匀，再加上岔山的泉水磨成豆浆后，那份甜、嫩、鲜、滑的好滋味，令路过古道的每一个行旅者停下了脚步，喝上一碗，饱肚又解渴，回味悠长。所以岔山村两旁的商铺，豆腐是主角。老人说，当年明清年代村子的盛况啊，那才叫开眼界！一路过去全是一间接一间的豆腐铺子，豆浆、豆腐饼、油豆腐，一街清香。过路的生意人吃饱了，意犹未已，还得带着几包在路上吃，再带几包回老家去给亲人尝一尝。

“喏，就是这条街，全是靠卖豆腐发家的。”老人慈祥地指给我看。

站在幽深狭长的古道上，我仿佛能听到响彻千年的马蹄声。一声声，穿过岔山村古老的酒坊、豆腐磨坊、杂货铺，把商贸繁荣留给了岔山，带着祝福和希望走向远方。

昨天的岔山商贸胜景，已随彩霞点染的水波，沉淀在古道。那古宅、磨盘、酒香、马蹄痕、鹅卵石，是穿越时光的缕缕古韵，留等行过的路人拾起。村边的那棵老树，飘下了一片树叶，落在流水中，划过了岔山明净的老时光。

古道像一场来自旷古的梦幻，又像一段绵绵流转的传说。穿过云雾飘涌的山峦，弯过深邃苍翠的老树林，绕过错落的村庄，古道就来到了贺江边。

贺江，明净如玉的江水流动着多少前尘往事呢？没人计得清楚。那岸边的垂柳，老枝遒劲，一定为运矿的工人遮挡过炎阳。江水拍向码头的青石，一波又一波，似是忠贞的诉说。我想啊，那被岁月磨得发亮的码头青石板，石缝间一定收藏了昨日遗失的风景。

八步镇面临贺江，是古道上的重要码头之一。贺州有丰富的锡矿资源，在清朝乾隆时期得到了大规模的开采，沿贺江溯水而上的粤商、沿潇贺古道徒步而下的湘商云集八步，抢占商机，设点经营，共同采撷这朵美丽的富财之花。具有水陆交通优势的八步镇逐渐成为路花、西湾、水岩坝、新村、黄田等矿产地的转运中心。这里人来人往，热闹非凡。

烟雨漂洗的八步旧码头，延伸到江水，似是要探索江底的秘密，又似是一双双戏水的手。江边的树、民宅、翠草，重重叠叠，宛如一幅清新淡雅的水墨画，温润的色调、从容的情怀，古往今来，托起多少商人追梦的脚步？写就了多少商贸的传奇？

因为近水连江，开采锡矿的客商率先在沿江一带修建八个码头，称之为“八埠”；之后又有客商在码头边建起了八间商铺，于是被人们叫成了“八铺”。在粤语中，“埠、铺”与“步”谐音，于是此地被客商称为“八步”，沿用至今。

有了古道的贺江水路，“贺州响锡”随着商船漂洋过海，名声传遍了东南亚。

码头聚集着等待装船的锡矿，起伏着喧闹的人声。江心却是画影清波，一派平静。迷蒙的烟雾浸润在低垂的柳条上，摇曳的波光荡开一圈圈涟漪，江水托起沉重的商船，缓缓驶离码头，那份举重若轻的淡定，让古道也变得活泼轻盈起来。

两岸青山，数片帆船。八步码头忠诚地守卫江边，迎来送往，不离不弃。滔滔江水，滚滚财源，圆了无数客商的财富之梦。

当春雨迷离的时候，码头也跟着朦胧。远处的老桥横落在码头与对岸之间，回风流转，荡涤江面，仿佛穿越千年的歌音，那些被悠悠岁华隐藏的财富传说，清晰而安静地舒展在旧码头边的民居大宅、深厅华堂里。古道赐予了无数人财富造就的幸福与安宁。那浸到水里的码头老石拴，挽留的，依稀是客商们匆匆走过的步伐。他们留恋这方山水，在这里安下家来，子孙后代成为真真正正的八步人。

因此，当清明节来临，很多八步人都回粤、湘祭祖扫墓，他们的根在那边。

千年的古道商贸繁华早已注定，留存的是永远不灭的传说。当朝阳起起落落，八步码头也和着阳光，唱出了悠扬的歌。那些撑着船篙、装卸货物的人，那些来往于码头边的人，又将落入谁的眼里梦里呢？

旧码头上熙熙攘攘，一代又一代人的脚印叠加，穿行在石板路上，他们抖落路途疲惫，水洗尘心，将恬静又富裕的时光寄存在码头边。

千年成为过往，清澈的阳光依旧柔柔地洒落在江面。水纹轻漾，涟漪泛动，撩拨的是谁的心事？一艘木船停泊在垂柳深处，静看旧码头被气势磅礴的彩虹桥代替，被火车、汽车货运站代替。木船与垂柳，两两相伴，追忆古道的旧时光。

千年旧事，起伏浮沉。将木船与垂柳的追忆记在心里的，还有我。

此时，搁浅的，是八步旧码头的往昔；不会落幕的，是古道沧桑的年华。

生活之道

凉风吹送彩霞，落叶铺满古道。披星戴月的马蹄踏醒了古道的每一个清晨，悠悠回荡；桂花片片飘落在青石小径，露珠凝在叶尖，欲滴未滴。晨曦掩映的远山近水，给古道涂上了忠贞无言的背景。

千年古道，氤氲着生活的气息，处处是人烟深处的温馨。

那些在风雨楼里临风赏景的老人家，悠闲恬淡，有时热烈地争论着什么，有时又默不出声。他们，是古道这幅巨帙山水写意画的世外仙翁。那些古道边种稻、犁田、摘菜的农家人，悠游自在，种了一春又一春，品尝的是自知又自足的人生。古道上一间接一间的青砖大宅，庇护了成百上千年的子孙岁月的温暖；一扇又一扇的雕花轩窗，装饰了一代又一代人的梦幻。

耕田。读书。听戏。做买卖。古道两旁人家的生活，写意又诗意。

我真怀疑宅子门口那两只石墩，也会开口吟诗；耕田的那只水牛，上了田埂之后就能认字。甚至，那几张老桌子，也会哼几句戏文。

古道上方，被一片流彩的天空笼罩，云彩缕缕，光影隐隐。流淌在古道长河中的故事人物依旧清晰，在老人们的聊天声中口口相传。

太阳升高了。古道被霞光擦亮。摘菜的媳妇回来了，在水井边洗菜。老妇人在井边洗衣。水声起落，拨动生活的琴弦。

水井是农村法规的执行点，谁也不可逾矩。水井分三级，每一级都用青石板铺成四四方方的池子，第一级是挑水井；挑水井溢出来流下第二级，是洗菜井；洗菜井溢出流下第三级，是洗衣井。

水井是生活的眼睛，窥视生活的点点滴滴。过节了，洗的是肥美的鸡鸭；过年了，洗的是被套蚊帐；添丁了，洗的是尿片小衣服……

古道上过往的行人来了又去，年复一年。古道两旁的生活却一成不变，日复一日。

面对古道的多姿，语言失去了色彩。解读古道的沉稳，山水遗忘了诺言。

在绵延千里向远方、却又烟火每日熏生活的古道面前，四方星辰，也跟着明亮起来。

伟人毛泽东在《七律·长征》描写了五岭：

红军不怕远征难，万水千山只等闲。
五岭逶迤腾细浪，乌蒙磅礴走泥丸。
金沙水拍云崖暖，大渡桥横铁索寒。
更喜岷山千里雪，三军过后尽开颜。

五岭在哪呢？五岭是指：大庾岭、骑田岭、都庞岭、萌渚岭、越城岭，或称南岭，横亘在江西、湖南、广东、广西之间。

轻盈的雪花飘落在巨龙盘踞般的五岭，那冰肌玉骨，瞬间消失在苍莽草林，再集积为层层阻挡行人的厚雪，挑动着伟人豪迈的诗思，喷薄而出，涌成“腾细浪”的旷世情怀。

山势延伸，晶莹的白雪，璀璨如天覆白纱的苍茫。在岭尖与苍穹的交汇里，那一棵棵坚挺站立的松树，用身躯弹奏万古韵致。

然而在天苍与地茫之间，偏有一条条道路，要穿透这五岭的厚重与艰险。

跨越五岭有五条古通道，其中湘江—灵渠—漓江线和潇水—贺江线是两条最古老而又最重要的路线。由于湘江和漓江两水源距离很近，沟通两水比开辟陆路的工程量要小的多，于是秦朝的史禄选定了这一地方，开凿了著名的灵渠。因为灵渠在秦汉及其以后的千年间大都失修，潇水—贺江线就成为那时最兴旺的线路。古人借助潇水和贺江行舟，在两水之源间走一段平缓的山路，即秦修新道——“潇贺古道”，就可以轻易地翻越南岭。

贺州以古道的地之奇，击败了五岭的天之险。从此，潇贺古道走上了波澜壮阔的历史舞台，上演了永不落幕的生活大戏。

风有一双自由的脚，它随意走过古道的春夏秋冬，在每个晨曦与黄昏，把东家的豆腐香带到西家，把南家的酒坊味送给北家。甚至，风很大方，把牛屎味鸡屎味猪屎味也毫不吝啬地匀给了每家每户。于是，古道就过起了烟火的日子。再寂寥的五岭，也抵挡不住这人间的闹腾，处处都洒上了生活的足迹，成了生活的桃花源。

只有五岭的棵棵青松不为所动，静守内心的宁静。还有一座座石板桥，就如同月色守候古道，千百年来，固执地守着脚下的碧波清音。

除此以外，古道上的一人一物，全卷入了活色生香的闹腾生活中。

古道依然迎来送往。只是古道多了商铺、豆腐香、鸡鸣狗吠。除了车马的辙，又多了耕牛的蹄印，还有孩子撒野的奔跑。深深浅浅的人声，长长短短的炊烟，错错落落的村庄，慢慢形成，渐渐密集。然后，站在村的这一头望不到村的那一头了。古道宽厚仁慈，收纳万物。再闹腾的声音与生活，它都装得住、容得下。

我想，古道是以这样的方式，改变五岭的安静与寂寞，也改变人世。有了人声的陪伴，山林中的杜鹃开得特别欢快，不再寂寞无主地自开自落。它们开进了学童的诗作里，开进了青年男女的爱情山歌中。挺立古道两旁的多姿松树，除了守候之外，又多了一份责任，那就是为附近的农人挡荫凉。从此，五岭的万物与人，才真正融合在一起，有了生活的起转承合。

这一条潇贺线的五岭古道，虽蜿蜒曲折，但坦荡宽广，匪徒难藏。因此，这里只有生活的气息，没有匪患的阴影。而生活在古道的村庄与人声多了，匪徒就更没有下脚的缝隙了。每天每年，古道车马辘辘，货如轮转。

汉代通过五岭的古道分别为：始安的越城岭道、临贺的潇贺古道、桂阳的都庞岭道、骑田岭道，还有原有的大庾岭道。其中以潇贺古道（又称萌渚岭道、桂岭道、谢沐关道）最为古老，使用的时间最长。其原因是这条古道连接潇水和贺江之间的陆路相当平坦，由两个盆地相连，中间只有一个小小的谢沐关口，不需要爬山越岭，是连接中原和岭南天然通道。正因为如此，早在旧石器时代中、晚期（约 10 万年前）就已被古人类发现和利用，成为古人类辐射迁移的重要通道之一。这条通道两旁发现了密集的旧石器时代的文化遗址就是证明。这种现象一直延续到中、新石器时代和商周战国以后。

潇贺，这是一条温柔的道路，没有山洪，没有雪崩，没有匪徒，甚至没有太大太冷的风，只赐予行人平安与希望。它以“国道”的风范，护卫与造福寻常百姓。它是百姓的生活之道、幸福之道。这样的古道，谁能不爱呢？

千百年来，古道的笑意照耀了漫长的岁月。清晨，古道在行人与农人的脚步声中醒来，它含着露水、含着情意，默默为人们服务。人们在路上交谈的笑声，它都收藏起来，留作自己的晶莹心事。古道牵着四季、偎着五岭、伴着不败的花期，年年坚守，不离不弃。

春桃谢了有杜鹃，野菊谢了有野梅。花儿灿烂而温存、多情且奔放，它们是古道的芬芳语言，为行人们拂去路途的疲惫，为农人们添上生活的色彩。古道年年岁岁，以身作则，把生命的本质抒发得如此浪漫动人，让生活在古道边的农人忘记了时间的流逝。古道岁岁年年，执着坚韧，自信且骄傲，以款款深情，把简单的生活演绎得如此扣人心弦。

一段段花一样的缤纷日子，一页页火一样的人生篇章。路在脚下坚实，人在路上惬意。追寻财富的，古道让他圆梦想；居家过日的，古道让他活自在。路与人形影不离，人与路甜蜜相依，平安宁静却有滋有味，岁月无痕却灿烂生辉。人的仅有一次的生命之花，在古道恣意盛开。古道，便无怨地承担起车马行人的重量，便无私地袒露出全部的美丽。在古道，即使是摆个豆腐花摊也可以悠然度日，再种点稻米，再听点戏，生活就似神仙。

本地人的脚步也会踏上古道，到远方去做生意、赶考。赚了钱、当了官，他们会感恩古道、回馈古道，在古道建了大宅、风雨桥、石板桥、戏台，给古道的生活增添了更多内涵、更多色彩。古道是一条情深义重的古道，这份情深深刻进了生活的日子，所以古道上的建筑总在不断增加，造福后来人。包括今天的我。

我行走在古道，踏过架在溪水上的石板桥，站在戏台前聆听古雅的音调，累了就歇在风雨桥，深深被古道的热肠与情意感动。我想啊，所有行人都曾有过这样的感恩。

所以啊，古道只要来了一次，就不会忘记它。过去它赐予人们财富，今天，它依然赐予我们精神食粮。

走上古道前，一定要把身心全部清空，然后，任古道把你的思想、灵魂装满。在未来的岁月里，回味、受用。

秦始皇二十八年（公元前 219 年）冬，嬴政为了便于对岭南三郡的辖制和管理，便在岭南古道的基地上，扩修了一条自秦国都咸阳到广州的水陆相连的秦代“新道”——潇贺古道，世称“东线”，并与海上丝绸之路相接。

秦始皇三十二年（公元前 215 年），秦帅蔚屠睢初征岭南，派军队修了一条古便道，自道州沿潇水、沱江，经古麦岭、黄沙岭（蛮子岭）的山峡至青山口（葛坡）、黄龙（富阳）、冯乘（富川）的老古城由水路直达贺州（临贺）。世称潇贺古道“西线”。东、西两线在临贺故城的贺江码头汇合，然后由贺江进入西江、珠江，最后入海。

古道的生活并不抽象，具体又实在。它贯穿在人们踏踏实实、精打细算的小日子中。

黄龙即是现今的富阳镇。每年农历十月二十六日，是富阳镇高岭村的“惯节”，在这一天，家家户户喜气洋洋，用自家做的家常菜肴、油茶和蝴蝶歌款待宾朋。

油茶是世代居住在山区的智慧瑶家根据山地潮湿、瘴气阴重的地理环境发明的。茶叶含有丰富的茶碱，能起到全身调理的作用；生姜驱寒湿；大蒜消毒；花生、爆米及各式糕点可充饥。据当地人说，长期喝可以强身健体、延年益寿。难怪这里的百岁老人随处可见，是“中国长寿之乡”。

躯体可以消失，但精神却永远不灭，代代传承。一个国家需要拥有伟大的民族精神，一条古道同样需要有自己的精神。古道精神好比是古道的内核，凝聚着几千年的思想，引领着岭南广大区域的发展与未来。古道有了精神，才有了翻山越岭的胆气，才有了坚定执着的淡定。

古道两旁的村庄大都是千年前过往的商客、官家，因爱上了这里的宁静悠闲景致，选择留下，开枝散叶，建家立业，最终发展成今天的大村大镇。穿行在古道沧桑又美丽的风景里，我总想知道，是一种什么样的古道精神，能让这些不同出生地、不同姓氏、不同民族的人们，将他们的生活与未来，永远留在这里？

我来到高岭村时已近傍晚，处处张灯结彩，村口用金色的大拱门装饰，喇叭里放着“好日子”“欢乐中国年”等歌曲，一派喜气。

沿着村口的道路往里走，呈现在面前的是一条顺着溪边伸展的路。路边，脐橙林、橘子林连绵成片，望也望不到边。这里的每家每户都拥有果园，以果为业，过上了幸福富裕的好日子。民宅也建得很漂亮，三层或四层的小洋楼，贴着瓷砖或涂墙漆。

那些叫不出名字的小花在路边盛开，在清凉的溪水边摇曳着纤小的茎。时不时有青砖马头墙、黛瓦翘檐的旧宅子掩映在新居之中，散发着淡淡的古意，带着与生俱来的怀旧气息。夕阳给每户人家打上一层暖色调，楼顶的影子被拉得悠长。处处人声鼎沸，猜拳声、谈笑声在夕阳中散开，家家飘出饭菜的香味。

主人热情邀请我一起打油茶。主人介绍说，茶叶一般都会选用谷雨前和清明时的绿茶。先用冷水冲洗茶叶抓揉到水清；然后在铁锅里放少量水，把茶叶放入锅中，一边慢火加热一边用木槌轻捶茶叶至水干，放入植物油，还有切碎的生姜，茶叶在油锅里跳，继续捶磨茶叶至有茶垢粘锅；再放少量水煮茶叶，继续研磨捶打至水干，茶叶和姜蓉在一起在锅中爆跳，锅上见茶垢后第三次放水研磨捶打；最后放水煮开，滤出茶渣，盛在碗中，按个人喜好加葱花、香菜、爆米、花生，就可以喝了。茶色褐中带黄，黄中带褐，味道甘中有香，香中有酥。喝了一碗，还想再来一碗。

古道也会有曲折、坑洼之处，不会一路平坦。人生，谁不曾遇到过绝望的日子，遇到打击、遇到挫折、遇到不堪回首的事？

正如古道虽有波折不平，但坚韧走下去终会到达目标。谁不敬仰那些即便是经历了命运的重重打击、大风大浪之后，仍能以笑容淡定面对苦难的人？在他们心里，必然也有一碗油茶。将所有绝望、打击、不甘、痛苦放进心里反复捶打，加上水、加上火，加上蒜的呛、加上姜的辣，一次又一次捶打，捶成了另一种人生的甘甜。

平安，必须从坷坎中踏出，这就是古道。甜，必须从苦中捶打出。这就是生活。

古道与生活的结合，是天意，更是人心。

有了油茶，生活的苦就捶成了甘。

即使在奔波劳碌之中，生命也不会干涸，只因心底有这一碗油茶的滋润。这碗茶啊，一半是苦，映照人生的所有磨难；一半是甘，覆盖了人生的所有苦涩，化作更美的笑颜。

被油茶润过了的心灵，没有了愤懑，只剩下从容。

油茶扬起一缕缕浓香，让人心旷神怡、流连忘返。有朋自远方来，油茶就是待客的见面礼。客人到来，不管认识与否，主人必定先用油茶敬客。与客人围茶桌拉家常，品上一碗热气腾腾浓香诱人的油茶，宾至如归。富阳人也经常在闲暇时间，左邻右舍、亲朋好友聚在一起喝油茶、聊天，生活的滋味与乐趣在心中悠悠泛起。

古道沉默而踏实，创造生活中的诸多美好，并包容南来北往的一切。正是这种广阔的胸怀、真挚的热情塑造了这条古道的大美。这份美的元素经历千年沉淀，化成了一碗碗油茶、一个个笑容、一个个“惯节”。

来到古道的行人，也将美好的祝愿带到了四面八方。这条古道因此更加美丽生动。

如果说，一条古道是一幅历史长卷，那么一个个村庄营造的生活就是这长卷中的“插图”。当古道所代表的那份博爱、包容、沉着、从容的生活主题越过五岭向四面八方蔓延时，我们不禁发现，这个主题不正是这条古道的精神吗？不正是千百年来我们苦苦寻觅的人生真谛吗？不同地方、不同民族、不同语言的人在古道边生活，在这里追求美好人生的同时，也融入了古道，成为古道再也不可分离的一部分。

生活怎么缺少歌声的陪伴呢？喝过了油茶，主人带我来到了高岭村委在篮球场搭起的临时舞台前，听到了久已心仪的蝴蝶歌。

身穿自织的蓝布斜襟衣裳、头包彩色格子头帕的瑶家妇女，登上舞台，动听悠扬的歌腔响起来了。

日升月落，流转的是古道的光阴。尽管时间是一位雕刻大师，它能轻而易举地改变万物的模样，但面对古道，它却束手无策。古道像一根绵长的线，摆放在山岭之间、江河之上。山是山，水是水，树是树，草是草，石板桥也是旧模样。时间对古道无可奈何。变化的是古道的两旁，多了几许烟火的气息，添了几许生活的歌声。古道就这样一点点难以觉察的变化着，从遥远的历史走来，走到了我们面前。回望古道，一定有哪些精彩的片段隐藏着，待后来人去发现、去传唱，然后如我一般，不断收获惊喜。

翻开人类史册，几千年的跋涉痕迹血汗斑斑，难以数尽。但是有两大历史遗存如丰碑挺立，让人仰视。一是凝固的万里长城，二是流动的丝绸之路。潇贺古道，它贯穿五岭，连接陆上丝绸之路和海上丝绸之路，从远古至今天，起着文化、贸易的沟通作用。这不仅是一条古道，这是大地母亲的大动脉，更是信仰和希望所在，是精神的归依。所以，古道两旁的人家，必须用歌，才能唱出对古道、对生活的敬意。

站在古道上，眼前层叠绵延的青山好似海浪一样，起起伏伏，高高低低。而此时的古道就像是缀串历史珍珠的那一条丝线，在岁月的风云际会里，看生活繁忙，听歌声迭起。

这一支支甘辛相伴、忧乐相融的蝴蝶歌，便是古道温暖的时光记忆。

《蝴蝶歌》是用当地瑶家方言演唱的，曲调清丽优美，悦耳动听。歌词的内容繁多，或表达歌者对爱情、幸福的执著与向往，或表达歌者对时代、环境、人和事的褒奖与赞誉。歌词结构多为七言，联结四句成为一首，每二、四句歌词唱完，另外还要再扩充一大段快速的衬词叠句，如"蝴的蝶""黄的蜂"之类，故歌手们称之为《蝴蝶歌》。歌腔悠扬婉转，甜润无比，一气呵成。两部歌腔常构成大二度、三度、四度等和声音程，特别是每一乐句的终止处，更是甜腔悠悠，余音袅袅，绕心缠肺的令人陶醉其间，终生难忘。

古道的生活并不寂寞，有油茶润喉，有歌声相伴，每一天都有明亮的色彩。一个生于斯长于斯，却不懂古道、不懂自己出生前的历史的人，永远是个孩子。古道是一面镜子，它照亮人心，照亮生活，照亮每一个日子。生活在古道边的人，都情不自禁地被古道感染，歌声，就是他们表达的心声。蝴蝶歌如同一只翩翩起舞的蝴蝶，流连在古道。悠扬又情深万种。

我一句也没听懂蝴蝶歌词，但我依然被这美好婉转的音声深深吸引。我情不自禁地想：蝴蝶歌何以美好至此呢？这或许是一种时间的力量，因为情深，所以厚重，在心中再也积淀不下，最后不得不喷薄而出化成了歌的轻盈。蝴蝶歌在耳边，唱歌人在眼前，歌声仿佛在提醒我，铭记古道，铭记古道的温暖。有了这份记忆，生活的每一天都会是美好的。

蝴蝶歌，歌唱爱情，歌唱美好生活。

日落那一刻，古道的夕阳远远卡在山顶上，温情凝视一切。道上有和风轻拂，心中有蝴蝶歌绕怀。高岭村的喧闹与热情丝毫没有随着夜幕降临而减却，一波又一波宾朋来到村中，油茶香在继续，蝴蝶歌也在继续。篮球场上甚至还来了舞狮队助兴，铿锵的锣鼓声穿透古道，传遍远山和近水，再现了古道的热闹盛景。这才是古道的生活图腾啊！

古道生活并没有衰落，更没有消失。而是以更广阔的辐射范围，传递到更远、更宽处。

鼓声打得煽情有力，点燃了古道的小伙、姑娘们的热情，他们诚挚的真情在节日里迸发。他们嬉笑打闹着走上高台，凑到喇叭前，唱出了年轻一代的蝴蝶歌。他们用手机拍下了彼此最美的笑容，也互留QQ、微信点亮未来的日子。噢，古道的生活、古道的日子依然存在，依然活色生香。不同的是，它比过往更有生机、更令人陶醉。还有什么能比生活在古道更美好的呢？

笑声纯真，歌声清亮，直接穿透了胸膛，淌进心里去。在场的每一个人，不能不被那欢快的蝴蝶歌音深深感染。

蝴蝶歌是古道上的艺术结晶，也是生活的最真追求。

这是一支蝴蝶歌和一条古道独特的相处方式。蝴蝶歌，是心中的真情意，陪伴古道人，为生活添上色彩，再沉重的苦也会在歌里变得轻盈。古道，是潇贺古道，从远古到今天，不离不弃，迎来送往，四季更替。蝴蝶歌，像一个充满活力的孩子，每天用悠扬甜美的语言向古道讲述着爱情的向往、故事的美好；而古道，更像一个沉默的母亲，静静倾听，温柔接纳，见证着岭南大地经年累月的变迁。蝴蝶歌与古道，一动一静，一柔一刚；一个不断变化，一个千年依旧；一个五彩缤纷，一个胸襟宽广。它们会永远相伴，永世流传。

古道生活丰富多彩，有歌美，更不缺少肉香。我在一个清晨走进了黄田镇。

黄田镇位于贺州市平桂区北部，镇内矿产资源十分丰富，主要以锡、铅、锌、铁、金、砷、大理石、稀土、石英为主，建国初期闻名全国的水岩坝矿和新路矿就在镇境内。

从明代开始，黄田就是古道重要的矿区，云集大批外地矿商。古道人来人往，财富与商机，吸引着远方的客商。

一团团雾气，泛着粉黛的光，围住了山，围住了村庄。太阳在晨雾里升起。空濛的黄田在阳光中清晰起来，光线直洒地面，也撒开了一天的希望。古道上的日子，一天天重复，在重复中，一天天是相同的，但又是不同的。黄田人日出而作，日落而息，把古老的传说和传统代代相传。大禹、关羽是从古道另一端走来的神仙，大禹供奉在湖南会馆，关羽供奉在关帝庙，他们也和黄田人在这里安家落户。在香烟袅袅中，黄田人把对自然、对命运的敬畏，转化成对神仙的虔诚。

此时光影变橘红色，明亮又耀眼，为黄田镀上了一层金光。我在湖南会馆上了香，和守馆的老人聊了起来。据他介绍，因黄田镇是传统矿区，如果挖中了矿窿，即可一夜暴富。无数客商在黄田写就了财富神话，因此，清乾隆年间，湖南大批商家从潇贺古道进入黄田矿区挖矿，并繁衍后代，黄田渐渐兴旺起来了。80% 以上的黄田人祖籍是湖南。留居黄田的湖南人因思念家乡，遂而捐资筹建了“湖南会馆”，作为湖南商人议事、住宿、祭祀之用，湖南人来到黄田就有了落脚点。

有了湖南会馆，湖南客商就有了心的故乡，以黄田为家，在日出月落的日常生活中，就品出了生活的好滋味。

古道将不同地方、不同民族、不同语言的人凝聚到一起，以一种空前强大的力量，建设新家园，创造新生活。当许多城镇、村庄在全球化开放的浪潮中失去了自我传承的时候，古道依然保有自己的个性，并以这些个性化的特质，吸引着越来越多的人了解古道。最终爱上古道。过去和未来，摒弃与坚守，年轻与成熟，古道的这些性格特质，又隐藏在哪里呢？

正如每座城市都有自己的历史文化特色一样，古道也有着自己千年来的特色。这种特色是古道的生命，是终极吸引力，是支撑古道生存、发展、壮大的根基，是古道魅力的核心能量。只有古道具有了这些特质，才让生活在古道的人们永不抛弃它，选择与它共存共生几千年。

古道的性格特质，有时是通过一台精彩的戏展现的，有时是通过一间古香古色的宅子演绎的，有时是通过一个洗衣洗菜的热闹水井传达的，还有时是通过一碗扣肉的香味感知的。

黄田扣肉就是古道人家热爱生活的明证。黄田扣肉与众不同的地方是“双扣”，也就是两块没有切断的五花肉如跨桥似的将芋头片包在里面，形成“双”的形状。扣肉皮金灿灿的，五花肉亮晶晶的，看起来似乎很肥，但是吃起来清爽不腻，入口即化。

做黄田扣肉首先要腌制五花肉。在五花肉上插一些小洞，然后放入冰糖和一些调料，腌制 20 分钟，腌制之后，冰糖会完全融进扣肉里面；接着架锅热油，放入肉块炸至两面都呈金黄色，再将芋头切块放入热油中，炸至表面结成硬壳；然后把切好的扣肉夹住芋头块摆盘，并将调好的蚝油、生抽等，均匀地涂在肉及芋头上；最后在锅内烧开水，放入扣肉加盖蒸 60 分钟即可。

寻找古道往昔的过程，其实就是感受古道的繁荣在岭南地区盛大绽放的过程，这注定是一个自豪又奇妙的过程。

古道外在的美，只能引起行人的赞叹。古道内在的特质，才能真正降服人心，写成千年的繁华。或者有人会说潇贺古道是连接陆上丝绸之路与海上丝绸之路的节点，但这只是对古道特殊地理位置的客观确定；或者有人会说古道是一条连通了中原与岭南的道路，但这也只说明了古道文化、商贸交流的作用。一条古道的价值不仅取决于它长期以来能为人们创造丰厚的物质积累，更取决于它能在什么样的高度给为所在地区提供精神的长久支撑。

离开了潇贺古道来谈岭南文化或岭南精神，将会支离破碎，苍白空泛。古道，它正是岭南文化与岭南精神的创造者和承载者。

每年农历二月二，是黄田人的“惯节”。在这一天，家家户户接待来访的亲戚朋友，黄田扣肉就是菜桌上的绝对主角。

黄田是宁静悠闲又热情好客的，或者可以说这种宁静悠闲又热情好客凝成了古道的文化之一。青灰色的石板街、白色的墙、黑色的瓦，构成了黄田街的外貌；舞动的长龙、精神十足的狮子、戴大红花的全猪全羊祭品、盛装游行的人群，构成了黄田二月二的内质……当我挤过层层人群，踏着喧闹的光阴走进黄田街，这里的悠闲和热情，一再把我吸引。这份特质，不正是古道流转千年的美好吗？不正是这份特质，留住了无数行人的脚步，让他们成了古道人家的吗？

古道从远古至今天，它都没有变。行走在黄田石板街，会让我恍惚之间，仿佛回到了古道的旧日。是年华在古道忘记了变换，还是古道留住了年华的永恒？

流连在巷子里，旁边就是黄田街新起的楼宇，耳边也听到此起彼伏的汽车喇叭声。有人认为这是古道没用了，被现代化的文明摒弃了。不，我认为这仍然是古道，只不过它以更新的面貌、更广阔的胸襟承载起了人们的生活。站在古道上，铁轨、高速公路、高速铁路在它的身边穿行，如母与子相依相伴。

大地醒来，旭日冉冉东升。我看着古道在晨曦中伸展向远方，温暖的感觉直达心底，尊崇的感恩留驻灵魂。感谢古道，留住了一份古往今来的记忆，开启了岭南千年的文化、商贸、生活摇曳缤纷的壮阔……

临贺故城，精神丰碑

一座久远的古城，一首艺术的诗篇，一处灵魂的家园。这就是临贺故城，它沧桑的身姿与奔流不息的贺江水、巍然屹立的端云山交相辉映，迸发着精神的光彩，闪烁着思想的光芒。它两千多年来，在这片苍莽大地上锻造着瑰丽卓绝的风景，让无数后来人赞叹与景仰。

临贺故城位于贺州市贺街镇，在汉武帝元鼎六年（公元前 111 年）设为临贺县治；三国吴时置临贺郡；唐武德年间设贺州；明洪武十年（1377 年）至 1951 年为贺县驻地；1952 年后沿称贺街镇。临贺故城共历经十六个历史时期两千多年，曾有临贺县、临贺郡、临庆国、贺州、贺县等称谓，是桂东地区的县、郡、州的行政治所。

临贺故城，两千多年的风霜飘落在旧城墙，写成了厚重的文化史诗；两千多年的虔诚萦绕在李氏老宗祠，留下了馨香的精神气息；两千多年足音的回响在石板街，印下了代代传承的坚强足痕。

发展的精神根基

临贺故城是一座历经了两千多年光阴的古城，其范围与今天的贺街古镇基本重叠，南至浮山，东至大鸭村，北至香花村，西至沸水寺，面积约 10 平方公里。据清代顾祖禹《读史方舆纪要》记载："元初毁天下城池，此城仅存。" 2001 年，古建筑群——临贺故城被列为全国重点文物保护单位。

悠悠贺江水从故城的身畔流过，它千万年流淌不息，把故城抱在怀里，日夜守候与陪伴。涛声如歌，绵绵不绝，那是江水唱给故城的眠曲；

浪花如手，一波接一波，那是江水对故城的爱抚。贺江与故城连接的纽带，就是一座座旧码头。旧码头砌着沉重又巨大的青石板，彰显着当初舟来船往的繁华。江水粼粼波光，随风迭起涟漪，闪烁着流动着，它到底倒映着多少古朴的往事，记录着多少厚重的过去？

临贺故城内的河西街建于东汉建武元年（公元25年），距今已经近两千年。石板街上的青石板一块接一块，镶嵌紧密，拼接着故城的过去与未来。行走在石板街，听着脚步一声声回响，仿佛从现代就走到了汉朝，一步一步，抖落了凡尘的愁烦。青石板发出幽幽青光，那是被行人的脚步擦拭的痕迹，也是岁月留下的影印。两旁的古老民宅青砖黛瓦，一间接着一间，连成了一排。临街的雕花轩窗里，仿佛还看得到汉代那个忧伤又明媚的女子，托着腮想着心事。

两旁的橱窗一字排开，记录着贸易的鼎盛。货与人，买与卖，使河西街的日子天天都新鲜热闹。清晨的太阳升起，唤醒了这里的商家，一家家打开橱窗，一样样摆上了货物。桂岭的来了，八步的来了，信都的来了。甚至，桂林的来了，广东的来了，湖南的来了……四面八方的人流涌入河西街，一双双脚印踏在青石板上，将街道挤得满满当当。老板娘坐在橱窗后，一张笑脸热情地招呼客人，迎来送往。夕阳西下，喧哗了一天的河西街可以歇一口气了，老板娘才得闲扛一盅茶水，坐在门口的凳子上吹去茶水面上的茶沫，喝一口润润喉。石板街上，除了夕阳的光辉，还有几片客人扔下的垃圾在迎风飘动。

这就是河西街的日子，清晨接着黄昏，黄昏再迎来清晨。弹指一挥间，就这样过去了两千年。

今天，我踏入石板街，目光在木门、橱窗、青瓦、旗幡杆上一一细寻，那些细小又古老的时光之痕，一不小心就把我带回了汉朝。

临贺故城共有四个旧城址，即大鸭村城址（旧县肚城址）、长利村城址（洲尾城址）、河西城址、河东城址。河西城址保存得比较完整，可以依稀看到当年汉代主城磅礴的气概。

河西城址的主城墙为夯土墙，始建于东汉中晚期。五代时期乾和六年（948 年）南汉巨象指挥官攻入临贺后重修了主城西垣，并在城墙的内墙包砌红色花砖，花砖的纹饰有鱼骨纹、五铢纹、竹节纹、太阳纹等，式样繁多。南汉红色花砖城墙全国罕见，是文物史上的一大奇观。南宋德祐二年（1276 年）重修了外墙、墙顶。1936 年因日军轰炸临贺，为疏通百姓出城避险，政府拆除了南门口。2001 年，主城部分城墙修复。

尚存的坚固城墙，在风雨中屹立，如同一个时光的智者，将满腹的语言与故事收藏胸中，任谁问也不肯轻易开口。我只能从那些砖墙、那些花纹、那墙缝中的小草，猜测故事的经过与结局，想象故事人物的欢乐与伤悲。然后，沉溺在故事中不可自拔。城墙，从汉至今，见证着这座故城的悠远与沧桑。

我的手指抚摸着南汉红色花砖，沿着它的纹路勾画。它平滑中带着砖特有的粗糙感，轻轻刮着我的指腹，仿佛要告诉我一些秘密，又仿佛是在轻声跟我打招呼。在它的沧桑与历史面前，我觉得连大声呼吸都是亵渎。我的目光凝视着它，细细读它的一道道纹路，虽然以我的愚钝无法读懂，但我也要把它记在心间。它会在未来的日子里，慰藉我的心灵。

我在花砖的鱼骨纹、五铢纹、竹节纹、太阳纹抚过，感受着时光留下的语言。花砖长方形，垒在城墙中，一块接着一块，垒成了城墙的厚重与磅礴。拒外敌侵略，挡千年风雨。我只能看到它们的侧边，纤巧中带着坚固，轻盈中透着稳厚。它们是城墙，它们是历史，它们更是文化。

城墙的不远处，也有居民盖起的新楼。那是故城的过去与今朝。旧城墙与这些新楼并肩，一起迎接着日出与月落。在旧与新之间，流淌的是两千年的时光长河。

沿着旧城墙与老街一路行走，就来到了桂花井。

桂花井在河西街靠南门口处，建于明朝天启年间（1621 年）。该井是圆形竖井，井壁由弧形青石块和青砖砌成，井深 10 米，井圈由整块青石凿穿而成，是河西街城址内唯一的一口公共用井，井圈被取水绳刮擦的凹痕深而密集。因井水清冽甘醇，香如桂花，故名“桂花井”。

站在井边，探头一望，一股清凉之气从井中氤氲而上，透着扑面而来的酣爽。它似一声熨帖心灵的问候，音声从遥远的天启年间传来。井壁是圆形的，用青砖垒砌而上，一圈又一圈，直达井面。砖缝间，生出了青青的小草与苔藓。小草们在幽深的时光中摇曳，纤细的身子或横斜或向上探伸，翠绿可爱。它们是生长于明朝吗？还是在清朝生发出第一个芽？在井边，我虔诚地向一棵小草致敬，问出了心中的疑惑。它随着旋到井底的风荡动身子，似是回答我又似是否定我。

苔藓爬满了井壁。它们为井壁涂上了一层天然又环保的绿色。我的目光只能沿着它们放弃的一丝丝空间，才勉强看得到井砖本来的颜色。它们在井中固守着流逝的岁月，一动不动地陪伴井水。只是这陪伴的日子，要从明天启年算起还是要从清康熙年算起呢？井水日日都是新鲜的，苔藓也天天都是翠绿的。这陪伴，既是古老的，又是生机的；既是天天相同，也是天天不同。

河西街的居民还在饮这口井水，只是随着现代化的发展换了方式，不再用水桶挑了。一根根白色的塑料管直伸进井底，连接着井底的潜水泵，将井水直接抽回家。没有了井绳的摩擦，井圈的勒痕也不再加深。

井边有一只小塑料桶，桶上扎有长绳，是给游客自己打水的。我拿着长绳把桶放到井水面，一荡，水桶倾斜装满了水；一拉，水桶就提出来了。用手捧起来喝一口，甘甜清冽，润人心脾。站在井边，透过清澈的井水，一眼就看到了五百年前；喝着甜甜的井水，临贺故城坚强的密码就留在了每个人的心间。

这旧城墙，这石板街，这老水井……这一切，将两千年的记忆烙刻进贺州人的心间，每一天都不可分离。与其说临贺故城一处生活的家园，不如说它已是一座精神丰碑。它已经永久地矗立在这一方土地、这一方乡邻的心中。因它的存在，贺州就有了发展的根基；因它的灿烂，贺州就有了精神的支撑。

信众的精神空间

两千年来，临贺百姓在这片大地上生活，在创造物质富足的同时，精神也从不荒漠。看，屹立在临贺故城的一庙、一塔、一楼、一寺，千百年来将迷惘的人心救赎，也将游离的精神凝归。临贺故城，是一座精神的家园，也是一片信仰的净土。

文庙，位于河西三元街，建于宋朝元祐年间，损毁于20世纪60年代，只尚存石牌坊和4根石柱。这里曾经供奉着孔子，被桂东南的文人学子视之为圣地。石牌坊、石柱呈淡白色，我只能从它顶天立地的气势里，想象当年八方学子千里迢迢礼拜孔先师的盛景，想象孔子在这方土地播下了文明的种子，随着种子生根发芽，贺州状元、进士辈出，成为岭南文化的一大奇观。

我伸手抚摸石柱。它是冰冷的，但更是温情的。千年来，它呵护了代代学子们瑰丽的人生梦想，鼓励他们走向求学的路途，走向人生的辉煌。这里是学子们的精神归依。有文庙，就有了理想之光在闪烁。十年寒窗，寂寞苦读，这是一条多么孤单又冷清的道路啊！行在求学路上，挫折时的苦涩、绝望中的泪水、打击时的失落，哪个学子不曾品尝？哪个学子不曾落泪？学子们来到文庙，燃起一炷香，在孔子像前虔诚地跪下，将心中的凄苦向孔子诉说，在孔子温情的目光中，学子内心的伤痛就会平复，希望之光就会重燃。然后，带着文庙的祝福，踏上赶考之路。

文庙不仅是一座庙，更是黑暗中的一束光。照亮了八方学子的心灵，也照亮了他们的前程。

文笔塔，位于河西街临江城墙上，建于清朝乾隆五年（1740年），外形为八角攒尖顶，神似毛笔，故名文笔塔。塔高27米，共分五层，塔内原供奉魁星神像一座，用于保佑贺州学子科举夺魁。该塔抗战初期为美军飞虎队的航标塔，建国初期为广州军区的航空测绘标准点。

文笔塔与文庙遥相呼应，成为一道文化的风景线。文笔塔尖顶向天，以蓝天为纸，挥笔写下豪迈文章。它是一支放大了的笔，写人生，写理想。它日夜指向苍穹，是在向学子们昭示什么呢？

无论是求学路上还是人生路上，都不会风平浪静。从踏上征途的那一天起，就意味着风与雨、打击与挫折、绝望与失落会相随。迎风雨而上，踏过挫折，把绝望咽进肚里酿成淡定，才会知晓人生真谛。到那时，人生这篇文章自然写成。

一支 27 米高的笔，无畏风雨，不惧霜雪。从春夏到寒冬，从日出到月落。年年月月，一直在写。云朵飘过，读懂了诗的章节；星星醒来，记住了词的意志。

笔尖如塔一般坚强，心胸如蓝天一般宽广。这是文笔塔对学子、对世人无声的劝勉。

魁星楼，位于河东街码头，建于清朝乾隆五年（1740 年），于 1998 年重修。北斗七星中的第一颗星称为“魁星”，主管禄位，另六颗星通称“文昌宫”。因此，在淳朴的临贺百姓心中，修建与祭拜文笔塔、魁星楼，就象征着文运昌盛、人才辈出、魁星聚集、官运亨通。

魁星楼临近江边，尖尖的楼顶拂动白云，映入江水。楼很高，老百姓无论站在哪个方向，只要抬眼一望，就望到楼顶。那是无声的安慰与温情，让人心生踏实。即使是再艰难的岁月，有了魁星楼相伴，就有了生活的希望。

在两千年光阴流转中，总有一些人和事随风消散，也总有一些感动积淀在心间。时间是柔软的，魁星楼是刚强的；时间是无影的，魁星楼是有形的。一柔一刚，一无一有，结成一双神力无边的法手，托起临贺人的所有愿望。

无论是陆路还是水路，都要经过魁星楼的身畔。当远行的游子回望家乡，看到这座楼的尖顶，强大的祝福与保佑注入心间，纵前路再坎坷，也有了跨越的力量；而归乡的亲人踏入临贺，远远眺望楼尖，那是默默的欢迎与抚慰，纵有再深的风霜与伤痕，也能瞬间愈合。

神佛无具像，化身万千亿。谁又敢断言，魁星楼不是神佛的化身，来保佑和开悟百姓的呢？

沸水寺，位于城南10公里的瑞云山麓，建于明万历年间（1573年）。红墙、琉璃瓦、飞瀑，把这座古寺映衬得格外幽静。因寺前的瀑布飞流直下，跌入深潭中浪翻波涌，如同煮沸了的一锅开水，所以起名“沸水寺”。

寺内供奉着七尊神像，分别是：岳飞、龙母娘娘、李天王、三宝佛祖、玉皇大帝、王母娘娘、关羽。众神或持刀、或提剑、或托塔、或握玉玺，气象威严。在临贺百姓的眼里，没有佛、神、人的区别，这些神像都有着比凡人宽广千万倍的心胸，会和平共处的，会一起保佑百姓的。所以临贺百姓将中国佛界、道界、人界的神灵共奉一寺，以无边法力保佑这一方土地风调雨顺、丁财两旺。

沿着蜿蜒延伸的山路走到瑞云山的半山腰，沸水寺就出现在眼前。山路两旁是李子园，入眼风景，俱是清新诗画。

瑞云山是临贺近郊的最高峰，峰顶直插白云间，擎起日月河流。四周群山簇拥回护，一呼百应。山峰常年云笼雾罩，在临贺城中望来，如同一层层紫气升腾，呈现一派瑞相。因此从宋代起，当地人就称之为“瑞云山”。

冬寒刚过，瑞云山早早就醒来了。东风吹放第一枝，满山的李子花如同一片皑皑白雪，又像是轻柔的白纱，将山峰盈盈素裹。那纯净一色的白，是天地间最真的心意，不掺杂一丝杂质。山的刚硬，花的天真，合在一处，任是最坚如铁石的心肠，也会在这片花海面前情不自禁温柔起来。这片白与天上飘落的云烟醉在一起，让人分不清哪是花、哪是云，只觉得心随着花气，迷失在初春的美好中了。

我想，沉醉不知归路，就是如此了吧。

这时，透过花海，望向遥遥踞于山腰的那座沸水寺，真的怀疑是到了灵霄宝殿。而眼前的无数李花，都是神佛前的供养。

夏天的瑞云山很纯粹。绿，就是瑞云山的主调。李树年年换新装，叶子鲜嫩翠绿，一张张，密密集集地挂满树枝，又成为瑞云山的一片绿纱。绿得亮眼，绿得轻盈。

这片绿之下，藏着喜悦的秘密。一只只小拳头大的大肉蜜李挂在树枝上，一只接一只，圆圆的，鼓鼓的，渐渐就排满了树枝。李树很矮，有的树枝被果子压弯了，李子就碰到了地面。今天的临贺故城，成了知名全国的李子之乡。瑞云山真应了百姓的祈祷，成为一座富裕的金山。

来到沸水寺前，临贺故城尽收眼前。瑞云山余脉如同条条卧龙，龙爪深入大地，把故城层层环抱，如同宠爱一个婴孩。

走入寺庙，线香袅袅，神像宝相庄严，深情凝望这片土地，日夜护佑。

我们可以想象，临贺百姓在线香静静的燃烧中，跪向神灵许下愿望的那一份虔诚。在寺庙，无论心中有多大的烦恼，都有了诉说的地方；无论受了多大的委屈，神灵都会理解。神像默默站立，倾听百姓的心声。那一缕神奇的线香啊，沟通了神界与人界。它是那般轻，轻得最细微的风一荡动，它都可能消散无踪；它又是那般重，重得要把百姓的千百样愿望，一样样都要担在身上。

寺里的钟声敲响了。悠远传扬，余韵久久不散，向上传到山顶和云层，向下传到山脚和故城。钟声仿佛一只无形的手，把远近轻重都托在手里；又似乎是一张无影的网，把万万千千颗心灵都收到网内。在钟声中，厚重的瑞云山似乎也变得纤巧起来，要随钟声飞到了云天之外。

而人心，被这千百年来不变的钟声敲掉了尘埃，变得通透起来。

在善良的临贺百姓心里，朝晚祭祀各方神灵，烦恼便有了安放之地，生活便有了寄托，日子便有了亮色。那庙、塔、楼、寺，在肩负起百姓心愿同时，亦为百姓营造了平静、祥和、坚强、淡泊的精神信仰空间，让幸福如水，在每一个日子里悠悠流淌。

家族的精神支柱

宗祠，是临贺故城不可或缺的部分。一座座宗祠，是一首首韵律深远的诗篇，更是一道道人伦至善至美的虹彩。每一次，我靠近它、欣赏它，如同聆听一位位智慧长者的训言。

宗祠是供奉祖先的神主牌位、举行祭祖活动的场所，也是从事家族宣传、执行族规家法、团结族人议事的地方。宗祠在传统习惯中一向被视为宗族的最高象征，也是宗族的最高“法庭”。

族人之间起了矛盾纠纷，怎么办？涉事双方到宗祠去向宗族理事会申诉，理事会进行仲裁。族人的出生礼、冠礼、婚礼等人伦大礼都要进宗祠举行仪式，向祖先禀报，并祈求祖先的保佑。丧礼的停灵、祭祀、出殡等仪式也是集中在祠堂举行的。安葬后，再将灵牌迎归宗祠与祖宗牌位排放在一起，永享后世子孙的供奉与礼拜。族人一生慎守族规，去世后他（她）的灵魂才有资格进入祠堂，而有大功德的祖先，就会成为族中的骄傲与楷模，事迹刻在祠堂墙上，昭示并激励后世。族中的老人将去世后灵牌能进入祠堂作为最高荣耀。因此，族人都会自觉自动地以族规制约、规范自己的言行。

祠堂又是一个汇聚人心的地方，当族中叔伯、兄弟有困难时，同族就会慷慨解囊，伸出救援之手。千百年来，宗祠在族人的人生与生活中承担着重要角色，见证着族人生命的每一个里程碑。从这一点而言，宗祠具有帮助宗亲处理纠纷、缅怀先祖、激励后人、互相协作的积极意义，对加强同族人的向心力、凝聚力、团结力有着巨大的促进作用。

李氏总宗祠是国家重点文物保护单位，始建于西汉元鼎六年（公元前 111 年），全称是“湘粤桂李氏大宗祠”，对南岭南北的陇西李氏而言，是大宗祠，即总宗祠。宗祠的前身是老君庙，与临贺故城同年兴建，主建筑占地两亩余，上下两座，砖木瓦结构，属于祠庙合一建筑。祠堂正中供奉着太上老君李耳的樟木雕刻仿真人坐像，约三尺高。

这是贺州最古老的祠堂，是临贺故城最深的人文记忆之一。远远望去，整座建筑青砖琉璃，气度庄重典雅。前殿正脊饰双龙戏珠。后殿顶脊筑太上老君的炼丹宝葫芦，四燕尾脊塑熊、麒麟、狮子等驱妖镇邪动物，燕尾四角下各悬显声扬威的大铜铃。若有风吹过，铜铃便发出“丁零丁零”清音，余韵缭绕回荡，宛如来自仙界的祖先音声，在嘱托、在叮咛。这样辉煌典雅的建筑，带着江南园林的精工细作风格，已超出了祠堂的范畴，成为活化的建筑艺术诗篇。

“国宝”级的文物重器，当之无愧。

祠堂呈“日”字形布局，取“与日俱进、同日光华”之意。前殿的山墙前端壁面呈“日”字形凹入，左筑日神像，右筑月神像，意在阴阳共护，言行如日月星辉一样光明磊落。前殿的大门框、门板皆椿木造成，气派大方，朱红漆。门板正上方分别浮刻镏金“福禄”二字。祠大门黑底金字雕刻对联：“唐朝天子第，周代圣人师。”横批：“李氏大宗祠。”

李氏霸气冲天的历史，一联道尽。

站在祠前的李氏子孙，面对这样一副对联，怎能不唤起心中的万千豪情？怎不激励自己奋力前进为族争光？宗祠的力量是无形的，它不似寺庙那般仙气充盈不接地气，宗祠就是最贴近人心的、与自己一脉相传的神灵。宗祠是烟火人世的仙或佛。

大门两边置石麒麟一对，长近三尺，高二尺七寸。麒麟凸眼、宽嘴、鼓胸，流苏飘动，铃铛绕项，憨厚天真之中，又饱含着威严与回护。祠前壁画内容为皋陶、利贞、太上老君的典故，虽寥寥数笔，却栩栩如生。走进祠门，中座壁画是李氏历代名人的典故。

祠堂正殿设有李氏先祖神龛，樟木镏金，灿然生辉。这里除了供奉先祖牌位外，还设有唐开国皇帝李渊、唐太宗李世民、陇西郡始祖李崇、唐末太尉李樑、唐皇室客家南迁始祖南宋宰相李刚、南宋副榜县令尹李珠的特殊牌位，以示子孙对南迁祖先的缅怀追思。神龛正上方，悬挂“陇西堂”字样显赫大匾，两侧是陇西李氏的传统祖神对联：“陇西祖德源流远，柱史宗功世泽长。”匾与对皆樟木镏金楷书，金碧辉煌。正殿内的壁画，主要为李氏历代皇帝的典故。除此之外，还有金玉满堂、龙凤呈祥、百鸟朝凤等寓意美好的吉祥图案。

正殿两侧，各有三座六厅二十四房无楼横屋，青砖墙、杉木架、琉璃瓦盖顶，皆雕梁画栋、壁画连垣。横屋的小门楼、厅及各门皆有对联、壁画，如岁寒三友、松鹤长春、连年有余等传统吉祥图，体现着宗祠对子孙的庇护与祝福。

廊柱上斑驳的痕迹，见证着两千多年岁月的风霜；屋顶上被线香烤熏的浓黑色泽，又诉说着李氏子孙对祖先的深沉追思。

我在祠堂内徘徊，觉得流动的空气都有着难以言说的温暖。那些牌位、香炉，还有对联与壁画，凝成一个超越了现实与时空的精神空间，遮蔽着一切风雨，营造着现世的安稳与幸福。祖先并没有远去，他们依然与子孙在一起，即使子孙的足迹远到天涯，都能以无边的法力回护。

祠堂在，精神在。

祠堂是族人团结一心、为族争光的归依点。这一片净土，是族人的来处，也是族人的往处。

任岁月流转，祠堂不变。

龙氏宗祠，位于故城之南的龙家寨，始建于明洪武己卯年（1399 年）秋，建筑面积约 1000 平方米，青砖瓦木结构。宗祠二进三座两耳厅，前后两个天井将三座紧紧相连，前、中、后三座渐高，呈步步高升的建筑格局。书房、膳房、餐厅、杂房齐具，布局工巧，壁画绕廊，甚是壮观。

每一座祠堂，都在历史的长河中远涉而来，负担起族人的寄望。祠堂内郁郁葱葱的松柏，尖树顶指向苍穹，是无言的陪伴，更是坚强的传递。壁画、琉璃、雕龙、线香，是后世子孙对祖先的感恩。

莫氏宗祠位于临贺故城河西街，始建于清乾隆年间（1738 年），属古代建筑模式，砖石结构，建筑面积约 1000 平方米。正殿供奉莫氏先祖，安放岭南唐代首魁状元莫宣卿塑像。宣卿公为今广东封开人，天赋神通，精于经史，年仅十七，高中状元，衣锦荣归，载誉岭南。从此岭南人文蔚起。

莫氏宗祠是一处文化深厚的圣地，一条鹅卵石铺就的小路将我引向正殿，正殿的旁边，莫宣卿的坐像用汉白玉雕成，温文尔雅；背后，刻着状元卷的全文。一代状元大家，千百年来激励岭南学子，踏上了寒窗苦读、实现人生价值的征程，开创出文气宏象。沿着时光之河溯流而上，是莫宣卿渊博的襟怀、慈悲的目光。河岸上轻风迭起，是诗书的琅琅音韵。

古时候祠堂还兼有学堂的功能。族人的学童在这里读书、习字、学礼仪，再从这里走向宽广的人生舞台。年年月月的每一个晨昏，书声伴着线香，是对学童的无言激励，更是对祖先灵魂的安慰。

还有什么能比看到后代积极上进更欣慰的事呢？

此外，临贺故城还有邓氏、罗氏、谢氏等等宗祠共 24 座。小小临贺故城，却集聚了规模宏大、数量众多、历史久远的祠堂群，全国罕见。每一座祠堂都由专门的族人负责清洁卫生、栽花种草、上香添油、拂拭牌位，堂内洁净雅致，虽历经沧桑，却完好如新。每到清明或祖宗祭日，族人都带着祭品来礼拜。

人气聚集一方，人心凝聚一处。

现今，宗祠又增添了新功能，作为族人的活动娱乐中心，老人在祠堂内打牌、聊天、跳广场舞。年轻人则在祠堂前打篮球、乒乓球。乐趣横生，笑意盎然。

一座座临贺宗祠，以其庄严静默的身躯，成为族人的精神支柱，引导着、规范着、鞭策着族人的一言一行。临贺宗祠，是祖先对后代的关怀，也是后代对祖先的感恩。这是一座座人性又温暖的精神建筑。

异乡的精神家园

粤东会馆，乃是一座充满精神关怀的古建筑。我在清凉江风的伴随下，走进了临贺故城河东街的粤东会馆。

广西与广东毗邻而居，因此常有广东商人入桂做生意，粤东会馆就是广东商人聚会和洽谈生意的场所。贺江是岭南的大动脉，水路交通便捷，所以大批商人就从贺江进入了临贺故城。这些粤商为了议事、住宿、聚会、凝聚人心的便利，便筹资兴建了粤东会馆。

一座气势磅礴的粤东会馆，彰显着粤商的团结与兴旺。

粤东会馆位于河东街中段，建于明末清初，1822年重修，至今保留完好。该馆由前、中、后三座大殿及两旁的廒屋组成，面向江水，占地面积620平方米。三大殿筑建在层层升高的台基上，均为硬山顶梁架砖木结构；壁画为人物故事，檐板浮雕花草纹饰；厢房的花窗和屏风为木透镂与浮雕相结合的图案；廒屋的窗全为琉璃花窗；中殿和后殿的前檐设有拱形天花板的檐廊。画栋雕梁，集岭南古建筑的精华于一身，走进其中，如同走进一幅精美绝伦的立体艺术画卷。我的眼光掠过壁画与木雕，在每一个细节流连。

大门是黑檀色，门上左右各挂着一个铜门环，由虎口衔着，威猛又亲切。我不禁想象着，在千百年岁月里，初到临贺的粤商人生地不熟，那份忐忑、那份惶恐，在见到“粤东会馆”四字，一定是烟消云散了吧？一双双陌生的手，敲响门环，打开了命运之门，走上了幸福富裕的旅程。

粤东会馆是一座温情的建筑，接待有财的粤商，也接待流浪的脚步。有的粤人溯贺江而上，身无分文，来临贺寻梦，会馆就是他们的落脚点。有了这样充满人性关怀的支持，梦想怎么会落空呢？所以，会馆也是一处梦想起飞的建筑。

无数粤商在岁月里回望，一定不会忘记会馆曾经给予的帮助和温暖。

贺江发源于富川县的蛮子岭，流经富川、钟山、贺县、广东封开县，在封开江口镇注入西江。贺江自古是黄金水道，亦是岭南地区的交通大动脉之一，因此大批广东商人溯流而上，在临贺故城聚居经商，千百年来，贸易欣欣向荣。

会馆在贺江江畔，正对着贺江，注视着江水滔滔奔流。在岭南人古朴的观念里，水为财，这滔滔江水也意味着滚滚财源，祈祷生意兴隆。为了家乡亲人的幸福，粤商远离故土打拼，这会馆就是他们心灵深处的慰藉。

当太阳穿透晨曦升起，新一天来临了。阳光转过会馆的大木门，照在木雕花窗上，洒落在厅堂的方桌。粤商们聚集在会馆里，也开始了新一天的忙碌。他们议事、商谈、聊天、品茶，粤音声声、其乐融融，远离家乡的孤寂与汗水奋斗的艰辛便会在这一处静谧角落得到了安放，得到了释怀。喝一口早茶，便在茶香里闻到家乡的味道；听一声粤语，仿佛家就在眼前就在心中，不曾远离。他们或许谈生意，或许谈事业开拓，或许谈轻松的家常话题。也或许，什么也不谈，就是静静地喝茶，心，却在茶香中团结到了一处。

粤东会馆，以妍美大气的姿容，成为临贺故城热情待客、包容四方的见证。

滔滔奔流的江水为墨，两千年的厚重时光为笔，在临贺故城写下了一片惊世文明。它是贺州文化的源头，是记忆的根，是一处精神净土，更是一座永恒的精神丰碑。

走进英家粤东会馆

会馆印象

群山连绵，古树摇曳。这是钟山县英家镇，我在缠绵的细雨中，寻访英家。

两旁的山色，似是被一只巨斧砍过一般，有着整齐划一的高度，齐刷刷地站立着，连绵起伏，层次分明，深深浅浅，犹如天地间的一幅巨型水墨画。因为是雨天，山尖之上，有层若隐若现的云烟缭绕着，越发显得雨色空濛，不似人间。

这些山排列在我眼前，沉默中带着一种执着的温柔。即使我第一次来英家，也对这里产生了朦胧的好感。我想，千年前从湘、粤进入英家的人，也如我一样的感受吧？因此，他们选择在这里定居下来，成为这幅水墨画中的一分子。

有什么比在水墨画安家中更幸福的事呢？

明时期，湘、粤人入桂经商，梧州、贺州、平南、桂平、南宁、宾阳、龙州、大新、百色、迁江、平乐等地均有成批商人抵达。

清中期，随着经济的增长和交通的发展，湘、粤商更以前代未有的速度与规模涌入广西。随着湘、粤商人入桂经商的频繁，为解决旅桂商人的商业利益、群体归属感等，具有议事、聚会或寄宿功能的会馆就应运而生了。

眼前的群山秀气挺立，姿态娴雅，仿如无声的欢迎。我叫不出山的名字。但我知道，名字已经不重要，它们是大自然鬼斧神工的杰作，是大自然送给我们的礼物。

这一座座山，固定了所有的风景，让风景的年华不会随岁月老去。每一天来到，它都是清新如初的。或许，千万年前，这片山水真是神仙为自己在人间造的居所，否则，为何这山这水，如此翠色可亲、形神俱佳？流转经年，年华暗换，只是这里的风景仍然那般清新雅致，一点也不曾老去。过往的粤商，也一定如我一样，对这片风景有着一见倾心的熟悉。所以，他们选择留下来，粤东会馆因此出现在这片土地上，成为风景中的一景。

贺州境内共有贺街的粤东会馆、路花的珠端会馆、黄田的湖南会馆、英家的粤东会馆。在这几座会馆中，英家粤东会馆以规模宏大、保存完好、形制精美、建筑风格独特而一枝独秀，历经岁月沧桑，仍妍美如初。走近它，如同领略一幅美不胜收的建筑艺术画卷。

英家粤东会馆在一座座山体的包围中，以群山为背景，以坚强为底色。千百年来，不知有多少粤商在会馆前停驻脚步，或住宿也好，或做生意也好，或议事也好，或聚会也好，人来人往，一茬又一茬，一代又一代。几多青丝白头，几多人面变换。这山水面前的俗世风景，已经换了一代又一代，从明换到清，从清换到现代。而这山这水，还有这会馆，只沧桑了那么一点点。只有一点点。

英家粤东会馆位于贺州市钟山县清塘镇英家街，为清乾隆四十二年（公元 1777 年）粤籍商人所建，该会馆为两进四合院式布局，占地面积 3442 平方米，建筑面积为 957 平方米，由前殿、后殿及两侧附属建筑组成。前殿、后殿建筑面阔 12 米，其中前殿进深 8.15 米，高 8.1 米；后殿进深 14.2 米，高 9.6 米，依次建在高 0.46 米和 0.42 米的台基上，天井进深 9.6 米，镶嵌石板。

我站在会馆的正前方，尊崇地仰望它。会馆旁种有几棵茂盛的古树，如同忠诚的带刀护卫，守住会馆风烟过往的岁月。

微雨依旧淅沥，风景依旧感人。古树营造出一片翠绿，十分怡人。

空气有着雨天的湿润，将景色铺陈得出尘的幽静。浓密的树叶盛不住雨滴的重量了，便有水滴往下掉，一滴又一滴，不疾不徐。我本不喜欢这样润湿的雨色，但却在这会馆的风景里，深深地喜欢这雨的景致。

雨中的粤东会馆，显出一种深沉又轻盈的美。说它深沉，是石制的建筑赋予了它稳重的印象；说它轻盈，是艺术的装饰让它有了腾飞的身姿。

会馆，就这样把重与轻神奇地结合在一起，吸引着我寻访的脚步。

岁月如刀，会一刀刀在人的脸上刻下或深或浅的皱纹，最后还残酷地把生命也带走，却不会让这如画卷一般的景致褪色泛黄。相反地，古树年年长出新芽来装饰这里的风景。流年于这里，只不过是几棵老树的叶子的生长与飘落。而会馆，一点也不曾变容颜。英家人坐拥这样的山水，是多么幸福啊。

会馆的廊、殿檐柱为花岗岩抹角方柱，前殿前廊叠梁架浮雕人物历史题材故事，朱红底、镏金。大门镶花岗岩门框，前殿两侧阴刻隶书对联“近俯湴潭涌宝燕，远环峻岭拥灵狮”，门头上阳刻“粤东会馆”四大字；后殿檐柱阴刻楷书“水德配天镇西粤无殊南海，母仪称后对螺岭如在羊城”楹联。

石刻书法雄秀苍劲，思乡之意扑面而来。石制的方柱、门框，让会馆有了稳重而又凛然不可侵犯的威严。

雨丝依然缠绵。会馆如同一艘满载记忆的扁舟，静静地划过时间和空间的鸿沟，把粤商的思乡情怀与奋斗意志担负起来。石刻书法的每一道笔画、殿檐柱的每一条抹角线条，都触发着不曾淡忘的记忆。蒙蒙烟雨笼罩在会馆上空，让既往的记忆和历史的陈卷，有了一种淡淡的伤感。会馆曾重叠过多少粤商脚印？曾有多少人在这里留下开拓财富的传奇故事？雨丝轻飘，无人可以回答我。我期待细细寻找会馆的每一处痕迹，走进会馆的心灵，聆听那些远去的粤商留下的故事。

英家粤东会馆是一座典型的砖、木、石结构的清代建筑，其布局合理，稳固严谨，雕梁画栋，技艺精湛，既具有浓郁的岭南古建筑风格，又融入了贺州当地的建筑特色。

我从大门走入，仿佛跨越了一道时光的传送门，那些书法、那些木雕和石雕、那些柱础和斗拱，轻轻易易地就把我带到了清代。

在时光的长河中，许多人都是轻轻来了，又轻轻的走了。会馆屋顶的琉璃瓦、檐板挡住了飘飞的细雨，檐板上精美又色彩鲜艳的木雕，在雨色的衬托下，显得更加夺目，一下夺去了人的眼光。绿的叶、红的果、翠的竹、五彩的云纹，洗去了雨色的沉暗。我想，当粤商走进这里，就算再灰暗的心情、再失落的境地，也会被这色彩点亮，成为东山再起的支撑，成为温暖他们一生的精神财富。

行走在会馆，赞叹的种子在我心中发芽。会馆在匠人大师不同凡响的技艺下，在时间流水的滋润下，开出了迷人的花。风吹过，芬芳弥漫。

整座会馆融古建筑、雕刻、书法、绘画、民俗等艺术元素于一体，匠心独具，巧夺天工，宛如一件巨型艺术品，让世人惊叹不已。特别是该会馆因地制宜，木、石综合运用，具有相当高超的建筑水平和艺术价值，堪称会馆建筑的典范之作。

会馆中的一个个木石构件、点点滴滴艺术元素，总在不经意间触碰了思念的弦，柔柔的音色越过时空幽幽地清唱，然后在细雨飞花中浅浅流淌。彼此相错的斗拱、刻进时光的雕迹，让远去的艺术从会馆熟悉的景致中婀娜走来，在我面前姹紫嫣红地绽放。

石制构架

会馆前、后两进，主轴左右对称。前殿两根檐柱为花岗岩方石柱，承载起屋檐部分的重量。檐柱石质细腻，威势赫赫，稳如泰山，有定海神针之功，增加了建筑的稳固性。柱身采用抹角工艺，线条简洁流畅，气度大方。

轻风伴着雨丝吹到会馆檐前，总是细细的，纷纷然，似细致的欢迎，又似轻轻的诉说。我的手抚上方石柱，感受着石质构件特有的刚硬质感，手指仿如触摸到了岁月的烟云深处。流连在匠人大师们精工细作的追求里，如同翻开那曾经的记忆，仿佛他们再次迈着真实的脚步来到我面前。

方石柱顶天立地，撑起了一个流传几百年的精神空间。柱上的线条细腻中带着一种坚决，彪炳着匠人艺熟于心的自信。我想啊，匠人们制作这方石柱时，是不是微风细雨般的天气？是不是有浓郁的芳香飘散在空气中？立柱的那个吉日，一定会阳光灿烂明媚，四方宾客齐聚，有欢声笑语围绕着柱身，然后撑起了它顶立天地的气势。刚硬果敢的方石柱，面对着会馆前缥缥缈缈的雨，还有深深浅浅张望的草，越发显得刚的更刚、柔的更柔。

檐柱上有石枋连接左、右墙体，远看有如飞鹰展翅，在沉着稳重的石质中透出灵动之气，体现出古代匠人举重若轻的从容，反映了他们高超的建筑水平和独到的审美眼光。

石枋将会馆的空间尽情展伸，把一个个传奇故事装进。一座会馆，像是一个奇妙无比的历史舞台，粤商千里迢迢来了这里，都情不自禁地自导自演起自己的传奇故事。或鸿篇巨制，或短小精悍，或内涵深远，在自己的故事中出演主角，人生从此便不再空白。

前殿有两根金柱，亦为花岗岩方石柱，高耸挺拔，坚韧稳固，有一柱擎天的英雄之气，支撑了整座前殿的架梁结构，为会馆营造了气魄高雅、壮观无比的开阔空间。

这些坚硬无比的石构件，它的前身是人迹罕至的深山石体的一部分，被凿出尘世，来到会馆，变成一道浓郁的红尘风景。这两根花岗岩方石柱，柱体上带着平滑的削磨痕迹，透出黑、白、红等天然花色相错的纹理，为刚硬的柱体添上了温柔。它细致的纹路里，一定写着会馆无穷无尽的故事。在这近一千平方米的建筑面积中，到底能容下多少过往呢？

无人知晓，也无人细数。我深知方石柱一定记得，也一定知晓，但它也一定不会告诉我。就如它千百年来沉默面对粤商一样，今天也沉默面对我，并不打算满足我的求知与好奇。

后殿檐柱为花岗岩方石柱，抹角设计工艺，上书对联“水德配天镇西粤无殊南海，母仪称后对螺岭如在羊城”，体现着会馆对前来议事、住宿的粤商的精神抚慰，揭示出会馆并不是一座冰冷的建筑，而是一个充满人性的温暖家园。在建筑美、艺术美之外，会馆也透着人性美、人情美。

粤商的繁华，永远也不会落幕。今天的粤商足迹已经遍及全球，也不再需要会馆来遮风挡雨。可这一段温暖的记忆，又有谁会忘却呢？如果不是会馆作为开拓者和探索者，今天的粤商，又怎么有俯视全球的心胸和气概呢？万事万物，皆有源头和来处，会馆，就是粤商繁华的最初源头。

正因如此，会馆不会随着时光而消逝，它永远成为代代粤商的骄傲，也成为英家辉煌的年代记忆。

石制构件

英家会馆的石构件洋洋大观，有台基、柱础、门框、门墩、护栏。

会馆分明是一幅艺术气息浓厚的水墨画。墨色深深浅浅，在立体的空间画出山山水水。但又不像画那样静，它是富于变化的。同是水纹，柱础和台基的又各不相同；同是线条，门框和门墩的又各有千秋。一道水纹，就能让人畅想洪波千里；一条线条，就能让人心生坚毅。真可谓是：“随心勾勒山水画，无纹无线不入神。”面对这样的匠心独运，粗浅的我实在找不出什么形容词来述说这份景仰。只有“叹服”二字。

后殿的门前有石台基，两边卷起水纹状的护栏。台基在岁月的幽深里，散发着光滑如水的质感。我在台基上轻轻坐下。我无法想象曾有多少脚步踏踩，才能将它磨得这样平滑发亮。在这份亮光中，我读懂了它的忠诚。无论负起多少人的步伐，它都无怨无悔，并以此为傲。我靠在护栏边，石头特殊有清凉传递到我的心窝，这是它的细致的语言。它像一位久别重逢的挚友一样，给我坚实的依靠，与我交谈。它的语言清凉又坚定，告诉我，人生也应如此，有一颗清凉又坚定的心，则可从容应对万事。我想，我可以在这里坐上一整天，只是这样静静地看，看雕花看石刻，看天井上方的云影天光。看不累，看不厌。

我想，不仅仅我有这样的感受。千百年来，进入会馆的人都会有这样的感受。因为在会馆的精致与宁静面前，谁又能拒绝这份由古代匠人一心一意创造的心灵抚慰呢？

即使时光久远，我依然能感觉到工匠们那颗良善的心灵。这颗心灵藏在石制构件点点滴滴的坚硬中。唯其硬，更衬映出心灵的柔软。

柱础是一座建筑中必不可少的重要部件，它是建筑物的着力点、支承点，承载和传递上部的负荷，并防止地面湿气腐蚀柱身。如何能使该点既稳固又美观？英家会馆的柱础全为石材，达到了力与美的高度结合，给了我们完美的答案。

一个个柱础，是工匠们细心描绘的一幅幅画。画纸是石，雕刻刀是笔。而柱础上的鼓钉、云纹、水纹、花草缠枝、吉祥瓜果，就是美不胜收的图画。这图画永久留在了石头上，不随岁月而褪色，栩栩如生的线条，在岁月深处笔迹丰满。岭南的湿雨气候，在石柱础面前被喝退。在云烟弥漫的四季，会馆与烟雨融为一体，又巧妙拒绝着烟雨的侵蚀。这工匠啊，真是一个艺术的魔法师，让会馆在烟雨中永久矗立，与烟雨不即不离，借雨成景，又不会因雨生烦。

会馆的柱础材质相同而型制丰富，宛如一座石柱础博物馆。前殿檐柱柱础材质为石材，方型，共有四层，每层独立一件，四件套叠，承载柱身和檐重。第一层为覆斗几式，体制最大，放在最下方，浮雕云纹，传递出轻盈飘逸的气息；第二层稍小，雕花草纹，轻巧细致；第三、四层为素基座式，简朴端庄。纵观这四层柱础，由大至小，由华丽至简朴。于同中求异、异中有同；于动中取静、静中含动。古代匠工用心至此，造就出如画胜景，让无数后人钦服。

这里，远山不墨千秋画，石纹无弦万古琴。一切匠心独运皆是蕴藏在自然而然中，刀刀是破石成画的雕刻，却无一丝人工斧凿的痕迹，云有云的飘逸自在，草有草的直率天真。至高的艺术是大美而不言，无需一处牵强附会的解说与宣传，观众自会心领神会。我在会馆中流连甚久，口渴时，守馆的老人给我倒了一碗白开水，说是会馆旁的水井打来烧的。喝一口，果然甘甜清冽。

后殿檐柱柱础为两层叠套。第一层是覆斗式几型，稳当有力，浮雕水纹。老子《道德经》云：上善若水。因此，水波纹被世人赋予了厚德载物、海纳百川的寓意。水纹刻在山石上，有福山寿海、江山永固之愿，传递出粤商对未来的祈祷。第二层是复合式，底部浮雕太阳，周边光芒环绕，与第一层的水纹呼应，形成“海上日出”的磅礴气象，启示后人心胸远大、眼界开阔。上部为素瓜楞式，中间为收缩进去的束腰，线条简明流畅，轻纤端庄。

时光对会馆格外珍爱，这里的石柱、石墩、石柱础都是最初的模样，没有随岁月老去。即使是青苔爬上去了，擦一擦又洁白如新。摇曳的回风，沉稳的石雕，喧嚣与宁静，俗世与仙界，仿佛只隔着会馆的一道石台阶。英家镇许多人祖籍都是粤，是当初粤商的后代。我流连在会馆，也明白了要离开英家，会是很困难的。离开这里的和风、群山、流水、稻田，还有矿藏、财富，是一种多么疼痛的割舍。有人或许喜欢热闹浪漫，有人或许喜欢宁静淡泊。选择留在英家的粤商，那必定是遵从内心的渴望，选择真实自由的仙境。

后殿的前金柱柱础为八角鼓式，浮雕花草、鼓钉。花草只有寥寥数笔，便形神兼具。花草在对角处聚集，形成对称美。鼓钉分上下两层，遍绕鼓身。后殿的后金柱为八角鼓式，浮雕瓜果纹。

会馆细雨霏霏，如一道道细丝线触吻地面，打落在石基上、石护栏上，瞬间便不见了。雨没有了踪影，却留有痕迹，它在泥土里集聚，在空气中浸透，然后通过地面，慢慢地入侵木料。几百年前的工匠们料事如神，早就知晓雨的这一招数，所以有了会馆的诸多石柱础。石柱础不仅仅是隔断潮气，还上升到了艺术的层面。工匠在石柱础的方寸之间挥洒智慧，将方型柱础的六个面的刻成了六幅画、八个面的刻成了八幅画，将圆形柱础绘成了一幅瓜果长卷。花草、瓜果、鼓钉，在传统国画中都见过，它们被匠师刻入了石画中，永世流传。

雨丝麻麻密密的，漫天撒下轻丝罗帐。远山近水都在雨中凝成了淡淡的影了。沉浸在雨中的会馆，石制构件在雨丝中越发显得油润青亮，倒似欢迎雨，不似怕雨了。是的，通过石基、石阶、石护栏、石柱础、石板的托举，实际上是将整座会馆建在了石头上，怎会再怕雨呢？相反，有了雨，才增添了会馆一份典雅清凉的美。这些石制构件在潮湿的雨丝中沉默着，站立在它们数百年来都不曾改变的地方，静静地，静静地，仿佛若有所思。

英家会馆的大门别具特色，整个大门镶花岗岩门框，坚固厚实，不同凡响，营造出整座建筑的庄严氛围，显示着会馆在粤商心中的价值与地位。同时，也在向当地人昭示粤商的团结协作精神。门框刻对联：“近俯滢潭涌宝燕，远环峻岭拥灵狮”，门额刻：“粤东会馆”。联中既赞叹了会馆的美好景色，也蕴含了粤商祈祷吉祥如意、生意兴隆的思想，契合了会馆是做生意的主题。门下两边设有石墩。

我走过了太多追名逐利的尘世喧嚣，经历了太多尔虞我诈的俗世纷扰，哪里还有宁静的净土？哪里还有心灵的家园？我在浮躁的人世中苦苦的找寻。人说，只要心地清静，随处都是净土。但是，何处能让心地隔断喧嚣清静下来？在会馆一件件石制构件中，仿佛能把喧嚣沉淀，然后用清静覆盖。即便门额对联中写的是入世的思想，也带着出世的禅味。

山水朦胧有爱，回护着这一片难得的净土。就连飘拂的雨丝，到了此地也愈加轻柔，将声音放小再放小，直至悄然入地，声音全无。

就算万钧雷霆，雨雪风霜，有了石制构件的托举与护卫，又怎会惧怕呢？几百年岁月流转，会馆依然不改往日的风骨，昂首屹立，让我们去体会大千世界无尽的沧桑。而会馆，依旧坚守清静与淡泊。树在苍翠，山在静守，雨在舞蹈，会馆在执着。

此外，会馆台基、天井、檐廊、护栏均为青石板。历经风雨，圆润光泽。台基以青石条铺就，充分利用了石材的长处，虽经近三百年踏踩擦磨，仍完好如新；天井、檐廊以青石板镶嵌，发挥了石材易干爽的特色，光洁平滑，排水迅速，不会造成积水沾湿行人。护栏设在前殿及后殿的台阶两边，前殿护栏以整块石材雕成鼓拳状，远看如一对拳头，暗含镇守之意；后殿护栏雕成水纹状，远看如同一双手，极尽呵护之情，体现出设计施工者的玲珑匠心。

生命是一段行程，而让短暂的生命盛放才是人生的永恒追求。山中石，空中云，水边树，路边花，每一种存在都有它自己的灵性。粤东会馆，是艺术在时光中的吟诵。英家镇的古树郁郁葱葱，守卫着会馆的日出月落；四周山峰的白云飘绕，是天神给英家的加冕。群峰怀抱回护的中心之处，是会馆几百年来的石质本真面目。石件坚硬，时光温柔。刚柔相映，妙趣天成。

日出，是希望的诞生；日落，是希望的孕育。月升，是梦想的高悬；月降，是梦想的珍藏。会馆到底守护了多少粤商的希望与梦想呢？我不知道。只知道石件上的刀刀刻痕，镌刻了丝丝温暖，记忆着美丽的梦想。

粤东会馆，像是来自遥远的艺术国度，稳重大方又纤尘不染；像一首动人的时光诗篇，历久弥新又固若金汤。在会馆坦诚又沉默的语言里，我会了解什么是坚强，什么是宽容，什么是善良。

石雕装饰

石雕是英家会馆美不胜收的艺术卷帙，令人叹为观止。前殿的前枋上刻瑞兽麒麟，一左一右，互为呼应，这是整座建筑最精彩的石雕。麒麟是吉祥神宠，主太平、长寿、吉祥，与凤、龟、龙并称为“四灵”，设计者把它放置于此，寓意不言而喻。该麒麟高额、圆耳、凸眼、宽嘴、厚鼻，一派天真憨态；项下饰以流苏响铃，身体粗短壮实，周身饰华美花纹；尾圆短，萌态毕露；四肢厚实，前肢伏下，后肢曲起，俯视芸芸众生。因麒麟高踞枋上，前肢伏下凸眼看人，自己人看了，感觉到麒麟在欢迎保佑呢，则心生回护暖意；外人看了，感觉到麒麟在威吓震慑呢，则心生敬畏惮意。同一麒麟，看的人不同，感受亦不同。雕艺传神至此，令人拍案叫绝！

与麒麟对望，我仿佛感觉到，麒麟正透过几百年的漫长岁月打量着我：你是谁啊？你从哪里来的？它在时光中丝毫没有衰老，仍然一派天真的萌态。

我也在打量麒麟，我同样在想：麒麟你来自何方呢？是谁雕刻了你呢？

也许在一座古老的石山，长出了一块玉质坚硬润泽的石头，于是，石头便被凿来到了烟火的人世间。初来乍到的石头，还是混沌的初模样，蒙昧不开，甚至还有不规则的棱角。工匠对着它沉思了不知多少个夜晚，考虑从哪画出线条、从哪下刀、做成什么模样。

我想，麒麟该见证了工匠踌躇良久的思考。工匠在石头面前踱来踱去，把一块巨石摸来摸去，摸得烂熟于心了，才有了动刀的决定。那个时刻啊，也许是一个薄雾飘拂的清晨，也许是一个阳光朗照的中午；那个地点啊，也许是在一个古石件作坊，也许就是在会馆的门口前。工匠拿起了锐利的凿子，向着石头凿下第一刀。

石头经历了怎样剔骨取肉的疼痛啊！一刀刀下去，一片片骨肉分离，一条条骨骼的形象被打造出来了。渐渐地，麒麟的高额、圆耳、凸眼、宽嘴、厚鼻显现了；慢慢地，麒麟项下的流苏响铃晃动起来了；缓缓地，麒麟的四肢健壮起来了。

面对这件巧夺天工的石雕，我由衷地疑惑：不，它怎么会是石头？分明是艺术的精灵，匠师的心血！

石头在疼痛中，迎来了新生，以麒麟的模样出现在世人面前。人们只记得它的可爱，忘记了它曾经的苦痛；人们只记得它的精巧，忘记了匠师的名字。

麒麟高踞石枋上，俯视着我。它不再是石头的冰凉冷漠，有了十足的圆润与温暖，引得每一个前来会馆的人都抬头凝望，喜爱它，赞美它。麒麟不再是一块无生命的巨石，它接受着人们的温情注视，也收藏着会馆的精彩故事。

麒麟身顶祥云，祥云亦为石材雕刻，线条圆转生动。祥云又巧妙地支起檩，承载重量。

什么样的深山才产得出如此好石？什么样的工匠才雕得出如此好的麒麟？我无从得知，就开始细细的寻觅答案。我在麒麟的眼睛里寻找，我在麒麟的响铃里寻找，甚至，我在石枋里寻找。那个答案，始终藏在岁月的迷雾里，无踪无迹。只听得到麒麟咧嘴憨厚的笑，笑声天真活泼如孩童般清脆，又如歌般悠扬。我知道，以后，这笑声会涓涓潺潺流入我的梦境，就如同眼前这对麒麟的天真可爱，已经刻进了我的脑里心间，再也无法抹去。

我想，麒麟应该来自春山。我看见，春天的百花盛开在山坡，有成群的鸟飞翔盘旋，有时会停落在麒麟上；山间渗出甘甜的泉水，滴落在麒麟上，一片青苔喜爱这里的湿润，于是决定覆盖在麒麟上；雨过初晴时，会有飘散的云烟，轻柔地绕着麒麟，想叫麒麟随它去快乐游荡，麒麟的拒绝惹恼了云烟，它倏地飞走了……

我想，麒麟应该出自一位善良温和的工匠之手。我听见，工匠的刀锋凿在石头上，发出了震耳的“当当”声。石屑飞扬，飞上了工匠的眼眉毛、头发，蒙上了一片白霜。他一点也不在乎，他的眼里只有麒麟。他把自己那份童心给予了麒麟，因此麒麟就有了凸眼宽嘴的可爱模样。他把自己心中的那份善良刻进了麒麟的骨骼里，于是麒麟就有了回护芸芸众生的宽厚。工匠只用两只麒麟，就把会馆的所有日子都激活，让平凡的生活荡漾起一圈圈的涟漪。

这正是我要寻找的麒麟。它有石头的坚硬，有动物的天真。它用宽嘴巴微笑，笑声如磬，如钟，如琴。澄澈处，清脆音声呼之欲出。

这正是我要寻找的答案。它用石为体，用凿剔骨。隐去了石头的拙重，换上灵性憨厚的神态。朴素而华美，平凡却精巧。

白玉一般的纯洁，婴孩一般的天真。这就是打动人心的麒麟。

石枋下是石牛腿，上雕仙翁、书者、官员、耕者等各行业人物，皆惟妙惟肖、栩栩如生。

会馆外仍是飘飘细雨。凝聚在檐下的雨滴终于悬不住自身的重量，往下坠落。落到青石板上，溅起一个个小水印，如同我湿润的心事。檐下立即又有新的水滴凝聚，摇晃不定。过了一会，凝聚成更大的水滴了，悬住不动，再一会，就往下滴了。这檐下石枋，见惯了岁月的起起伏伏，再沉重的心事，它也能扛得云淡风轻。枋上雕刻的仙翁、书者、官员、耕者，我想，就是石枋见到的、藏而不宣的故事。

它知道所有故事的结局，也知道人生起起落落的命运，只是，它从不愿意说破。

此外，石枋、石柱础、石门框均有石雕图案，既是建筑构件，又是艺术珍品，琳琅满目，令人大开眼界。

石雕装饰是纯净的，我的心情也是纯净的，纯净得就像雨后的春山。我第一次发现，其实石头也可以柔软，也可以含情，也可以顾盼生姿、楚楚动人。

石雕装饰是温暖的，我的心情也是温暖的，温暖得就像雨后的春阳。

那些石线条与图案，就像尚未破解的心事，欲言又止，欲说还休。就这样静默，就这样陪伴，过了几百个秋。

这是石的坚贞，这是雕的温柔。这是石雕的永恒。

木制构架

作为木石结构的古建筑，英家会馆在建造上大量使用了木制构架、构件、雕刻，将木制工艺发挥到了极高水平。木制构架主要包括梁架结构、圆木立柱。它们纵横交错、互相支承、层层传导，共同搭建出会馆稳固的结构空间，历经数百年风雨，屹立不倒。

细雨丝丝，一点一点地，温柔地弥漫。远远近近的山水与村庄，轻轻地将雨丝收匿了。会馆的雨丝也从瓦槽上滴下，收到了水沟中。我不禁想，岭南曾有过多少个这样的雨期？粤商来到英家，会不会想到远在千里之外的繁华粤地，想起了家？此处虽远，仍是心乡。会馆的木制构架，营造出岭南的典型风格，与粤地的建筑如出一辙，站在会馆，如返家乡。木制构架稳稳地支撑着，承担起所有风霜与重量，不太宽，却足以让人喜悦，也足以让无数粤商的感伤情绪光亮起来。

当粤商或在朝阳里起程，又或在月夜里持一盏灯火，挥手告别会馆，走向生命的另一个辉煌起点，会馆在静默中送别他。铁打的会馆，流水的粤商。代代粤商的脚步路经这里，稍事休整，又再踏上征程。会馆是行途上的一个正能量的驿站，温暖着他们的心灵与脚步。会馆，只用它的细到微处的石制与木制的细节，不停梳理粤商的疲惫与尘埃，又将一丝丝轻如雨线的祝福注入他们的血液。

在这个木制构架的空间里，曾住过多少粤商温暖过他们的梦？会馆如同一个慈悲的母亲，守护着自远方来到跟前的孩子。明知明天可能是永远的分离，母亲也不会因此而减却爱意。放飞孩子，是这个母亲的愿望。在她温柔的凝视里，每一个粤商每一个孩子都会是一只飞过山顶飞向苍穹的鹰。一旦展翅，志必万里。而会馆那琉璃瓦顶啊，一定，一定是雄鹰回眸处的柔软与温情。

英家会馆的木制梁架结构以抬梁式和穿斗式混合，不用一钉一铆。

成功者的脚步必须历经万千血汗与坎坷。粤商也是如此。趟过苦，翻过难，万水千滩，该怎样泅渡那一条条横陈于生命旅途中的河流？又该怎样寻觅送粤商至彼岸，却又在烟海茫茫中难以找寻的那一个渡口？一个个遍布岭南的粤东会馆，就是行途中的那个渡口那条船。英家粤东会馆始终坚守在这里，如木梁的抬梁式和穿斗式构架，与岁月、与粤商的命运一起交交错错，不需一钉一铆，也契合得稳定有力，抗击激流暗涌，几百年来稳稳当当。

古老的时光之河奔流不息，逝者如斯夫。回眸凝望，会馆在云烟岁月的深处轻舟自横。当年的一个个粤商创造的财富故事已演绎成口口相传的传说，然后又像派送礼物似的，派送给下一代粤商。于是，这些无可估量的精神财富，催促着新粤商扬鞭奋蹄，驰骋在人生大地，在风雨中砥砺成一位勇敢的骑手，像会馆的架梁一般承起人生的重重负重，一次次飞越生命的激流险滩。

会馆的前殿是二柱五架梁，借力承重横墙伸至前檐廊，瓜柱抬梁，瓜柱下骑梁身上托梁头，造型如同一个巨大的水滴，上细长下圆粗，线条流畅，既稳重气派又美观憨厚。前檐廊设有双步叠梁，梁上有斗拱、雀替、挂落等古建筑精致构件，显得庄重高雅、华丽宽敞。

为什么粤商会有源源不尽的活力？为什么粤商无论什么土壤都能茂盛生长、直至硕果累累？时光千古流动不息，大浪淘沙，留下了一部部关于粤商的光辉传记。积水成溪，百川相汇，当我们钦佩于粤商一点一滴的汗水融汇而成的壮美历史，赞叹着个体生命蕴藏的力量时，会馆就会出现在时光之河的源头之处。那些架梁、托梁、抬梁，还有梁上的斗拱、雀替、挂落，撑起的不仅仅是一间屋宇，而是广阔无垠的精神殿堂。从殿堂吹送的和风，滋养出生命的硕果。或许，这，才是粤商的活力所在。

数不尽的岁月流逝，看不尽的潮起潮落。会馆在时光之岸停伫。这架梁、这托梁、这叠梁，带着我沉浸在宁静雅致又力量无限的优美空间，遐想翩翩。

后殿与前殿的梁架结构同中有异，各具特色，精彩纷呈。后殿是金柱间施九架梁，横梁架是抬梁式和穿斗式混合，作为承重架；粗、短、圆的瓜柱设在大梁上，层层叠叠，檩施力脊瓜柱、瓜柱，再传给下层梁，层层传递至金柱。木制构件之间榫卯连接，环环相扣，形成一个稳固的整体。大梁又作了榫插入檐柱上，使整座建筑稳上加稳、固若金汤。会馆的设计充分发挥了木材的轻盈优势，又结合了石材的坚固长处，强强联合，缔就出稀世罕有的岭南古建筑，将稳固性和观赏性演绎到了极致。

几百年来，粤商每天迎着朝阳踏着露水上路，去耕耘那理想中的田、希望中的苗。我们经常羡慕丰衣足食、五谷丰登的富庶，却忘记了这富庶要用汗水浇灌，要用辛勤换来。微雨如丝，会馆宁静。我在这块远离红尘喧嚣的净土上漫步，入目处，是横梁、架梁、瓜柱层层叠叠精心构建出来的与世永存的一尘不染的魅力。我的思想，经历了一次传统木制建筑之美的圣洁洗礼。

细细徘徊，慢慢寻索，我并不着急。伫立长久，如同找寻一个久远的梦。每一个梦幻，答案都不会是显而易见的，它必隐藏得极深，必会藏在不引人注目的细节之处。我在每一道梁下、每一根柱前驻足，这些木制构架的背后，必定包涵着工匠的智慧与汗水。想到他们精确计算时的认真，凝眸架起梁木时的专注，我会深深的感动和怜惜。

历尽天华成此景，人间万事出艰辛。

粤地人口稠密，背井离乡追寻远方的梦想，是粤商不断迁徙的原因——从出生故土，逐步向距梦想更近、也更利于实现的地方迁移。即使梦想在一个地方破碎了，又再开拓新地，重拾希望。粤商就是这样的打不垮、压不倒。正如会馆，有了一根根木柱、一道道梁的支撑，再用瓜柱层层借力传递，负起屋顶的重量，负起人生的沧桑。拼搏在外的粤商，委屈与艰辛有多少呢？没有人知道。但是会馆会默默地记住。

据守馆的老人说，会馆也有聚馆日，那是一年一度的盛事。在这一刻，风尘远去了，会馆如家，只有家的宁静与温馨。一位位粤商从四面八方赶来了，只因团聚，让他们如家人一样长久处在期待与兴奋之中。在这异地他乡，他们会抱团取暖，互帮互助，用对同乡兄弟的支持来表达自己的心意。如会馆的木柱、横梁、瓜柱，互相榫合，互相支撑，写成辉煌之诗。

聚馆的机会少，更多的是平常的日子，粤商在各自的行业里忙碌。如同生活本身一样朴实无华，如同岁月流逝一样无形无迹，只守着一份心的宁静与知足。时光在梁柱之间流过，积成了传奇。

后殿的金柱为木柱，前、中、后三列，均下设石柱础，柱身漆红，有效防雨、防潮、防虫，应对岭南潮湿多雨、南风天多的气候。金柱木质坚硬如铁，以整根木料制成，拔地而起，古香古色，营造出气宇轩昂的殿堂空间。

柱身红艳艳的漆色，烧亮了殿堂的幽暗，也烧热了我的思绪。守馆老人介绍说，这些木制构架每过一段时间都会重新上漆，起到保护木料的作用。漆色无视岁月，依然红得新鲜又光亮。漫步在这处处是细节、处处是精巧的会馆，工匠的艺术智慧如同潮汐，拍打着我的思绪，一波未平，又起一波。为了寻找昨日那些不能忘怀的记忆，重新体会那跌宕起伏、坚强探索的粤商人生，我在会馆里一遍又一遍寻索，从石构架与木构架搭建出来的建筑乐章里，搜寻细枝末节，试图发现主题……

我想，我应该从建筑乐章中找到了生命乐章最撼人心魄的主题，那就是生命不息，追求不止。这是粤商、更是会馆共同传达的主题，所有旋律因此而更加美丽。这一发现，让我的灵魂在这座石、木结合的古建筑里，重新审视自己、观照自己、超越自己。

木雕装饰

英家会馆的木制工艺不仅体现在气魄宏大的木制构架中，更蕴涵在丰富多彩的木雕装饰上。雕刻的内容有故事、鲜花、瓜果、百鸟、走兽、流云、水纹等，再配以漆彩、镏金等工艺，赋予了一块块木材鲜活的艺术生命，使会馆宛如一座壮丽多姿的民间艺术宝库。任岁月流逝，仍粲然生色。

在英家的青山与碧水之间，映衬着会馆外观的稳重大方、内在的精美玲珑。它或许没有青山的伟岸，或许没有碧水的涟漪，但它因有了高超工匠写下的木雕艺术之诗、有了代代粤商在这里留下了足迹和传奇，一切就变得不同凡响了。它默默地向天地撑开自己的厚墙青瓦，呼吐晨风，吸纳朝阳。

青山叠嶂，牵引白云，碧水映照出山与云的面容。会馆就站在这山之下、水之边，静静凝视世间一切，浑然不知自己也成了图画中的一景。

会馆内的木雕丰富传神，有木头的地方，就会有精致细腻的木雕装饰。装饰多集聚在梁架和檐下，特别是叠梁、檐板、牛腿、斗拱、雀替、挂落等处的木雕，式样多变，华丽精美。

天和地因为有了会馆而更加壮丽多姿；山和水因为有了会馆而更加和谐仁爱。一幅幅精巧的木雕，将白云牵引下来留在了线条上，成为飘逸的云纹；把青山搬入画中，成为雕刻的背景；让碧水也拐弯流进馆里来了，成为一道道生动的水纹；花草、瓜果，盛开在工匠的雕刻刀下，芬芳百世。甚至，天上的神仙与龙凤，也踏着祥云降临馆里，停伫在一幅幅木刻之上，他们留恋此地景色优美，再也不打算回返天界。还有啊，故事中的人物也复活了，他们粉墨登场，以木雕板为舞台，亲自开口讲述自己的过往缤纷。

前殿的前廊梁架浮雕是整座建筑最为出彩的木雕装饰，抬头望去，朱红底、镏金，金光灿灿，引人注目。浮雕的内容为人物历史故事，描绘的是一个盛大的武术集会场面，主人坐在高台上，两旁是锦衣华袍的文官谋士，台下是宾朋满场。出场的人物数量众多，气宇不凡：或身穿铠甲，头顶翎子；或手持长剑，威武勇猛；或战袍加身，巍然而立；或手执羽扇，侃侃而谈；或抬手作揖，礼仪周全；或伸腿踏阶，狂放不羁……寥寥数刀，线条流畅清晰，人物的神态、动作、心理描摹得活灵活现。牛腿、雀替等或雕人物，或雕流云，或雕花草缠枝，美轮美奂。

木雕带给了我们遥远的记忆，那些过往的美好随着刻刀，永远留于时光中。风霜里摔打，艰苦中跋涉，绝望中奋起。每一个脚印，每一滴汗水，每一次希望，每一次丰收，都一一组成粤商在异地他乡的精彩，绽放在生命中每一个色彩斑斓的季节。然后，世世流传。

那些木雕的主角，其实不是虚构，是每一个人的真实，只不过面貌不同、衣着不同、场景不同而已。

生命不可能重复，精彩却可以在会馆中常演常新。但即便是同一个春天，也有不同的故事与主角，与会馆重逢。

会馆大门广开，接纳八方客商。每天木门“吱吖”开处，谁是最早的客人？是朝霞与轻风。然后，霞光照进来了，在木雕的镏金线条上玩耍，比一比谁更闪光；轻风也窜进来了，在牛腿、雀替的镂空雕刻之处穿过，又流连在花草缠枝上，最后，它还好心地替架梁上的云纹吹去了久积的灰尘。

鸟儿本来是栖居在门外的老树上的，大多数时间它很守规矩，但偶尔它也很捣蛋，直接就从窗棂里飞入，然后，跳跳浮雕，踩踩神仙人物的衣裳。看那水纹上的一点白斑，是不是这家伙屙的一泡屎啊？

云纹悠悠，荡过了不同的朝代、不同的季节，也送别了不同的粤商。飞进馆里的鸟儿不知换了几拨，青石板缝里生出的草儿绿了又黄，黄了又绿。石头砌成了石基，石块雕成了石麒麟；木材架起了木梁，木板雕成了鲜花百草。最后，石与木，一起砌成了一个古老的故事。

一代代粤商的脚步从远方走近会馆，又离开会馆，渐渐走向更远的远方。模糊的背影层叠，成了新一代粤商陈旧的记忆。然后，新粤商又变老，又在更新一代粤商成为陈旧的记忆。行行重行行。一代接一代。在这片土地上演绎。粤商离开会馆，也许会回来，也许再也不会回来。但是会馆的每一个木雕刻，都记下了他们的身影，为他们送去了祝福。当新一代粤商到来，会馆又会为他们讲从前的他们的故事。

前殿、后殿檐板雕花刻果，色彩鲜艳明丽，如同一幅幅美不胜收的画卷，凝聚着木雕艺术的精华。檐板图案内容丰富，选材极具岭南特色。瓜果类有芭蕉、葡萄、枇杷、石榴、桃子等各式岭南特产，寄托硕果绵绵、多子多孙的美好寓意。动物类有喜鹊、蝙蝠、鱼、猫等，象征喜事连连、多福多寿。植物类有松、梅、竹，述说着坚强、勇敢、高洁的精神追求。细腻传神的刀工再配以漆色点染，赋予了整座建筑沉甸甸的历史厚度和艺术深度。

木雕的灿烂藏在会馆里，不张扬，不动声色。

会馆在英家一角，古朴低调地沉默着，得失不喜，宠辱不惊。可是，这世上仍有许许多多的人，终其一生也没有来过贺州、来过英家，更没有人会晓得会馆站在那里。但是，会馆仍然在岁月的蹉跎里庄严的站着，那样神圣而又执着，站成一种坚强的信仰。年复一年，日复一日。

几百年来，会馆从没变换位置，即使夕阳的光辉再长，也无法将它的身影穿过这层层叠叠的山峰。但会馆坚守着心中的承诺，坚守着不灭的信念，在岁月里迎来送往。会馆爱着粤商，也爱着粤商留在英家的子孙后代，更爱着脚下的这片土地。

在岁月的风尘里，会馆只是一个记忆符号了。英家，已成了粤商的家乡。会馆不再迎来送往，英家的粤商后代，朝晚会供奉它，感恩它几百年来的庇护恩情。

抬头仰视会馆，我仿佛明白，会馆即使不再具有当初的功能，但馆里的香火，将永远不断，生生不息。代代粤商，生生不息；代代炎黄子孙，生生不息。

我也终于明白，会馆保持着这样永恒不变的位置、不变的姿势和高度，是因为，可以望见前行的粤商先辈的灵魂，可以陪伴粤商后代的今朝。

天开一线，雨色渐渐明朗了，而我也将踏上归程。回望会馆，整座会馆建筑是建设在石材之上：台基、檐廊地板、天井、柱础，全为石制构件，有效应对了岭南多雨多潮的气候，风雨难侵；在檐柱、檐枋、前殿金柱、门框等支承重量的落点处，均设以石材，发挥了石材的坚固稳定优点，营造出安如泰山的建筑格局；梁架、瓜柱、檩、桁，则使用木材，发挥其轻盈的长处，减轻压力。恰到好处的石雕、木雕工艺，则为整座建筑锦上添花。不得不说，英家粤东会馆是一座石木结合、技艺高超的古建筑典范。

它的美，将在岁月的最深最远处，凝成永恒……

解读富川古风雨桥群

富川瑶族自治县位于广西东北部，地处都庞岭和萌渚岭之间的丘陵地带，是一片天然开阔的平原，翠如绿毯。富水在这片大地上弯弯流淌，碧波泛动，川流而过，因此取名为“富川”。富川是潇贺古道上的重要节点，为方便行人通过并为其遮风挡雨，产生了诸多廊桥式的风雨桥。

瑶族在元、明时期陆续从潇贺古道由湖南迁入广西，而富川更是瑶族聚居区。瑶族同胞勤劳的身影，穿行在富川绿色的原野，千百年来，形成了跳长鼓舞、打油茶、唱蝴蝶歌、炸龙的迷人风俗，更留下造吊脚楼、建风雨桥的精巧工艺。

一座座风雨桥就是瑶族匠人用智慧写成的神奇诗篇。

富川共有27座风雨桥，虽然经历了历史的沧桑和风雨侵蚀，但它们屹立的坚强身躯，如同一个个守护神，几百年来守护着富川。风雨桥为富川人、古道行人遮风挡雨，也得到了他们的感恩和爱惜，他们倾心保护风雨桥。自明万历三十年（1602年）到清光绪年间，共建起风雨桥29座，除了两座毁于火灾之外，保留完整的有27座。留存于世的风雨桥，成为富川大地上暖人心灵的景致。

潇贺古道穿行富川，经过朝东、城北、麦岭、葛坡四镇，因此这四镇聚集了诸多风雨桥。它们古朴端庄，历经岁月洗礼，矗立成富川的象征。2013年5月，富川瑶族风雨桥群被列为第七批全国重点文物，成为“国宝”级珍贵历史遗存。

每当我走进风雨桥，内心总会涌起无限感动，这一座桥梁如同一位位无声的诗人与智者，它沉默的诗音，藏在桥上的细节里，让我总忍不住追索、流连、赞叹。今天，就让我们透过“国宝”风雨桥群稳重而大气的姿容，解读它们深邃而从容的灵魂吧！

源于大善

风雨桥为什么会成群出现呢，是巧合还是必然？

风雨桥如同一颗颗被岁月拭擦得光芒闪烁的明珠，散落在古道两旁，横跨在一条条河道溪流上，轻盈玲珑的身姿负载起行人的脚步。当地瑶族同胞又称其为“石磡风雨桥”或“石拱风水凉桥”。

27 座风雨桥为：迴澜风雨桥，明万历三十年（1602 年）；朝阳风雨桥，明万历三十五年（1607 年）；福寿风雨桥，明万历三十六年（1608 年）；凤溪新桥风雨桥，明天启元年（1621 年）；青龙风雨桥，明天启四年（1624 年）；黄侯泉风雨桥，明天启六年（1626 年）；高桥风雨桥，清雍正十年（1733 年）；石曹迴龙风雨桥，清乾隆六年（1741 年）；东辕风雨桥，清乾隆三十四年（1769 年）；鸬鹚塘澜通风雨桥，清乾隆三十五年（1770 年）；龙归风雨桥，清乾隆四十年（1775 年）；兴隆风雨桥，清嘉庆十八年（1813 年）；阳寿风雨桥，清嘉庆二十二年（1817 年）；永济福风雨桥，清道光七年（1827 年）；环涧风雨桥，清道光二十二年（1842 年）；锦桥风雨桥，清道光二十二年（1842 年）；下井风雨桥，清道光二十七年（1847 年）；新田青龙风雨桥，清咸丰五年（1855 年）；长塘迴龙风雨桥，清同治五年（1866 年）；龙湾风雨桥，清光绪五年（1879 年）；儒子西门风雨桥，清光绪十年（1884 年）；集贤风雨桥，清光绪十一年（1885 年）；双溪风雨桥，清光绪十一年（1885 年）；社尾岗风雨桥，清光绪十一年（1885 年）；毓秀风雨桥，清光绪十一年（1885 年）；儒子东门风雨桥，清光绪十三年（1887 年）；钟灵风雨桥，清光绪三十年（1906 年）。

座座风雨桥不仅造型精美，桥名也清雅别致，古意盎然，体现着富川的诗书文化气息。这份古雅来源于各个村镇非同凡响、名震岭南、博学多才的创始人。

葛坡镇深坡村的始祖蒋士弘是宋嘉定年间进士，他任桂林府通判致仕回湘路过深坡，留此地定居；朝东镇秀水村始祖毛衷由刑部郎知贺州，路过秀水定居于此；福溪村始祖是周敦颐的儿子，周敦颐宦游路过此地，喜爱此地山青水美，便留下一子在此安居。有了高起点的诗书文化的熏陶，这些村镇从宋代起，状元、进士辈出，文化氛围浓郁，状元楼、进士第熠熠生辉。

迴澜风雨桥矗立于公路左侧，伴随着稻田、清溪、远山，显得那么安静、祥和。它修建于明万历三十年（1602年），距今已有415年的历史，比柳州三江县的程阳侗族风雨桥还要年长318岁。

富川处于湘、桂交界，是由湘入粤的必经通道。据历史记载，潇贺古道、楚粤通衢、富川驿道均途经富川。富川的朝东、城北、麦岭、葛坡四镇正处于潇贺古道线路的重要节点上。千古驿站，焉能不底蕴深厚？

风雨桥是采取砖木结构，廊桥式，桥上有顶，顶盖瓦。它有多种功能，可以通行，可以遮挡风雨，甚至行人没有地方投宿，在桥上也可以过一晚。这是一座多么温暖的桥梁！它用无声的人文与人性，关怀着千百年来的无数行人。

谁曾踏过它的身躯追寻远方的梦？谁曾在它身上的木板坐下歇脚聊天？谁曾在它身上躺着入眠？都无法计得清。桥面上的石板、木板都磨得光亮，有些甚至有了磨损的痕迹，那是一代又一代行人留下的淡淡印迹。

在物质匮乏的古代，一个能遮风挡雨、歇脚休息的落脚处，对于长途跋涉的客商与旅人而言，是多么渴望与重要。在漫漫旅途中，纵然风雨来袭，纵然身无分文，只要想到前方有风雨桥在温情等待，心中的希望就会骤然升起。

综观富川风雨桥，桥面由石板或木板平铺搭建而成，桥头都正对着青石路或卵石路，服务于驿道，佐证了这些风雨桥是在原古驿道的基础上修建而成。风雨桥的存在，是驿道的客观需要。

在溪流河面，起个桥墩，然后搭个木板或石板上去，一座简便的桥梁就建好了，何必大费周章在桥上建廊建亭、画画题诗呢？这为数众多的风雨桥又是谁建的呢？

迴澜风雨桥横跨在朝东镇的黄沙河上，当年黄沙河的滔滔河水已几近干涸，只留下河滩上的巨石和两岸的禾稻。轻风吹过，廊桥风声细细，仿佛是时光细碎温柔的语言。

桥上立有《金石壮志》碑，碑高 1.76 米、宽 1 米、厚 20 厘米，阴刻楷书，此碑的序文《重修迴廊石桥序》，为何廷枢于崇祯十四年（1641年）重修迴澜风雨桥时所撰，落款为“敕命督理印马屯田巡按、直隶应天、山东、河南、潼关卫所等处监察御史、加升太仆寺少卿、邑人何廷枢运之甫谨撰”。何廷枢，富川县朝东镇壕山村人，官至监察御史、加升太仆寺少卿（正四品）。何御史虽官高位重，却善心仁厚，为解决家乡人、过路人的交通困难，建造了青龙风雨桥、重修了迴廊风雨桥。在迴廊风雨桥碑刻上尚有他捐资“30 千文”的字样。

富川文化氛围浓郁，以耕读传家考取功名的学子不计其数，从古道出外经商的乡绅也不计其数。远行万里，心念家乡。富川成了学子和乡绅期望回报的故土，因此何御史的善举成为富川当地美谈，更成为乡邻学习的榜样。从何廷枢修造第一座风雨桥开始，得到了乡邻们的认同和效仿，他们或捐资或献工或献料，以各种参与形式，建造风雨桥。

善念一起，对行人的关怀就被放在建桥的第一位了，这桥梁不仅有通行的功能，也得让千里跋山涉水的行人歇歇脚、休息休息，因此，桥上的桥柱之间铺有木板，可以坐也可以卧。可是啊，这途长路远，古道又大都在前不着村后不着店的地方，风雨来袭，行人淋成个落汤鸡了怎么办呢？于是，桥上又盖瓦，雨水不侵。

风雨桥，源起于富川人的大善之心。有了风雨桥，再漫长的路也有了温暖。

稳于大智

在风雨桥群中，迴澜风雨桥如同一首古老又悠扬的诗篇，音声在时光的长河里轻轻回荡。它是最古老的风雨桥，每一天，它伴着稻田、溪流、远山，守着日出与月落，守着富川人的宁静。四百年光阴，浓缩成了一座桥的模样与形状，成为活化的历史、生动的艺术、智慧的记忆。

古老，是风雨桥群共同的语言。最古老的迴澜风雨桥有 415 岁，最年轻的钟灵风雨桥建于 1906 年，也有 111 岁了。风雨桥群，如同一首大气磅礴的时光史诗，越过了风雨，越过了岁月，安然挺立地站在我们面前，姿态是那般从容，气度是那般淡定。风雨不动，坚如磐石。

狂风。暴雨。洪水。甚至地震。都不能伤之分毫。这些天灾在风雨桥眼里举重若轻。27 座风雨桥在建成之日起，齐刷刷地挺立至今天，无一倒塌与崩裂，这绝不是偶然。是什么支撑了它们四百年不倒的稳固？

风雨桥是一种木石结构的桥，由桥墩（台）、桥梁、桥盖组成。上部是桥梁、桥盖（或称桥屋）。桥盖有木结构或砖木结构，由亭、廊组成，有单廊、单亭单廊、单亭双廊、双亭双廊、重檐单廊五种。长廊内两侧有栏杆，架设有长凳，供行人观赏和休憩。行人坐在长廊中，吹着河面拂来的轻风，谈笑间，再深的疲惫也会消失得无影无踪，内心中涌起的，是对桥的感恩。

我想，任何一个行人，面对风雨桥的这一份关怀，都不能无动于衷吧？

桥亭有单檐歇山顶、单檐悬山顶、重檐歇山顶、重檐悬山顶等做法。有的桥亭用砖墙将两侧封闭，做成与宅居相似的形式，还有部分桥亭做成楼阁，高二、三层。木构架以穿斗构架为主，有的使用抬梁和穿斗混合做法。桥亭既可以遮阳挡雨，又有一定重量压在桥身上，形成泰山压顶之势，既有美感，又使桥更加稳固、更经风雨；桥亭不用一颗铁钉，只在柱子上按需要而凿通大小不同的孔眼，以榫衔接，或斜穿或直套，纵横交错，互相牵制支撑，结构极为精密，处处体现出建造者的高超技艺。

下部是桥墩。桥墩有石拱桥、石梁桥、木梁桥三种。部分桥的两侧有引桥，桥与道路的联通方式有直通和转向两种。桥头的两端多用山墙的形式进行封堵，形成风雨不侵的温暖空间。石拱桥用青石礅砌圆拱，形成优美的圆弧形，上部用青石条直铺成桥面，平直又稳妥。石梁桥用青料石砌石礅和桥台，在其上钎出凹槽，横架一条至两条大青石条，形成桥面。木梁桥用料石砌石墩、台，上部横架大梁木，再铺板形成桥面。

沉重又厚实的桥身如同泰山压顶，稳稳压在溪流两岸，风雨侵不了，洪灾毁不了，驮起了桥盖桥亭，驮起了行人的脚步，更驮起了生活的希望。

富川风雨桥，因地制宜，桥亭合一，稳固与实用并存，正是中国桥梁建造史上的创新之作，处处透着不同凡响的智慧。这样的智慧，历经了长达四百年的时间考验，依然屹立如山。

然而这样的大智大慧又从何而来呢？

远观一座座风雨楼，它们背衬着青翠的山峰，身畔是绿油油的田野，脚下是叮咚唱歌的流水，仿如水墨画一般清新淡远，意境出尘。风雨桥栗色的木料，轻巧地站在时光中，身影是那么俏丽多姿。

我流连在桥上，细细寻迹。石拱沉、实、稳，气度铮然，简约而实用，没有一点多余的忸怩做作，依稀透着北方石券桥的影子；桥亭呢，四角翘逸的风韵，又隐含江南水乡的雅致；阁楼方方正正，庄重内涵，包含着浓郁楚风；廊桥一根根木柱挺立，以顶天立地之势，撑起屋顶，则以本地瑶家吊脚楼为范本。这，分明是北方、江南、楚地、本地造型四位合一。南北“合璧”，外来与本地混搭，取长择优，结合得天衣无缝。

富川处在潇贺古道上，车马喧嚣，人来人往，自古繁华。在这条古道上，官员升迁、学子应考、商家贸易、工匠外出谋生，熙熙攘攘，每天不断。古道如同一条流动的长河，把中原、楚地的先进工艺与文化，也送进了沿途驿点，送进了富川。中原古汉族先进的房屋和桥梁建筑工艺，也随之传入。

古道两旁山水美丽，许多行人选择在此建房安居。顺着这条古道，大批中原房屋桥梁工匠进入了岭南，与当地土著融洽相处，极大地提升了当地民族建筑的水平。而勤劳的富川匠人，既继承了中原的先进建筑技术，也将楚地的建筑技巧兼收并蓄，并结合当地的风俗文化进行了大胆的改革创新。于是，一座座融合了中原、楚风、本地的建筑技艺的风雨桥就诞生了。风雨桥，就是南方与中原、继承与创新的智慧结晶。它经就起行人的审察，更经得起时间的考验。

是中原、楚地、本地集大成的智慧，撑起了风雨桥四百年不倒的身躯。换言之，风雨桥从技艺而言，是中国传统的建筑智慧，让它拥有了坚稳的躯体、美妍的造型。

一座风雨桥，就是一首鲜活的建筑诗篇。

存于大用

富川风雨桥数量之多、保存之好，全国罕见，成为一道独特的风景线。如果仅仅靠一时一人的努力，肯定难以做到。保存风雨桥，是依靠一代又一代人共同接力，真心爱惜，才能使风雨桥历风雨而不倒。

风雨桥为何能得到富川人的厚爱呢？因风雨桥在生活中有大用，富川人以心换心，用心保护风雨桥。风雨桥有什么用呢？

一是供人通行歇脚。27 座风雨桥，它们的建筑地点都是在村落入口或溪流之上，供路人遮风避雨、休憩纳凉。行人到达此处，累了，就歇一歇。四面清风吹过廊桥，为行人洗去多少疲惫与尘埃。无论是达官显贵，还是村夫走卒，风雨桥都展开慈祥的怀抱，温柔地接纳。行人无论何时来到村口，都有歇脚的地方，能体面地休息，也让行人感受到村庄的热情。风雨桥，已经超越了桥的简单功能，它是行人温暖的精神家园。

二是乡邻集聚处所。富川人能歌善舞，有“赶歌圩”唱蝴蝶歌的习俗，到了会期，四方乡镇的青年男女就不约而同地聚集在风雨桥，用歌声唱出心中爱慕与情意。用歌寻意中人，以歌定情，催开了爱情之花的甜美。一座座风雨桥就成了青年男女爱情的见证者，他们收获了爱情，也会在感动之余保护这爱情的源泉之处。一代又一代的爱情之花在桥上盛开，让桥有了爱的故事与传说。桥与人，人与桥，从此变得再也不能分离。

除此之外，乡邻们茶余饭后，也爱在桥上乘凉、聊天、对歌、唱戏。这里是约定俗成的集会场所，东家的阿婆，西家的阿嫂，南家的阿公，北家的小娃娃，都在桥里玩耍，笑语阵阵，其乐融融。有家长里短的烦恼，在桥里聊一聊，烦恼就消散了。消息在这里汇集，温暖在这里传递，笑声在这里流转。风雨桥已经不仅是一座桥而已，而是精神的栖息地。

三是迎宾场所。风雨桥建在村口，有乘凉之用、守护之用，还有待客之用。富川瑶家人热情好客，待客礼仪周到。如家中办宴会，主人家就亲自到桥上迎接客人，以示尊敬。在风雨桥上，亲亲热热地寒暄一番，执手相问彼此近况，心的距离、乍见面的阳生感，在不知不觉间就被笑声掩盖了。在风雨桥的怀抱里，再遥远的客人，也会情不自禁地产生宾至如归的亲切。

四是幸福图腾。风雨桥建在村口或溪流之上，被当地人称为“石拱风水凉桥”，象征着威龙绕寨，以保村寨风调雨顺、平安吉祥。“风水凉桥”四字，包含了富川人对风雨桥作用的肯定和赞美，它是护佑村寨风水的，庇佑村子人人出入平安、年年顺风顺水。既然有这样的作用，富川人倾心保护它，就不奇怪了。

奇于大美

如果仅仅是桥，建了桥墩、铺上石板或木板之后，就有桥的作用，能通行能负起重物，就可以称之为“桥”了。但风雨桥不仅仅如此，它还不厌其烦地在桥上盖了廊、盖了亭，这还不算，还雕刻了花卉、百兽、诗文，还画了画，把桥装饰得古典雅致、尽善尽美，堪称建筑奇迹。在

《古建园林技术》中，曾高度赞誉迴澜、青龙这两座风雨桥："乃是集我国北方的石券桥、南方的亭、古元的阁等造型的特点于一体的组合体。这产生了别具富川特色的新品种——石券廊桥，在全国古建园林中属于独特的。"

《古建园林技术》并不仅仅把风雨桥当作桥而已，提升到了园林技术的高度。风雨桥是桥梁建筑艺术的榜样和标本，是艺术的凝固，是智慧的诗篇。它们的大美之姿，岁月冲不淡、时光带不走。

每一次我凝望它，总会被它的美、它的温柔深深感动。

迴澜风雨桥是一座三孔石桥，由桥廊、桥亭和两层高的阁楼组成。桥孔以优美的弧度落在江中，似是三弯连接在一起的明月。从远处看，桥廊、桥亭、阁楼合成一体，飞檐高翘，工艺考究，气势非凡。栗色的木料，青灰色的瓦，衬映在蓝天白云、青山绿水之中，显得别样的大方端庄。

全桥采用32柱穿斗木构抬梁，榫卯结构，歇山顶。柱与柱互相连接交错，构成一个美观的整体。顶部有阁楼，阁楼砖墙上有多幅淡雅的人物花鸟壁画，用笔老练，往往淡淡数笔，就将人物花鸟画得栩栩如生，有了这些画，桥就不再是桥，而是岁月流传下来的艺术品了。阁楼四角飞檐翘角，小青瓦盖顶，脊饰以精美泥塑。该桥结构巧妙，美轮美奂，是集瑶族桥梁建筑、绘画、书法、雕刻、塑像艺术于一体的巅峰之作。

能将一座桥做得如此精美又实用，考究又艺术，唯风雨桥是也。风雨桥是时光留下的宝贵诗篇，它将年年岁岁，继续护佑身边的大地与百姓。

青龙风雨桥门额书"芙蓉镜嶂""山水环之""翠拔群峰"，书法雄秀苍劲。门额上还有彩墨人物壁画，人物各俱姿态；廊桥檐下有32扇花窗，花窗有精美的木雕，寄寓着富川人对生活的美好期望；廊桥上有四柱，柱下有鼓形石柱础，柱础雕有莲花与云纹。书法顿挫生姿，壁画栩栩如生，花窗古香古色，石雕细腻逼真。

东辕风雨桥桥面为青砖地面，桥面架设进深五间的桥廊和桥亭，桥头两端建有马头墙，风雨不能侵入，桥亭温暖又舒适。一点一滴的文化元素被匠心独运地镶嵌在一座座风雨桥上，震撼着每一个行人，吸引着每一旅者。在时光的流逝中，风雨桥身姿挺立依然，成为一首首大美的艺术之诗。

解读富川瑶族古风雨桥群，景仰瑶族先民的建筑智慧与善良胸襟。风雨桥超越了桥的范畴，它是诗是歌，是不朽的精神财富。它的万千美丽，永远滋润我们的心灵……

风雨桥·风雨情

是否有那么一处地方，你从未曾到过，却在一见之后心倾神迷？那里的一溪一桥、一田一舍、一树一花，仿如旧日相识，温柔而灵性。

——题记

青涩·别离

走进富川瑶族自治县，就像跌进了一场清新旷阔的梦境里，在久远神秘的轮回中，一再为那些忧伤的故事动容。

富川现存共有27座风雨桥，如同27颗明珠，散落在这片大地上。其中最古老的是迴澜风雨桥，建于明万历三十年（1602年），距今已有415年；青龙风雨桥建于1624年，距今393年。两桥共同矗立在富川黄沙河上，仅仅相隔300米，伴着稻田溪流、远山村舍，在风雨中相望相依度过了近400年。

这两座桥铭刻着怎样的故事呢？

青龙风雨桥是瑶族女孩、明朝皇妃盘兰芝，为悼念心上人何廷枢修建的；迴澜风雨桥是汉族才子何廷枢，为怀念爱人盘兰芝重修的。

岁月无情，流年似桥下水，滔滔不息，荡平了多少往事。岁月亦有情，它做了时间的使者，传递四百年爱的歌谣。面对情与爱，无论多么坚硬的心也会变得柔软；站在风雨桥上，陷入那片如海深厚的风雨情中，一再难以自拔。

黄沙河如绸带，江水倒映着云影天光。在这里，瑶歌脆亮，樟树叶沙沙摇动；在这里，四季花开，碧草漫铺向天际；在这里，爱情变得如此简单而纯净，只是书窗长读时一抬头的眼眸亮色。

富川县从宋代起，状元、进士辈出，诗文与爱情伴随着瑶歌，在这片土地上抽芽开花，从不曾断绝。

青墙。轩窗。方桌。笔墨纸砚。檐角吊下串串紫蔷薇。书院里书声琅琅。富川学子就从这一间间书院走出，砥砺人格，长成参天之材。少年何廷枢在书院里读书，他的老师叫盘师中，是富川儒学大家。

或许是在清晨，也或许是在黄昏，何廷枢从书卷间偶一抬头，斑斓交错的花叶下，那一张晃动的笑脸不正是盘老师的女儿盘兰芝吗？这个瑶家女孩笑容浅净，仿如精灵。

爱情猝不及防，就这样悄然降临了。

爱情没到来之前，谁也不知它是什么。只有等爱情来临了，才恍悟，那是对方的身影、对方的眼波、对方的一切。只要对方的偶一注目，荒芜的心田就会瞬时长出繁花。

青田碧水，原野深翠，何廷枢与盘兰芝的爱情自由生长。青春年少，笑声如风飞扬。富川的阳光，给予了春草百花足够的温暖，也给予了青涩年华足够的温情。

何廷枢的心愿很平常，他只想与盘兰芝长守土地上的日出与月圆。家旁，是一湾清溪、一排垂柳、几行白鹅。他们一起写诗，一起生儿育女，一起守着凡俗的幸福。然而事与愿违。

四百年前，瑶家美丽的女孩盘兰芝因诗书超群、才貌出众而被选进皇宫当瑶妃，是在哪一个季节呢？我想应该是在春季吧，因为在翠色里别离，盛景与伤情，才会那般撕心裂肺。

也许他们还没来得及告别，就成了永诀。即使告别了，又能如何呢？那一个春天，是何廷枢与盘兰芝人生中最后一个春天。此后，过往的缤纷与温柔，都只能梦里才能见到了。

花谢，花还会再开；草枯，草还会再荣。而何廷枢与盘兰芝，却不知道，一别成永诀，他们再无相见之日。

当我走上青龙风雨桥，任清凉的风吹进廊桥，手指抚过那沧桑的木纹，都不由得问自己：这桥亭、这栏栅、这花窗，是不是还留有盘兰芝手上的余温？我还能不能读懂她的深情？一遍一遍地徘徊青龙桥里，只觉这里的一砖一瓦、一榫一板都通晓灵性，都懂得情感。它们见证过盘兰芝的痴情，听过她月夜下忧伤的叹息，更记得她万般绝望时一跃跳下的影。

追寻·相隔

夜色笼罩下的富川，温柔又宁静。夜风吹送，是青草与庄稼的芬芳。这里的每一片草、每一棵树有着甜蜜的记忆。可温情的热度还不曾退却，人就不见了，人就远在京城了。何廷枢的心被孤独与痛楚啃噬，他多么怀念啊，怀念与心上人共赏的月夜颜色、共尝的春花芳香、共唱的瑶歌缠绵、共写的诗文隽永。

潇贺古道是由岭南进入中原的古驿道。这条千年古道的日出很美，日光透过重重远山，擦亮了青石板。云雾若有若无，似是瑶家姑娘缥缈的歌音。那一条被岁月浸染的石板路，不知道承载了多少商人与迁客的脚步。马铃叮当复叮当，摇醒的是远山与溪水，一月又一月，一年又一年。

少年何廷枢辞别盘老师，背起包袱踏上了潇贺古道，踏上了京城赶考的旅程。在京城，有没有荣华富贵也许并不重要，重要的是有心爱的瑶家女孩盘兰芝。旭日初升，照亮他追寻爱情决绝而无畏的身影。

或许，是因为这一腔痴情太重无处安放，只有见一见亲爱的人儿，亲眼看到她生活得美满幸福，才能卸下吧？

可是每一个人的命运，都被上天设下了深刻的谜语，难解难猜。求通达者偏潦倒，祈爱情者却入仕。

何廷枢赴京赶考，考中进士，明朝皇帝当即御封为八省巡案，代帝巡狩天下，首先到山东督查盐务，惩治贪官污吏。

谁没有过青春年少？那一段灿若朝霞的爱情，是翠色年华里最深的珍藏，不思量，自难忘。何廷枢奉旨策马离京，回望皇宫深锁的那个瑶家姑娘，依然隔着万水与千山。而明日，明日又是天涯。

之后，何廷枢又奉皇命率军于福建、浙江抗击来犯的日本倭寇，并屡立功勋。

不知道那是入皇宫的第几个春天了？窗外，浓荫厚翠，长廊里的缕缕微风，吹不进重重深宫。那个善工诗文的瑶家女子，坐在春深的书桌前，独酌一杯记忆的酒，化成苦孤与离愁。然后提笔写下一段瑶乡蔷薇花的往事，凄然地交与流年照料。

月满窗纱，窗上摇曳的树影像是彷徨又孤单的心语。只有在月夜下，那一汪如水般的悠远心事才可以恣意地盛开。

就这样，思绪在月色下静静飘远，穿越皇宫厚墙，回到万里外的富川。那座幽静的书院还在，吱吖一声轻轻推开樟树做的门扉，那光亮的铜环，分明还有温度。那个专心读书的少年，闻声抬头，眼眸相碰之际，是言语也无法抵达的时光深处……夜已深，有泪无声洒下。

倭寇国仇与儿女情长，何廷枢只能选择前者。从富川到京城，从京城到山东，从山东到海岸，一次次追寻爱的脚步，变成了一次次远离与相隔。

每个人都有属于自己的故乡，有生己养己的故乡，也有心灵的故乡。对于相爱的人而言，心灵之乡永远是对方吧？然而长风浩荡，送不去何廷枢的惦念；海浪滔滔，也抹不平心底的相思。

归乡・殉情

情不知所起，一往而深。可是，为情而深的痴心人又有几个呢？我迟来了四百年，是时光河流里微不足道的细砂，能给这一对痴情人的祝福实在太轻太少。如果人逝去后真有灵魂，这么多年过去了，这一对苦命的人儿是否还在苦苦寻觅而无缘相见？

瑶妃盘兰芝入宫十年，经历了明朝神宗、光宗、熹宗三任皇帝频繁更替。美丽聪慧的盘兰芝受到其他妃嫔的排挤，日子并不好过。幸而到了宋熹宗时期，明朝局势已到了风絮飘摇、油枯烛尽之际，没人再去嫉妒瑶妃。

岁月更迭，龙椅易主，多少风云多少雄心，都在时光长河里无声淹没。除了深爱着的彼此，谁又能记得谁呢？谁又会在乎谁呢？

其实当年她被选进了那座巍峨的紫禁城，就意味着她与何廷枢的缘分彻底结束，天各一方是他们早已注定的宿命。那个春天是人生离别的渡口，春天过后，爱情之花凋落不开。一个贵为皇妃，看似登上了女人华丽的巅峰，实则伤情每日；一个为追寻爱情远赴天涯，却只能一再远赴天涯。

离恨恰如春草，更远更远还生。富川那个小山村清淡的蔷薇花，是盘兰芝夜夜思绪的落脚点。

时过境迁，没有人再介意一个瑶妃的去与留。皇城门开，龙恩浩荡，盘兰芝请遣回乡得到恩准，被遣出皇宫，送归富川。

少女在情窦初开时总是会期待，在开满蔷薇花的山坡，与那个梦中的有情人，唱着清澈的瑶歌相遇。走过红尘阡陌，兰芝回到富川回到最初的原点，仍然是孤独的思念、永远的相隔。但这，都已不再重要。

繁华淡去、千帆过尽，盘兰芝只想守着这山碧水静的乡野，这里有最纯的童真有最深的挚情，最平淡也最幸福。然后，在明媚的午后，用一支情深的笔写下清新的风、纯净的云，让幽幽的暗香弥漫了心的天空。偶尔，从乡邻的谈话里传来何廷枢在福建海边抗击倭寇、建功立勋的消息，就填满了所有日子的孤苦。

这样，就够了。

如果仅仅这样一点卑微的想头也要收回，上天是否太过残忍？

我不知盘兰芝听到何廷枢以身战寇、魂葬海疆的死讯传回家乡时，是清晨还是黄昏？我亦不敢想象又是怎样的伤痛？

离开他的时候，岁月在皇城荒废；回到家乡的时候，岁月在思念中漫长。多少次莺飞草长，多少次秋霜枫红。

只是这一次，他真的走了。他死了。

在富川这个边远的小山村里，有陪伴过他的溪流稻田、春草百花，还有动人的谣歌。更有他喜爱的淳朴乡邻。这一方乡邻至亲，是他的眷恋他的根，完成他的善爱乡邻、修桥通行的心愿算是对他最后的怀想吧？

盘兰芝为乡邻出资修建了青龙风雨桥，桥名“青龙”，隐含“情郎”之意。心上人已离去，叫她如何独活？风雨桥落成之日，盘兰芝为何廷枢殉情，从桥上一跃而下，跳入滔滔黄沙河。

微风漂泊无依，拂过春藤蔓草。不经意间，光阴已淌过四百年。我踏上青龙风雨桥，与一场伤感的温柔相遇，我们都被这份痴心不悔的爱深深砸伤。

青龙风雨桥全长35.09米，由桥廊、桥亭、阁楼组成，桥上彩墨壁画栩栩如生，花窗古色古香，门额题字雄秀苍劲，鼓形柱础石雕生动逼真。我愿意认同乡邻的说法，认为这桥上每一道彩墨都有情感、每一笔雕刻都有灵魂、每一条木纹都有爱意。

这是一座爱的桥。

青龙风雨桥矗立于风雨中已近四百年，这个名字就像是一颗闪耀的星辰，光芒洒遍富川大地与人心的角角落落。时光大河，尘世流沙，我注定只能在时光的河流里聆听他们忧伤的故事。但我却怀疑，我是不是盘兰芝四百年前垂怜过的一株春草、一瓣落花？否则，站在青龙桥上，我怎么也会感受到她那份为爱撕心裂肺的疼痛？

思念·相守

花叶成泥，一点痕迹都不曾留下；万千风景，可经得起岁月雨打风吹？只有青龙风雨桥屹立成永久的景象，注视着山川星辰，固守着流逝的光阴，如同它的主人盘兰芝一般执着。

一生一灭，无非沧海桑田；一行一停，俱是过往云烟。试问又有哪个凡人，能将命运之局解透？

青龙桥送走了盘兰芝，却万万没想到还能迎来何廷枢。

何廷枢与倭寇作战身受重伤，落海之后杳无音信，朝廷以为其为国战死报讯富川。何廷枢落海顺水漂流，冲到海边的渔村后获渔民救起。伤愈之后，他出任陕西道监察御史，并得到皇帝恩准回乡省亲。

我们都曾坚定地相信，上天不会亏待每一个人，在红尘里始终会有一份执着的真爱，将你我等待。只是何廷枢伫立在静穆的青龙桥上，看宽广青翠的远山与近草，让廊桥的彩画唤醒从前深埋的记忆，不知道，这个走入了盘兰芝这片柔情圣地的人，还能不能、想不想、愿不愿再走出来？

她的入宫，他的追寻；她的遣归，他的死讯；她的殉情，他的回乡。

上天啊，请告诉我，要用怎样的深沉，才能描写这样的血泪与错过？要用怎样的胸襟，才能忍受这样的惨痛与伤悲？

心上的人儿永去不返，追寻爱情的脚步终成虚空。纵然如此，曾经拥有的那份爱，时光与风霜都无法抹去，那些青涩纯真的片段被封存在记忆里，经久弥新，永不褪色。

她的诗，她的笑，她的柔情，她的深爱，都定格在青龙桥里。所以，我有理由认为，四百年前在桥上会为一笔墨彩而凝思许久、会为一支瑶歌而热泪盈眶、会为一条木纹而感动抚摩的背影，就是何廷枢。

行走在青龙桥，被这如水温柔、如海深厚的爱淹没和感动的，除了何廷枢，还有代代后来人。

为了纪念心爱的姑娘，报答她以死殉情的厚意，何廷枢便在相隔爱人建桥的300米之处重修了第二座桥，取名“迴澜”，桥名嵌入了盘兰芝的名字，隐含“会兰”之意，期望无论天上人间，能再会兰芝。

重修的迴澜风雨桥很美，它是一座三孔石桥，由桥廊、桥亭和高约两层的阁楼组成，阁楼砖墙上有多幅淡雅的人物花鸟壁画，脊饰以精美泥塑。从远处看，桥廊、桥亭、阁楼合成一体，飞檐高翘，气度典雅，把瑶族桥梁建筑、绘画、书法、雕刻、塑像艺术结合得浑然天成。

迴澜桥上立有十二块石碑，其中序文《重修迴廊石桥序》，为何廷枢于崇祯十四年（1641年）重修迴澜风雨桥时所撰，落款为“敕命督理印马屯田巡按、直隶应天、山东、河南、潼关卫所等处监察御史、加升太仆寺少卿、邑人何廷枢运之甫谨撰”。在碑刻上还留下了他捐资“30千文”的字样。何廷枢将一腔思念，化成了一座桥，在背负起行人脚步的同时，亦安放好相思。

一份痴情，凝固成两座桥相依相守的形状世世流传。这对苦命的人儿用传奇而悲剧的一生，换取了世人永远的感动，在富川瑶族人口口相传的故事里成为主角、成为情侣，再也不分开。这算不算是另一种形式的结合？又算不算是另一种时空的爱的永恒？

青龙风雨桥、迴澜风雨桥共同矗立在黄沙河上，穿透四百年风雨，每一个细节都是坚贞与执着，诠释着爱的最深内涵。那一份风雨情缘，永不会消逝……

黄田湖南会馆

典雅之画

我在晨曦中穿过黄田街，抬眼就看到了她——黄田湖南会馆。此时，阳光正缕缕丝丝，透过古榕磅礴的树冠，洒落在青砖上。偶尔，有一串鸟鸣倏然传来，又倏然远去。她如同一幅典雅的古建筑画卷，大殿、戏台、禹碑亭、寿榕廊、福园，布局井然，妍美恬静，在晨光中铺展。

数棵龙钟古树，组成了湖南会馆那一抹生机勃勃的翠色。黄田老人们说，他们的先祖从湖南迁移而来，在黄田从事榨油、打铁、织耕、贩物、采矿等行业，渐渐世代留居。祖籍湖南的黄田人，占八成以上。

会馆分前、后两进，殿内供奉的是大禹像。神像温和从容，线香云淡风轻。我在会馆身边流连不去。今天，我能够点燃线香礼拜神像，沐浴神恩光辉，无论怎样讲，都是莫大的荣幸。那袅袅香烟升腾，正是会馆温暖的述说。湖南会馆穿越时空与苦难，凝成厚重的庇佑，将慰藉送达心底。

戏台在大殿的正对面。黄田镇地形如脸盆，中央田野开阔，四周山岭绵延。夹杂在水泥楼之间的泥房与木屋，记录着这方土地曾经的贫苦。戏台上铿锵的鼓声、圆润的唱腔，成了苦难中的精神甘泉。戏台如同一个慈母，哪怕衣衫再褴褛，戏台也不会嫌弃，把快乐与坚强注入每一个子民心间，使艰辛的日子有了色彩。

禹碑亭在大殿右侧，尖檐高挑，气度非凡，亭内竖起“大禹碑”，记载大禹治水的丰功厚德。碑亭眺望着热闹的街道，春夏卖草笠、鱼干、红薯、腐竹，秋冬卖莲藕、豆豇、扣肉……禹碑亭陪伴着黄田人。从容。淡定。宽厚。坚定。如大禹慈父。

寿榕廊是连接戏台和禹碑亭的走廊，供人纳凉。廊下微风吹拂。白柱绿瓦，廊顶数幅壁画，古色古香。廊旁的榕树，用根须握抓漫长的岁月，凝成了一片绿荫，为子民遮风挡雨。

福园隐藏着一个美丽的邂逅。它在大殿后边，推门而入，里面假山修竹、小桥流水、回廊轻荫，俨然一幅微型的水乡江南画卷。

在尘世匆忙的脚步里，总有一个地方，那里古意盎然，纯洁静美。那里的树荫遮挡尘世的炎热，那里的神像担当心灵的负重。那就是湖南会馆。

会馆是一幅典雅的图画，更是一处俗世的净土。

建筑之诗

会馆风雨不动的巍峨，稳若磐石的坚毅，是一首意境优美的建筑艺术诗篇。

会馆是一座典型的砖、木、石结构的古建筑。砖多用来砌墙体，青色，显得典雅稳重。木料则用在梁、柱、门、窗，充分发挥了木料轻盈的长处。梁、柱、门、窗又加以木雕装饰，让木料有了鲜活的艺术面容。石料呢，则用在墙基和门楼处，稳稳地托举着整座建筑。

会馆主轴左右对称。门楼两根檐柱为木柱，承载起屋檐部分的重量，威势赫赫，稳如泰山，有定海神针之功，增加了建筑的稳固性。檐柱上有枋连接左、右墙体，远看有如飞鹰展翅，于沉着稳重中透出举重若轻的自信。透过会馆，仿佛看到一位位技艺高超的匠师，他们没有随岁月远去，他们的艺术灵魂，分明隐藏在会馆一点一滴的细节中。时光久远，震撼依然。

门楼两侧墙基为石质，浮雕石刻，题材丰富。刻有瑞兽麒麟，一左一右，互为呼应，这是整座建筑最精彩的石雕。麒麟是吉祥神宠，主太平、长寿、吉祥，与凤、龟、龙并称为“四灵”，设计者把它放置于此，寄托着美好寓意。该麒麟高额、圆耳、凸眼、宽嘴、厚鼻，一派天真憨态；项下饰以流苏响铃，身体粗短壮实，周身饰华美花纹；尾圆短，萌态毕露；四肢厚实。此外，还雕有仙翁、书者、官员、耕者等各行业人物。这些人物是湘商后代的代表，把他们刻于此处，除了装饰之外，更重要的是包含着会馆对他们的护佑之情。

正殿金柱柱础为石质八角鼓式，浮雕瑞兽、云纹、鼓钉。瑞兽只有寥寥数笔，便形神兼具。云纹线条飘逸，如流云灵动，让沉重的石头有了艺术的轻盈，飞翔在岁月的天空。鼓钉突起，让柱础光滑之中有了多姿的变化，形成立体的美感。石柱础能有效防雨、防潮、防虫，应对贺州潮湿多雨、南风天多的气候。柱身直贯殿宇，漆红，稳重有力。

会馆的木制梁架结构以抬梁式和穿斗式混合，互相交错，层层叠叠，体现着工匠的智慧，更彰显着艺术。梁架以稳重的身躯，撑起会馆的殿堂空间，让时间在这里搁浅，让传奇在这里珍藏。

会馆内有丰富多彩的木制装饰。雕刻的内容有故事、鲜花、瓜果、百鸟、走兽、流云、水纹等，再配以漆彩、镏金等工艺，一块块木头就有了美好的姿容，如一朵朵缤纷的花朵，在时光的花园里璀璨开放。历史的微风吹过，馨香扑鼻，陶醉了湘商，也陶醉了过往的每一位游人。

门楼梁架浮雕是整座建筑最为出彩的木雕装饰，抬头望去，朱红底，或点黄漆，或点绿漆，鲜艳夺目，让人叹为观止。浮雕的内容为龙、凤游于天宇，身旁牡丹盛开、祥云围绕。寥寥数刀，蛟龙腾空的线条流畅清晰，龙凤的神态、动作、气势描摹得活灵活现。此外，牛腿、雀替等或雕人物，或雕流云，或雕花草缠枝，细腻生动。

几百年来，会馆与黄田人朝夕相处，连成一体，不可分离。有会馆，心灵就有归依。会馆如一首建筑诗篇，诗音荡漾在黄田人的心灵深处。

乡情之源

会馆凝聚建筑美、艺术美，更凝聚着人性美、乡情美。

门楼有两根木质金柱，高耸挺拔，坚韧稳固，有顶天立地的英雄之气，支撑了整座架梁结构，为会馆营造了气魄高雅、壮观无比的开阔空间。门楼的前匾额红底，镏金，书“派分湘水”，金光灿烂，笔法遒劲；后匾黑底，鎏金，书“精诚团结”，昭示了异乡团结的决心。仰望匾额，思乡之气扑面而来，体现着会馆对前来议事、住宿、祭拜的湖南乡亲的精神抚慰，揭示出会馆并不是一座冰冷的建筑，而是一个充满乡情的温暖家园。

门楼、正殿檐板雕刻精美，色彩鲜艳明丽，如同一幅幅美不胜收的画卷，凝聚着木雕艺术的精华，处处流露浓浓的乡情。檐板图案内容丰富，选材极具湖南特色。果类有石榴，石榴花红，象征生意红红火火；石榴籽多，更有民间百子千孙的好寓意。动物有喜鹊、蝙蝠，喜鹊是报喜的鸟儿，蝠与“福”谐音，代表福喜双临。植物有松树、竹。松寓意长寿，竹有报平安之意。细腻传神的刀工再配以漆色点染，赋予了整座建筑沉甸甸的历史厚度和艺术深度，更蕴含着对每一个身处异乡的湖南人的祝福。试想，湖南人来到这里，如归家乡，心中的感动何止万千啊！在这一刻，所有的委屈都会抚平，所有的伤痕都已复原。

大禹治水曾到湖南，传说湘江平安也有大禹的治水之功。因此，大禹在湖南人的心中拥有尊崇的地位。会馆正殿中，大禹巍然而立，睿智又慈悲的目光穿透千年岁月，保佑着身处异乡的湖南人。神灵在，心就在。在虔诚的祷告中，魂灵再不会迷失。

湖南会馆融入了黄田人祖祖辈辈的生活。她用身躯背负起万千子民的灵魂依托与深厚情谊。会馆已不再是会馆，她是幸福的图腾，是典雅的画卷，是岁月的希望，是永恒的乡情……

老桥一景

一景桥。一座老石桥。

它将数百年光阴，凝聚成了一座石桥的模样与形状，成为活化的历史、感动的诗篇。每一个朝夕，就有了一座桥的陪伴，有了永远不会忘却的坚强。

传说清嘉庆末年，广东肇庆的八户人家来到贺州黄田镇路花村从事锡矿开采和经商，这八户人家嫌交通不方便，就从路花村搬迁到贺江边，并在江边开了八家铺子。渐渐地，贺江边人群聚居、商业兴隆，又衍生出了八个盐埠码头。八步就是从八户人家、八间铺子、八个盐埠码头逐渐集聚人气，成为今天的桂东南重城。因为粤语“户、铺、埠”与“步”字谐音，故取名为“八步”，代代流传，直至今日。

数百年岁月流逝，八户人家已实现子孙代代传承的幸福，八间铺子繁华延伸成了繁华的西约街，八个盐埠码头如贺江长流不息。处于西约街中段的一景桥，如纽带一般，则连接着铺子、码头、人家，连接着繁华与缤纷。

一景桥是一座双孔石桥，通体石制：石拱、石板、石栏杆、石柱。石拱用巨大的长方形青石条砌成圆拱，上部用青石铺成桥面。沉重又厚实的桥身如同泰山压顶，稳稳压在石拱上、跨落在溪流两岸，不惧风雨，不怕洪灾，驮起了行人车辆，更驮起了每一天的希望。两侧用方形石板做栏杆，栏杆之间用石柱连接，安全牢固。

有什么能比石头更坚固？一景桥无视岁月的流逝，忽略时间的沧桑，身姿淡泊又从容。它磊落，立得直、站得稳，在数百年来的地震、洪灾面前举重若轻；它谦逊，弯得下、伸得直，用身躯承载着过往行人。桥底下，溪流潺潺。清凉、呢喃、唠叨、重复，有如慈母，一声声温柔的叮咛，那么清凉，从朝到晚，从晚到朝。

一座老石桥，如同一首大气磅礴的史诗，穿越了时空，穿越了岁月，沉静地站立在我们面前。任雨打风吹，亦稳如泰山。

几百年来一景桥沉默无言，却给她的子民最深的鼓励和支持，日夜从不间断。无论你何时去，她都在。哪怕衣衫再褴褛，一景桥也不会拒绝，她也会给予最坚实的支撑，让疲累的人在她的身上行过，或靠在她栏杆上歇一歇。除了她，这样的善良又有谁能做到？

时光流转，一景桥却永不变模样。我抬起手指，摸到了粗糙的石纹；我走过桥面，行在无数路人印下的足痕上。

我们从桥上行过，脚步匆忙，从没留意过桥的模样，更不曾想起它时间久远的付出。它的身影，它的奉献，淡忘在我们的记忆中。然而，当我用手抚摸石柱、石栏时，方惊觉一景桥这份付出是如此深情、如此厚重。

桥身道道石纹，不正是她沧桑又深情的见证吗？

今天，市民在她的身上穿行，在她身畔建房、开店、宵夜……她用坚强身躯，撑起一方平安。老桥与这个城市，是那样亲切又和谐。她在这里静静地迎接日出月落，把万千百姓的平安幸福都驮在背上，历经漫漫岁月，从不曾离弃。一景桥对老百姓，是那样情深义重。

贺江碧如绸带，江水摇动着云影天光。日光透过重重远山，擦亮了老石桥。这一座被岁月浸染的老石桥啊，不知道承载了多少商旅与过客的脚步。一月又一月，一年又一年。不知疲倦，不曾埋怨。

试问，有什么比石更永恒？有什么比桥更无私？

一座石桥，是一份记忆也是一份情怀，更是贺州人心底的一份乡愁。

下篇 今曲

森林之城，长寿之乡，

美丽的家乡贺州年轻又有活力，光彩照人。

我喜欢用笔在贺州年轻的面容里找寻她迷人的风姿。

我深信，她一定有传奇、有故事，更有诗情与画意。

市树香樟

引子：2012年11月30日，贺州市第三届人民代表大会常务委员会第九次会议通过了以樟树作为贺州市市树的提议。从此，贺州人心中，就有了一棵树的影子，有了永远不会忘却的翠色……

大爱香樟

广西。贺州。富川县。秀水村。八百年的古樟树亭亭如盖地站在溪水边，树身泛出淡淡黄色，绿叶摇曳在蓝天白云里。彭祖八百岁，那是古老神奇的传说；周朝八百年，那是已经远去的历史。然而，古樟树，就这样鲜活地挺立在我面前，将八百年漫长的岁月聚凝成一棵树的形状。草长莺飞，年华暗换，都存樟树的无数年轮里；长河落日，朝代更迭，只在樟树的一叶飘飞间。

贺州市区。黄田路口。古樟树绵延成排，气势恢弘。最小的樟树树龄 160 年，最老的 470 年。樟树耸立在最热闹的街道，几百年来就这样注视着日出日落，固守着流逝的岁月，等待着贺州人在身前每一圩都聚集。

贺州市区。建设路。这棵独株的古樟树树龄 420 年，翠绿的树冠似华美的大伞，遮天蔽日，郁郁葱葱，精神矍铄，撑起了这方天空。

植物志书上云：“樟树是属于樟科的常绿性乔木。高可达 50 米，树龄成百上千年，可称为参天古木，为优秀的园林绿化林木。树皮幼时绿色，平滑；老时渐变为黄褐色或灰褐色纵裂。花黄绿色，春天开，圆锥花序腋出，又小又多。球形的小果实成熟后为黑紫色，直径约零点五公分；花期4—5月，果期10—11月。”

这是一种多么坚强的植物。春天，当万物在寒冬的梦境里尚未醒来，樟树的嫩芽说长就长，大方不忸怩，坦坦荡荡，有着君子的情怀。那一个个嫩芽布满枝头，齐刷刷向着天空，盎然屹立。远远望去，如同春天里一首翠绿的诗篇，高大的树身直插云端，无论在多远都能看见，将生机与希望种进每一个人的心田。一团团绿染了城乡山冈。从容。淡定。宽厚。坚定。

贺州的原野崖草正青，山花新蕊。富江。桂江。贺江。江水曲折弯绕，清波微泛，江边凤尾竹斜斜探出，竹梢随风拂动水面，岸边是世世代代居住的贺州人。昭平、富川、钟山、莲塘镇、芦岗村、黄田路口、建设西路……村村镇镇都有樟树的影。樟树错错落落，似一簇簇绿纱团一般铺展，将这片大地拥入怀里，让我内心的深处涌起无限暖意。四周的风景都是大地的祭献。侧耳细听，树叶沙沙，那是一声声安慰游子的歌谣。如慈母的呢喃唠叨，八百年来从未改变。

今天的轻风细细，吹动八百年前的绿树叶；今天的溪水清清，浇灌八百年前的老树根。樟树的道道树纹，从宋徽宗年间斑驳至今。樟树穿度八百年光阴，成一本崭新的史书、活化的记忆。落下的树叶，飘过了宋、元、明、清，形状、颜色、大小、叶脉都没改变。八百年光阴，在樟树面前，只不过是一片树叶的生长与落下、浅绿与深绿。

岁月温馨从容。岁月云淡风轻。只因有了樟树。我在她身边流连不去，恳求她开口讲述故事与传奇，但樟树无言。智者总无言。她只是慈悲的俯视我，目光饱含爱意。

深扎土地的根系遒劲粗壮，支撑起八百年不倒的身躯。今天，我能够脸贴在这树皮上，无论怎样讲，都是莫大的荣幸。树身道道老纹，不正是她沧桑的述说吗？

我曾经为生活奔波，也曾在物质里迷失，我逐渐忘却了生命的真谛，一再抱怨命运的不公与残酷。风更寒，夜渐寂。没有人理解我。失魂落魄的悲凉像贺江里的水草一样，在心底蔓延生长。江水缓缓流淌。樟树站在水湄之际，苍劲的身影透过悠悠烟水进入我的眼帘。原来，她从不曾离开，无论何时，只要一回眸，她就在。

走近樟树，我已经听到了她的声响，感受到了温暖、坚强的气息。孩子，不要放弃。一张张绿叶飘动，是樟树对我说的话吗？站在樟树的浓荫下，我心刹那间泪流成河。那团绿色染进了我的心怀，喝退了忧郁与彷徨。我要在心中种一棵樟树，让它的树叶长满心的四壁，即使最轻微的风吹过，也能听到她的叮咛："孩子，不要放弃。"樟树无言，却给她的孩子们最深的鼓励，八百年从不曾间断。

哪怕衣衫再褴褛，樟树不会拒绝，她也会给予清凉温和的拥抱，让疲累的人靠在她的身上憩息，慈祥地用芬芳香气驱赶蚊虫。除了她，这样的善良又有谁能做到？

原野山冈，城市村镇，写满樟树大爱，有豪迈的英雄之气、有温柔的慈母之怀。绵厚大爱从宋朝写到今天，直至未来。她的独特幽香，飘逸在代代贺州人的心间。

樟树傲然挺立，历经近千年的岁月依然青翠挺拔。那风雨不动的巍峨，那稳若磐石的坚毅，不正寄寓了这座城市的风骨吗？

秀水村八百年的身影。黄田路口四百年的坚强。樟树穿越时空与苦难，站成青翠的生机，站成坚强的信仰。

试问，除了她，又有谁能够代表这一座城市呢？

大勇香樟

贺州地处湘、粤、桂三省交界，山岭绵延，交通不便。山路盘旋而上，山岭间闪现的泥房与木屋，记录着这方土地曾经的贫苦。于是我时常想象，在很久以前的那些蛮烟瘴雾年代，这些瑶、壮、汉族的先民们是怎样在贫瘠的土地上生活，又是怎样在这片贫瘠上开垦出富饶。

在那些艰苦的岁月里，樟树陪伴在他们身边。用绿色给先民们绝望的心田种上希望，用叶子给先民们挡一挡酷热，累了，让他们靠在自己的身躯上……一年又一年，一月又一月。

狂风。暴雨。雷电。地震。战火。洪灾。樟树勇敢站立，从不退缩。树身上条条裂痕重叠，老枝上再长出新芽，樟树从不屈服。

樟树，有着大地的厚实，有着慈母的情怀，有着坚岩峭壁的刚强，有着无私忘我的伟大。她将这几种品性凝聚在根、干、枝、叶、花、果里，以常年苍翠的颜色，流入贺州先民的血液。

夕阳西下，光辉回照，将树影拉得老长老长。鸟们在树上做巢了，叽叽喳喳的叫。我在樟树下轻轻地走过，来膜拜这勇敢而沉默的灵魂。偶尔有一些细密的风从远方吹拂过来，樟树嶙峋着直指苍穹，像一个巨大的谜，更像不屈的战士。

温暖春季里生机勃发；炎炎夏日里浓荫深翠；丝丝秋风里淡定从容；皑皑白雪中傲然挺立。寒暑交替，樟树情怀不变。

在她的身边，贺州人辛勤躬耕，默默劳作。春天里插下秧苗；夏日里晒烟晒谷；秋意里挖藕挖芋，冬日里砍柴放牛。而树在身边，树在眼前，再也分不出树与人的距离。千百年来，他们已经合而为一。

樟树坚决地以一种挺立的姿势耸立在城市中央、村头巷尾。在楼房与楼房、村与村、山与山之间突冒着的那一团绿，没错，就是樟树了。牛仔湾路口、黄田路口、富阳街，我每次走过，我都能听见樟树发出呜呜声。浓密的树叶擦拭天边的白云，在风中舞动，身后，是连绵不断的民居与广袤的土地。

樟树木本木质，具有钢铁般坚强的勇气。樟树扎根硬土与老岩，树身苍劲、盘虬，个性雄悍、彪挺，独具不腐不朽不虫的强悍风范，是勇士是铁汉是伟丈夫，是南方大地伟岸壮美的魂。南方雨雾缭绕，樟树又显得那样青翠、朴素、馨静、芳香，着一身绿裳站于山岭高岗，从不畏风雨，磊落大方，是真烈女是花木兰是女中豪杰。樟树是铁骨铮铮的英雄，樟树是亭亭玉立的巾帼。刚强与静美，集于樟树一身；智慧与勇敢，凝成樟树千年秉性。

萌渚岭山脉如同宽阔的怀抱，将贺州市的昭平、富川、钟山、八步、平桂三县二区拥入怀里。看，那散布在萌渚岭山脉下的株株樟树，是风雨中千百年不变的坚挺，是时光辗转雕琢而成的英姿；是一幅幅风雨绘就、虬枝劲节的写意，是一页页沉默无言、翠色苍苍的诗篇。蓝天作景，白云常伴，樟树的绿叶里不知承载了多少悲欢离合，多少月圆月缺。樟树年年新芽，年年陪伴，从不失约，大勇如斯。

历史走远，岁月走远。贺州先民们躬耕劳作的背影成为这片大地上凝重的底色，我们无法经历曾经的拓荒年代，无法触摸遥远的先人面容，无法彻底地走进深邃的汗滴禾下土的艰辛，而樟树沧桑的风骨、坚强的气度，却已经融入这座城市的朝阳起落里、融进贺州子民的奔涌血液里，静静地流淌。

仿佛是在昨天，却真的已历经千年。盛唐的风烟已然淡去，但建于唐朝开元年间的富川秀水村依然溪清鸡鸣。走在那一棵八百年古樟树旁，我可以想象南宋开禧元年毛自知状元的崚崚瘦影，徘徊在樟树浓荫下吟咏着平平仄仄的诗句，而后于庙堂圣殿挥毫写下惊世文章。他从村居走出，彪炳史书，就像樟树那翠色苍枝，终穿透云霄，抵达人生的高度，成为后人千年仰望的丰碑。樟树与贺州人用生命书写的，不正是这份大勇吗？

贺州古樟树有的独株，有的成双，有的成排，散落在这片大地上。古樟树生命起点很遥远，有的在宋徽宗年间，有的在明万历年间，有的在清乾隆年间，穿透了多少风霜多少岁月。樟树告诉我们，人生可以拓展生命的深度、宽度、长度，只要意志坚定，就能做到常人所不能；她告诉我们人生需经霜雪的浸染，才更加苍劲葱郁。樟树，就是一首绿色的勇敢之诗。

但如果你认为樟树的勇敢仅止于此，那你就又错了，她的勇敢还有更深的内涵。据植物资料上记载：“樟树能吸收多种有毒气体，对二氧化硫、氯气有较强的抗性，故得到环保工作者的青睐，列为工矿区抗污染的优良树种。”

对于细雨的冲洗、阳光的抚揽，樟树欢欣、陶醉，在风中轻快摇叶沙沙回响；对于涵蕴在土壤中的养料，她以根系吸收。但当空气把大量工矿吐泻的污染臭气送到她面前时，她没有回避，她展开枝叶吸进自己的身体里，再化成氧气和香气散发出来。樟树激浊扬清，吞下污秽呼出清净；樟树沥滤浑浊，变成清新化害为利。以德收污、以德除垢，这份大勇又怎么不令人感动呢？

只要贺州人需要，樟树就可以在任何地方扎根。担春夏风雨，遮秋冬寒霜。樟树的无私与大勇，凝成这座城市最真的风骨。

大仁香樟

谁能不喜爱樟树呢？这是一种幽香、温暖又通灵性的植物。千百年来，樟树一直给予这方土地上的贺州人无言的关怀。贺州人握惯锄头的手，无法为樟树写下不朽诗篇，乡亲们亲切地将她称为“香树”，表达心中的极爱之情。樟树的芳香，渗进了生活里、记忆里、生命里。樟树长成后，木质细密，纹理美观，沉稳厚实，不翘不裂，最宜做家具、雕刻。

在过往的艰苦岁月，樟树以身滋养贺州先民。樟树树干粗直坚硬，做房柱、柜桌、凳椅、床，使穷苦的日子有了亮色。剩余的边角料也有用处，可以做成木屐，穿着很干净、凉快，一片嘎嘎的木屐声，敲击石板，响成岁月的歌。穷人挑樟树去卖，换回油盐度日；抑或建个房子遮挡风雨、做个桌椅吃饭待客。樟树对于贺州人的恩情，又怎能说得尽呢？即使砍倒时，樟树也不曾埋怨，这份忠诚与仁厚，让千百年前贫苦的先民度过了苦难。

姑婆山。大桂山。马鞍山。黄花山。大桶山。山山青翠，山山相连。潺潺山泉流过，游鱼悠悠漫游。山路崎岖，藤萝缠结；奇花芬芳，异草争绿；瀑布飞泻，野趣盎然。蓦地，几株樟树，在阳光下苍翠如盖。抬头看，天地间一片清新素净。阳光丝丝缕缕在树叶缝隙里流泻，光影交错。那一棵棵樟树，绿得大气凛然、惊心动魄，天与地都远去，唯有樟树的英雄之气漫山腾野，让人心折。

萌渚岭山系在这片大地上起起伏伏，如同一条潜卧的苍龙。目力所及，郁郁葱葱，无边无际，山风在身边吹拂而过，偶尔带来鸟鸣与花香。云雾烟岚涨满山谷。樟树绿色的巨冠在云烟中穿透而出，难遮难掩，成为一幅生动的水墨画。我油然在心中产生旷大而高远的胸襟，仿佛刹那间，胸中豁然开朗，盘旋心头的阴霾随风消散。回首凝望樟树，我听懂了她对我说的话。我与樟树一同沐浴在明媚的阳光下，心里一片明净，一切是非恩怨、得失成败、斤斤计较，都随风而逝。

樟树是纯美的景致。森林挡去了喧嚣与尘埃，让每一丝阳光都明亮、每一缕呼吸都鲜爽。苍翠的樟树，充满了圣洁和灵气。我深深地呼吸，我要把樟树的纯净和明亮融入心肺。

我走在山林小径上，那浅绿与深绿的樟树叶，在头顶上方层层叠叠。有几片飘飘洒洒，落在我的肩头，我接过揉一揉，放在鼻子下一闻，闻到了木本植物的辛甘气息，那是樟树特有的芳香味道。

我想起了在黄姚古镇、在客家围屋、在沙田龙井村、在贺街古祠堂，那些古老民居里的古老家具。亭、廊、柱、景门、花窗、桌、椅，处处留有樟树的影子，浅白的颜色，细致的纹理。我想象着或许是在一个冬阳暖照的午后，也或许是在一个春花初开的早晨，一位笑容恬静的少女带着樟树做的嫁妆出阁了，嫁妆披红挂绸，唢呐一路吹吹打打送至夫家，多么温暖和喜庆啊。从此，樟树家具托起了新家庭的日常琐碎，樟树融入了贺州先民祖祖辈辈的生活。樟树用身躯背负起万千家庭的温馨，樟树已不再是樟树，是幸福的图腾，是生活的希望。

樟木家具木质优良、结实耐用，可以代代相传。在樟木床上，孩子出生了；在樟木桌边，孩子会煮饭了；在樟木廊柱下，青丝变成白头了。无边的野草青一季黄一季，世代的先民青丝一辈白头一辈，时光流转，樟树却永不变模样。我抬起手指，摸到了万历年间的樟木桌；我疲劳坐下，靠在那条乾隆年间的樟木廊柱上。面对樟树只为我们付出却从不计报答的深情大仁，我哭了。

行走在古村镇，当抬头凝望那栗色轩窗、画栋雕梁，仿佛看到的是斑驳，其实看到的是坚固，樟木历经几百年风雨依然不朽的坚固；当走进一间间安宁寂静的古屋，仿佛走进的是贫苦，其实走进的是富足，樟木为贺州先民提供了住、居的富足；当抚摸那褪了颜色的门楣、渗了油渍的桌子，仿佛感受的是粗朴，其实感受的是精致，樟树去皮剔骨，用身躯为贺州先民雕刻出来的精致。

不知我们是否在日复一日的柴米油盐中，渐忘了樟树的仁厚？我用手轻轻抚过那些樟树做的窗、凳、桌、椅，触摸到了这一份舍身成仁的爱深与情重。

对于樟树，我们欠的实在太多太多了。在未来的日子里，好好爱她、好好保护她，让她和贺州人永远共存，是我们应做、要做的报答。

大义香樟

樟树有出世的潇洒。樟树用坚韧的品质，在贺州莽莽林海中锻造着瑰丽卓绝的风景，无须繁华的衬托，自有永久的真淳。看，山岭重岩层叠，樟树站立重岩之上，苍枝劲节，饱经风霜，不须缤纷含笑的花朵，也不须颀长扶风的纤枝，着一身深绿衣袂，就那样立于风中，天为笠，云为蓑，担当天地，高标凛然。樟树，在寂静山林里将心事搁浅在日出日落里，任由光阴消逝，闲看飞鸟倦还。千百年来，樟树静静栖居在山林。

樟树更有入世的义气。看见黄田路口的那排老樟树了吗？她们站在最繁华的闹市，身畔是车水马龙、人来人往。老人在树荫里下象棋，“将”声响亮，笑意爽朗；成年人在树下摆小吃、卖家具、修摩托，谋个一日三餐；孩童绕着树身追逐打闹，有时还调皮地在树根下撒尿。女人家还拿绳子拉在两树之间晒被子、晾衣服。任你闹也好，玩也好，静也好，樟树从不计较，她张开阔广的怀抱，包容一切。时光荏苒，已是几百年。无论贺州是热闹还是沉睡，她都忠诚相守，不离不弃，义薄云天。

建设路是市区的中心线，每天人、车川流不息。这条如此重要的交通命脉却给一棵树留出了足够的空间，这棵树就是樟树。她矗立在繁华的建设路旁，接近牛仔湾路口，脚下是一条排水沟渠。市民在她的身畔建房、种菜、开店、宵夜，她撑开巨伞浓荫，开辟出一方清凉。樟树与这个城市，是那样热闹又和谐。

富川县瑞光园坐落在富江边上，园内棵棵古樟树翠绿如盖，葱茏飘动。樟树百年来一直和瑞光古塔一起，守江镇洪，保民平安。黝亮的江水缓缓流淌，头顶上方，是一片绽放着青花的白云蓝天。樟树成为瑞光园动人的风景，游人在她的身边流连，老人们在她的身前晨练，情侣在她的浓荫里细语，孩童有时还试图爬上她的躯干。樟树本当在森林里汲取山露灵气，但此刻她却在陪伴着富川人世俗的幸福，无怨无悔，有情有义。

晚星闪烁。月亮升上山冈，夏夜渐渐清静。莲塘，桂岭，红花，五将镇，葛坡……村村镇镇一片静谧。月色如水，乡里人和孩子，都在做着甜梦呢。

红砖小楼。青石板街。溪水。群山连绵。夜色温暖。一团团绿在村头或田间站立，树枝在夜色里恣意伸展。那是散落在乡村里的樟树。老根虬结，树皮粗犷，不知已历经多少年。樟树站在这里已成常事，农村人谁也没在意。日晒时、下雨时，到树荫下躲一躲。他们有时会将牛绳缠在凸出的树根上，有时又会将铁耙靠在树干边。

樟树在这里静静地迎接日出月落，把村镇与农田都拥进温和的怀抱里，历经漫漫岁月，却从来不曾厌倦。樟树对于乡村，是那样情深义重。

田野里的风，一阵又一阵，摇着樟树，摇成热烈的撒娇和呢喃。樟树叶一张张翻动，像一个个细碎慈祥的亲吻，带着清幽幽的香。千百年来，樟树与乡村里的山、人、溪、风，都连接成了一体，不可分离。有樟树，就有未来。日头向西，溪水东流。一片片幽静的山谷，充溢着辽远与深邃。风过处，樟香四溢。

青峰叠翠，绿树摇碧。如果少了樟树的身影，那该是多么单调啊。樟树千百年与这座城市共依共存，许多地名都透着樟树的芳香。樟木林乡。樟树墩。樟树头。贺州人与樟共处，以樟为名。

樟树每一条斑痕，记载的都是时光对这片大地的珍爱。斑痕里面镂刻着禾稻的清香，涌动着泉水的甘甜，吹拂着和风的明朗；里面映照着宋时日、明时月、清时风、今时云，交交错错，浸透了乡亲们勤劳的付出与汗水。有了樟树的陪伴，乡亲们在长夜里不会孤凄。

山间几多古道，曾留下路人飘动的衣襟。而樟树伫立路旁，细心收存着陌生的过往路人遗落的梦和笑。酷暑寒冬，迎来送往。郁郁香樟，在青天白云下舒展绿色的身躯，给行人添几许清凉、遮几许寒风。樟树，有济世悯人之胸怀啊。

既给人阴凉，又甘作木材；既永不离弃，又从不居功。这样的善举已超越了慈悲的定义，超越了高尚的范畴，超越了无私的界限。樟树之义，义高云霄。

永恒香樟

是谁将孤独与寒冷遗留在过往，奉献翠绿与温暖的回忆？是谁在风中浅浅吟唱，将幽香与清凉吹送？苍峰夕照，岁月流转，从容的依旧是樟树真实的永恒！这棵棵樟树，不会为了虚妄的浮华，而擅离真实的大地；不会为了华丽的虚荣，而放弃淡泊的宁静。在闹市，她能享繁华；在山林，她能甘清静。无论出世与入世，她淡定的风骨千古依然。

身处繁华，心却守着宁静；身处山林，又从不疏离。这样永恒超脱的情怀除了樟树，又有谁能拥有呢？

然而，樟树千年陪伴，却在史书上千年孤清。随手翻阅唐宋诗篇名句、明清国画，留下的全是关于青松和腊梅的美誉。一句句精巧绝伦的句子，一再吟哦松涛与梅香；一幅幅墨彩深染的图画，反复描摹松青与梅色。千百年来，世人忽略了樟树，忽略了她比松更绿、比梅更香的特质。

樟树不仅能像松树一样挺立高岗、四季翠绿，她还能在闹市里撑开比松针宽大无数倍的叶子，夏天遮住炎日，给地面带来无限清凉，冬天里挡住寒风，给人们带来无限温暖。她用宽广的身躯，务实而又朴素地遮出一方凉夏，撑起一片暖冬。

樟树的香气更不像梅花那样小气，只开一个冬季就宣告结束。樟树将香气蕴藏在枝叶里、骨骼里，散发千秋万代，绵绵不绝。樟木做的床、桌、椅，历经岁月依然散发淡淡香气，不虫不腐。活着的棵棵香樟，更是一个个芬芳的源泉，每一个人从她身边经过，都能感受她的清香。樟树从不吝啬香气。千百年来，她用这样飘逸的香气，哄孩子入睡，陪世人老去。

樟树耸立在贺州大地上，是一幅绿色的画卷，是一首正气的诗篇。她将岁月飞扬的热情，沉淀成片片绿叶和嶙峋树身。那立得正、站得直的磊落胸襟，那伸得开、长得稳的蓬勃张力，那与世相融又自守宁静的淡然，令人刻骨铭心，肃然起敬。

没有诗人给予樟树应有的咏唱，也没有画家描绘樟树本来的颜色。但樟树有大胸襟，她从不委屈也从不计较。青松与腊梅只沉睡在古人的诗卷中、留存在画轴里，而樟树却鲜活地陪伴在贺州人的一日三餐的日子里，推门可见，抬眼可望，甚至睡着了，也有樟香淡淡地沁人心脾。日出日落，樟树汲取这城乡村镇的雨露灵气，也浸染着岁月沧桑，那无数承受风雨的枝叶，遒劲中苍翠依然。

清风轻轻，宛如一双调皮的小手，随意翻动樟叶，像是在找寻一个绿色的秘密。风和树叶的嬉戏，年年岁岁重复。

如果说青松与腊梅只在诗文中留影，那么樟树就是在现实里永恒。她不像松树躯干瘦细，也不像腊梅只为一冬，她用宽广坚强的苍枝，直接戳破了时空与诗册。试问有哪一首诗、哪一幅画能容纳八百年的时光长度？诗文写不出她，因为她丢弃了华美只存朴实；画卷载不下她，因为画卷腐烂时，她依然青翠生长。

樟树的风采，无需诗文记载，无需图画留影。她是生的史诗，她是活的图画。八百年樟树，四百年樟树，都在现实里永恒。

无需诗人吟咏，樟树就是最优美的诗篇；无需画家着色，樟树就是最生动的画卷。我要将心中最美的赞歌，献给樟树。一代又一代贺州人离开她时，她依旧青翠永恒。能在她身边，成为她的子民她的过客，我无尽荣耀。

尘世喧嚣。物欲横流。我们在追逐物质的同时，精神渐近荒芜。然而使人活下去的永远不是物质，而是坚强的灵魂与精神。一棵青翠的樟树，就是人心迷惘的救赎和精神的归依。她穿透八百年的岁月，带着四百年的叮咛，只为给予我们真实的生命启示。

市树香樟，以苍翠的面容，成为永不丧失的灵魂，成为永恒的精神家园。

美昭和平

引子：她是一颗未经战火践踏的明珠，闪耀着和平的光芒；她是上天遗落在人间的画卷，变幻着清雅的颜色。昭平，我要如何才能说出对她的爱?

绿乡昭平

资料：昭平县有林面积 27.3 万公顷，森林覆盖率为 80.7%，绿化率为 98.18%，被全国绿化委和林业部评为“全国造林绿化先进单位”“全国造林绿化百佳县”。2002 年 6 月，昭平县被国家环保总局列入全国生态建设示范县。

与昭平的邂逅是那样水到渠成。或许是在炎热的午后听到了丝丝清风的呼唤，或许是烦躁的瞬间看到了飘摇的白云在招手，就这样一脚踏进了昭平，走进了一个绿色的童话，便再也不愿走出，只想沉醉在这一片纯真的绿色里——像是走了灵魂与生命的栖息地，有一见倾心的眷恋与熟悉。

群山层叠，森林绵延。绿色是昭平大地厚重的底色，霸气壮阔地铺展，无边无际。她是中国版图上绿得惹眼的画卷，是桂东大地上一块纯粹的翡翠。从大广原始森林、七冲原始森林吹来的轻风，直接穿越我的胸膛到达心底。风中，有古木参天的空谷寂静，有鸟鸣间关的清脆悦目。

昭平青翠而纯净。上天义无反顾地舍弃了世俗繁华，将质朴默默地珍放在这片大地上。昭平是世上绝无仅有的泽天福地，没有战火惊扰她，也少有天灾降临在她身上。这一团盈盈的绿，被老天爷宠爱地捧在手心里，亿万年如一日地呵护着。昭平远离尘嚣，丽质天成，每一个来到她身边的人，都情不自禁地被吸引。这团绿安静地端坐在云山深处，以青峰为骨骼，借云雾为衣裳，静若处子。

假如人生能有一段空闲的时光，那么请背起行囊走进昭平吧，用这一片无边际的原始绿色，将生命空白逐渐填满，让盎然生机成为今后日子的原动力。

我们将脚步放轻、再放轻，走进森林里，聆听一段潺潺清响的水声、伸手接住一片飘飞的落叶、抬头仰望树顶流泻下来的阳光。昭平就是这样用她神奇的风韵传递着和谐。这是一个随意放逐绿色的世界：山冈是绿色，草甸是绿色，村头是绿色，镇尾也是绿色。一团团绿染遍城镇、乡村，绿得铺张任性，绿得纯粹天真。

我们的脚步越来越随意。迎着这一片温煦的和风，闻到熟悉的气息。那样清新，那样纯净，不带一丝人间烟火。恍惚间，我仿佛成了一株植物，多年前与这里的古木、溪水有过清澈的相遇。无论带来多少尘世的苦烦，无论内心隐藏了多少难言的伤痛，就在此刻，彻底被昭平洁净的绿色淹没、抚平。

岁月来去无声。亿万年的光阴仿佛不曾存在过，只遗下这片深广无边的绿。在绿色里，蕴藏着一个动植物王国：有野生植物 1700 多种，小叶红豆、四方竹在原始森林里挺立着稀世罕有的身影；有兽类、鸟类、爬行类动物将近 1000 种，有被誉为“活化石”的珍稀动物鳄蜥和娃娃鱼。植物和动物，亿万年来共同拥有和分享着这片绿。

然而这片绿不是静止的，是变幻无穷的，有如一幅绚丽多姿的画。蓝天白云是背景，林木为底色，流动的溪水是画中的线条。春是嫩绿，夏是深绿，秋是斑斓五彩，冬是青松放歌。看，高山层林、云波流彩，鸟儿展翅飞翔的身影，都定格在画中。挺拔的杉树、高耸的马尾松、苍劲的樟树，还有艳红的枫树和秀丽的银杏，共同铺展成磅礴的生态画卷，成为最难忘的颜色。

有谁不为这片绿色陶醉呢？据百岁老人讲，昭平自古有“仙界”之称，吕洞宾等八仙常在此下棋。瞧，绿色的大地就是棋盘，一座座原始森林、一个个尖挺的山峰就是棋子。棋子井然有序，车、马、炮、帅，各守各位，错落而不纷乱，繁密而不喧嚣。春天是这边的森林美，秋天是那边的山峰秀，所以这盘棋下了亿万年，仍未分胜负。面对这绿意葱郁的厚地云天、修然挺立的参差古树，便再也收不回心魂，甘愿一生为之守候，将生命寄托在这片绿色里。让神飞扬，让心宁静。

到底是谁用写意的笔豪迈挥洒了这片绿？我无法知晓。每当风吹过，绿涛阵阵，是欢迎远方客人的声音。风翻起绿浪从山脚一溜烟跑到了山顶，像是个快乐又调皮的孩子。有时风又在山谷里奔荡徘徊，摇了这一棵树又摇那一棵树，摇出了一阵阵花香果香、鸟鸣虫鸣。看到花瓣飘落、鸟雀纷飞，风便满足了，开心地笑着跑远了。在妙趣天成的绿色风景里，唯有静静品味，感受她带给我们的动人风韵，才是对她最真的敬意。

芽萌无声，叶落亦无声。昭平这片绿色是那样晶莹纯净，不染凡尘。有了这片纯粹的绿，有了这方动人的景，我们所有的辛劳都值得，所有的期待都得到了回报。而朴实的绿色，看着来往的过客，一如既往地平静着，淡定又从容。光阴流转亿万年，绿色始终不变。走进昭平，才蓦然发现，能与绿色如此亲近。

站在这一片绿色前，会看见自己心底的那方宁静在轻盈地流淌。所以我们就会明白：有那么一处绿色，是生命里通往春天的方向；有那么一个家园，是疲劳时存放梦想的地方。

绿乡昭平，大美之景、和平之土。

茶乡昭平

资料：据旧《昭平县志》记载：象砚山面积极广，地产名茶，味颇佳；客之来访，奉之皋芦。“皋芦”即“苦茶”。宋淳熙年间，昭平境内先民已开始种植茶叶，至今已有千年历史。如今，县政府把茶叶产业作为农民增收的重要产业来扶持，全县茶叶种植面积以每年20%的速度递增，现已有茶园近20万亩，大小茶厂130家，年产干茶8000吨。亿健有机茶、将军峰银杉等品牌蜚声海内外。2014年，“昭平茶”获授国家地理标志保护产品牌匾，“昭平红”“昭平绿”获授国家地理标志证明商标牌匾。

如果说历经了春、夏、秋，昭平的森林和溪水带给人们的只是一份陶醉与惊喜的话，走进冬天的昭平，让人感到的则是宁静与震撼的冲击。此时的山林连绵又秀气，分明是一幅经过勾、皴、点、染过的国画大写意。这样的大气磅礴，只有上天能为。一棵棵参天古树挺立着坚强的身躯，带给昭平无限温暖。那些美丽的传说，那些甜美的茶歌，连同古老的记忆，还有昭平人的往事，都在山林中静默。

在这片寒风的世界里，还有一种生机，不会沉默，它们在悄悄地萌发。这，就是茶芽。

昭平县山多田少，自古有“九山半水半分田”之称。千年老林像一张巨大的毯子，将昭平严密遮蔽。古树一棵连着一棵，溪流清清，叮咚有声；几朵闲花开在巨石边，风吹过，芳香阵阵；偶尔几声鸟鸣划破了宁静。树叶摇动，光影斑斓。这森林在长长的岁月河流里幽幽生长，到底长了几多年？无人记得，无人知晓。

林涛里又隐藏着几多茶的故事呢？无人记得，无人知晓。

五将，马江，仙回，北坨，走马……茶垅层层，绕满山林。茶树在山峦上尽情铺展，似妙手少女织就的绿纱，将山野盈盈素裹。阳光穿透重重山林洒落在茶园，片片嫩叶吸纳天地灵气，吐露着无限生机。

当第一缕春风降临大地，茶芽醒来了。草初绿，茶萌芽，燕双飞，雨细洒。昭平的天与地，是如此空蒙迷离，如烟如画。森林深处的茶芽临风先放第一枝，堪称中国茶界“早春第一茶”。

一到春天，昭平人都忙着采茶、做茶，空气中到处都弥漫着茶的清香。千百年来，昭平人世代传承的不仅仅是原汁原味的制作方法，还有对茶一丝不苟的执着与热爱。

走在春山茶园，会与许多背着竹篓的茶农擦肩而遇。青翠茶园，映衬着他们种茶摘茶的背影，也陪伴着他们平和朴素的人生。

高山。云雾。青龙腾海绿涛翻滚，采茶阿妹歌声悠扬。歌声落在云雾里，云雾轻轻飘动，裹着歌收藏起来。歌声落在茶芽上，逗引得芽儿尖起耳朵听，然后越长越嫩。每一个叶片，经云蒸霞蔚，雨露滋润，汇聚着大自然的精灵之气。

采茶阿妹有着下凡仙子般的清纯。茶香，人美，令我悠然神往……眼前的颗颗茶芽，将我带进无边森林；丝丝幽香，在我鼻底心间荡漾。我心中的茶仙子，我心中的爱，是你来了吗？心，怦然而动。

春到茶山一片新。茶园满目翠绿，道道茶行，层层翠波，叫人看不够，赏不尽。此处真是仙乡啊！听森林涛声，伴云雾飘绕。任是谁，到了茶园也不得不停下脚步，细细观赏从山脚到山顶的千层翠波。桂江天下好水，千年原始森林，缔造出不染凡尘的昭平茶乡神韵。

雨露。薄雾。白云。水影。共赋绵延千年的传奇。共描天赐天成的风景。

片片鲜叶，经过传统的摊青、萎凋、炒制工艺，就成了白毫披身的模样。沏上一杯，茶色淡绿而明澈，和润带翠。茶叶嫩绿光洁，宛若森林春风秋露、云雾流香，尽聚于杯盏之中。饮之内质芬芳纯郁，滋味甘爽醇美，口感清净细腻，齿唇生香，回味悠长。

昭平茶是岁月锤炼的佳茗，更是时光对品质的洗练，它以纯净无污的形态，盛开在大山之外、人心深处的每一个远方。

杯中之茶，嫩芽轻展，清香漫飘，由我的鼻间直达心底，在灵魂深处缭绕不止。是真的，我心爱的茶仙子，是你来了。一曲心的恋歌悠悠唱起，我知道，我已沉醉在你的芳香里。深深爱你，此生此世，不愿分离。

你带着森林芬芳的露雾，来到了我面前，我们之间，不再隔着万水与千山。我的疲惫，我的付出，你全部懂得；我的期待，我的深情，你全能体会。

任世事喧哗，不会影响你我透明清澈的私语。有你在我眼前，就是无上的幸福；能凝望你翠绿纤巧的身影，就是难言的欢愉。我的每一个清晨、每一个黄昏，都因有了你而清香芬芳。

茶杯就是小小的舞台。你为我唱茶歌、跳茶舞，告诉我森林里鸟鸣的婉转、告诉我露雾的甘甜、告诉我阳光的明朗、告诉我和风的轻柔。

茶叶在清澈的甘泉里舒展起落，绿色的身体纤细轻盈，一见忘尘。细细叶脉，幽幽芳香。玲珑身体，盛放春山翠色。原来心与心的邂逅，无需更多言语，一回眸，便是永远恒久。

茶香引人回味，勾人陶醉。心在茶香里仿佛已涉万水千山。

以茶济苍生，以茶传友情。每一片茶叶都是昭平深山的精华，都是昭平人的心意。邵平茶的清香，在心间永远流淌，可以洗净凡尘，可以回甘人生。

水乡昭平

资料：桂江，是珠江流域干流西江水系一级大支流之一，其上游大溶江发源于广西第一高峰——猫儿山东北的老山界南麓，向南流至溶江镇与灵渠汇合称漓江；然后流经灵川县、桂林市、阳朔县至平乐县与荔浦河汇合称桂江；再流经昭平县、苍梧县至梧州市汇入西江。此外，昭平县内还有思勤江、桂花河、九龙河、富群河、临江河等14条较大的支流。

太阳的光线轻抚着大地，像湿润的触须，更像情深无限的吻痕。桂江、思勤江、桂花河，水波荡漾，一切都在清凉的光阴里摇动，如同一支玲珑剔透的舞。水在昭平大地上枝枝蔓蔓，尽情流淌，流成河、流成溪、流成细渠，流出了数百里如诗如画的波光水色，滋养出了一片高低错落的锦绣家园。

要寻访桂江，是不易的，它隐藏在重重山峦之间。座座青山绵延，调皮地拦着去路。当穿过了青山与林丛，第一眼看到桂江，看到这一道温柔如玉的江水静静地绕在群山的怀抱时，所有的浮躁瞬间就安静下来——因为震撼。

桂江在低吟，蜿蜒前行。水里有悠远的往事。桂江清波闪烁，岸边竹梢拂动水面，荡起一圈圈涟漪，那是江水的笑颜。那个水边洗衣的女子，穿着镶云锦边的衣裳，脸庞映在水里，水波被她的手指荡开又平复，荡开又平复，荡啊荡啊，荡得人心都软了。在这一刻，什么也不烦，什么也不想，不需要伪装，不需要华丽，心地如水。

桂江灵动，用水的清凉与甘甜将大地润泽。江水千回百转，叮咚有声，流成一支亿年不断的动感舞蹈。舞姿有时飞扬，有时舒缓；有时壮阔，有时回旋。它穿过幽深的山谷，穿过寂静的林荫，穿过农家的门前，在天地之间，舞出了一条最有韵致的优美曲线。流淌与湿润，是水的两种节奏。它流淌在昭平的土地上，湿润了百岁老人的心田间。走入桂江，你一点也不会陌生。在这一片温煦的和风中，闻到两岸茶树、菜花、林木的熟悉气息，仿佛多年前与这里的一切有过清澈的相遇。你的走入已不再是走入，而是心灵的回归。无论带来多少尘世的愁绪，无论担负了多少生活的责任，就在此刻，已彻底融入桂江洁净的波光里。

桂江静静的，水平如镜，水里有蓝天、白云、飞鸟的倒影。桂江听得懂行人的心事，无论你说什么，她都会聆听。看见那一排又一排的浪花了吗？那就是她回赠给行人的话语。一排，又一排。像时光在眨眼，像心花在盛放。水波起起又落落，是桂江最温柔的叮咛。在她的柔情里，行人内心深处的落寞彷徨，已然淡去。连同记忆里的伤痕，都已被江水一一抚平。

坐船游行在桂江，任由江水将我环绕，感觉到自己的身体正在展开，正在贴近江水，与她融为一体。她的清凉，洗去所有凡尘。与这低低的涛声相流连，仿佛会永恒至地老天荒。

桂江是大自然给予人间最珍贵的馈赠。掬一捧桂江水，爽凉就由指尖直达心底；饮下桂江水，就洗净了心田。然后，与山水一起长寿，闲看年年春花漫开。

如果说桂江是宁静柔美的，那么思勤江就是活泼热情的。激情的抢花炮、古朴的调马舞、奔放的斗马比赛，是构成思勤江多姿的音符。粗犷、雄奇、俊朗、撼人心魄，是思勤江歌谣里的旋律。澄澈的江水，照见两岸百姓朴实的人生；水光里，渔歌与桨声在飘摇。这一刻，让人领悟，山有山的静默，人有人的从容；水有水的无尘，云有云的淡定。

清晨，思勤江的波澜就是她的眸子，金灿灿的，流露着甜蜜的心事。她哗啦啦地淌过，那毫不掩饰的热情，那一路奔腾的欢喜，感动了两岸的风景。思勤江一路走一路笑，也留下一路生机与希望。

思勤江流动不停息。两岸人家在江里洗衣、洗菜、淘米；竹排、渔船，可以行走在水里，江水将船只托起让它走向富裕。思勤江是一支豪迈的笔，在这片大地上纵横挥腾，写出生活的柴米油盐，画出富裕的壮丽图景。在碧波无际的风景里，就会明白，它不仅仅是一条河流，而是连接幸福的纽带。

桂花河娇美、妩媚。河面上叠起的波浪，莫非是仙回乡瑶家女子踏歌而来的脚步？乍一见到桂花河，像是生命与灵魂交叠，不仅感动，更有一往情深的踏实。此时此刻，只想沉醉在这一片清澈碧绿的河水里。河水很近，绿如飘带，仿佛伸手一捞，就可捞在手里、系在心间。

谁不喜爱桂花河丽质天然的容颜呢？她流贯仙回瑶族乡，柔美而纯净，将质朴默默地珍放在远离人烟的地方。没有战火与灾难惊扰，她安静地绕淌在群山之中。她哪里只是一条河啊？她是大自然留给我们最原始而纯粹的精神家园。流连在河边，一边走一边听着水的呢喃，不再有多余的声音来干扰此刻的心境。河水娇俏流动，偶尔在老石边转个弯，形成一个个水涡，再舒展、散开、流远。水波交缠，像一帧柔软的画。

黄昏到来，橘黄色的阳光透过两岸的树叶缝隙，洒在桂花河河面，如同满河金砂，闪闪烁烁。浪花朵朵，吻别太阳。远山、近树、石桥，都定格在黄昏的画卷里。然后，再慢慢变暗，隐进夜色中。

昭平的水，洗去尘心。在水乡的面前，只想静静守住这一份桂江的宁静，守住这一份思勤江的奔放，守住这一份桂花河的轻灵。

寿乡昭平

资料：2011 年 11 月 16 日，“中国长寿之乡——昭平”授牌仪式暨新闻发布会在广西南宁市举行。如今，全县共有百岁以上老人 69 人，其中最长者 111 岁，每 10 万人口中百岁老人的比例为 15.78 人，80—99 岁老人有 8285 人，占总人口的 1.8% 以上。

昭平四季如春、纯净无污，长寿之乡姿容恬静。大广原始森林的风，传来暗流般淡恬的草木花香。日光朗照，五叠泉波光闪烁。山林、修竹、茶园、山谷，包围昭平，幽静又碧绿。踏进了这里，不由自主地会把脚步放轻，怕惊扰了这个宁静的梦境。百岁老人们坐在树下聊天，大黄狗趴在脚边，半醒半眠。没人知道老天爷为何独爱眷顾这片土地，只知道这是岁月赋予昭平的长寿神奇。

停驻匆匆行走的步履，抬头凝望昭平错落无边的深绿与浅绿。座座远山构成浩瀚绿海，白雾飘散山间。春之清爽，夏之碧绿，秋之华美，冬之高洁。是季节，在昭平的大地上，变幻着不同的色彩。这份自然的清静和谐，让昭平人情不自禁地品读。读着读着，就从孩童读成了百岁老人。

昭平地形狭长，犹如一个幽深温暖的怀抱，天生就有安慰人的力量。每个人，无论贫穷与富有，无论幸福与悲伤，只要你来，她都仁慈的接纳，并用寂静来欢迎你。这就是昭平的魅力。

看，那个百岁老人行到井泉边，弯下身子洗衣服。清清泉水照着老人的面容，映衬生命的宁静，也诠释着禅意的时光。对比城市里的喧嚣与熙攘，这里的淡静与辽远真是一份丰厚的礼物。老人从容不迫地搓洗衣裳，我不知道过去曾有多少百岁老人曾在这里洗衣，也不知道未来会有多少百岁老人在这里做着同样的事，只知道他们留给我们的，是一个可敬的背影、一束坚强的光阴。他们刻写的百岁时光，也许注定是我们今生无法到达的高度。

昭平的长寿密码散落在城郭乡村，多少人千里迢迢，在村村落落中找寻。而朴实的昭平百岁老人，看着来往的行人，一如既往地平静着，一如既往地一日三餐。

昭平的宁静里也会有热闹。县城是熙熙攘攘的景象，街坊邻里的一朝一夕，一茶一饭就是生活的真滋味，在上班与下班、煮饭与吃饭之间，岁月来了又走了。岁月走得无声却有情，它留一份慈祥给老人，留一份勇敢给男孩，留一份温柔给女孩，留一份笑声给孩子。

巩桥、木格、古袍、樟木林……圩圩镇镇，乡里乡亲，洋溢着纯朴的笑容。水泥墩子上面搁上木板，摆上货物，热闹的圩市买卖开始了。玉米、豆腐、青菜、红薯……都是农家的土货，闻一闻，仿佛还带着山间田野的清香。农家阿婆的皱纹里全是微笑，农家大嫂的声音热情，农家妹子的眉眼清秀。她们没有精心打扮自己，但哪怕一个眼神，也会让你感觉到暖意融融。农家大伯大叔的皮肤黝黑，厚实中带着信任；农家小伙子骑摩托车的技术多么高超，在盘旋弯曲的山路上穿行如腾云驾雾。同饮一江水，共享一片天，乡音纯如水，乡情绕心田。

日升月落，在昭平大地上印出永恒的影，记录着昭平人朴实的生活。他们，在这片从不曾受过战火践踏的土地上耕种、聚散、轮回，这里是他们永远温暖的家园。他们的足迹留恋着这片疆土，他们的情感依偎着这方山水。恬静的笑容、甜滋滋的红薯、热腾腾的香茶，或许就是我们寻访千百次的长寿密码。

让我们走进民居里，去翻阅这巨幅长寿画卷吧。青墙、花窗、天井、石雕、小木楼，村寨民居记灵着那些远去的生活浪漫。看，农村的红砖小楼掩映在树阴间，或连绵成片，或散散疏疏。更远处，山岭郁郁葱葱，山雾飘飘忽忽，瑶家的木楼在树林中露出一角。瑶歌悠悠响起，荡漾在雾气里。

这些多彩的民居元素，散落在昭平的角角落落，浩浩天地间就有了柔情与迷离，成为一幅幅凝固的时光画卷。

民居是乡亲们用彩色的心情，装帧成凝固的生活诗情与流年记忆。他们的长寿故事，就铺写在这里，一代传一代。

昭平的长寿传奇曾让多少寻访者驻足，他们甘愿抛弃所有尘世的牵挂而流连不返。站在这片尊崇而熟悉的风景里，蓦然让人顿悟，苦苦追寻的长寿、孜孜以求的幸福，其实不过就是生活最简单的模样。

昭平人在这里长大，在这里长寿。这片大地让我感到熟悉和亲切。夜风吹送，摇曳了万家灯火，一片灯海灿烂。我看见了灯火下乡亲们的笑。

然而人生如白驹过隙，我是如此害怕会没有时间细想，我就已苍老了。我要记录下乡亲们的笑，让他们与时间与岁月一起长寿，让他们与桂江一起流传……

梦乡昭平

资料：昭平黄姚镇有着近千年历史，发祥于宋朝开宝年间（972年），兴建于明朝万历年间，鼎盛于清朝乾隆年间。黄姚素有“梦境家园”之称，先后获得“中国最具有旅游价值古城镇”“中国最值得外国人去的五十个地方金奖景区”称号。

夜色越来越淡，最后撕成丝丝缕缕，从老树根隐退，黄姚醒来了。

黄姚是神奇的，一脚踏进黄姚，便让人仿若跌进了一个古老的梦里。光滑的青石板街、月形的桥、清澈的古井，都在诉说时光的痕迹、诉说宋朝年间那个迷离的梦。我真担心我这样突然的闯入，会惊扰黄姚安静了千年的梦。

错错落落的瓦顶是深黛色，如同抽象的图画，线条硬朗又富于变幻。四周青山环绕，黄姚如珠如玉，被郑重地捧在手心里。屋顶上泛着一层氤氲的雾气，仿佛是仙人撩拨尘世时吐出的一口仙气。雾气很薄，随时会散去不见；雾气又很轻盈，飘在屋顶上，似乎怕一不小心砸坏了屋顶。群山很调皮，把雾气的去路封住了。

雾影下的黄姚，有着出尘离世的恬静，美得跟梦似的。或许这真的是一个梦，那青墙，那轩窗，不知隐藏着多少梦境呢。陈年老墙，真的可以筑梦。无论是游客还是归人，都可以将梦寄存于此，留存恒久。

终于，太阳跃出群山的肩头，屋顶上金光闪闪，雪白的鸭子从老房中走出，扑通下水，红掌划破了水波的平静，两道长长的水纹在鸭子身后展开。鸭子们是如此惬意，它们在水波与雾气之间游动，或一只两只，或成群结队，潇洒安详，嘎嘎地叫几声，宣告着自己是这里的主人。

阿婆与媳妇“吱吖”一声打开老木门，阳光便乘机钻进了老院子。天井、老墙、月形门，都有阳光散落的影子。从仙人井汩汩流出的清泉，腾腾热气与雾气交融成一体。挑水的、洗衣的、洗菜的，都在井边忙碌。站在井边一望，透过泉眼就望到了宋朝的时光，中间的千年光阴，仿佛不曾存在过。井泉依旧，青石依旧，都不曾改变，改变的只是映在水中的代代容颜。

宋元明清……光阴将青石板洗得遗世无尘。一段千年静梦，就这样将黄姚的角角落落填满，也将游客的心填满。

孩子们背着书包，走过青石板街，走过老石桥，走进雾气里。一只小黄狗撒着欢，跟随着小主人。棵棵老树，排排修竹，书写着黄姚梦的密码。没有战火与灾难惊扰，她安静地做着一个千年的梦。飘忽的雾，迷幻的雾，把黄姚笼罩，让人有置身瑶池仙境的错觉，只想在晨曦初临之际，守着这一团云雾，过一段人间仙境的日子。

来到这里的人，都想越过迷蒙的雾境，探寻遗落在岁月深处的秘密，访问尘封在青砖老屋的故事。这里留下了郭家大院的宁静，凝聚过司马家族的书香。一段段如烟往事，就这样被晨雾静静覆盖，千年成梦。

水是黄姚梦里的呓语。它绕过巨石，钻过桥孔，挤过石墩，刷过老墙根，留下串串涛声。水中草色茂盛，游鱼影动。鱼儿时而藏身水草，时而追逐打闹，时而用尖嘴儿顶破水面的宁静吐一串泡泡。老树在岸边俯身看着这帮淘气包，“啪”地落一片叶在水中，表示它对它们的慈爱。叶随水转，漂出了镇外。

老树站在水边，它的树龄850年。靠在它的身边，让人蓦然领悟，幸福其实很简单：就是在黄姚石头边，将脚泡进水里；就是坐在石墩上，抬头看一片绿叶的飘动。

群鱼欢跃，老树慈祥。世间万物在这片乐土上，还原了最本真的和谐。

水静静地流淌着，把树影、白云、飞鸟纳入怀中，也把万物的荣枯、人世的沉浮纳入怀中。山与水共守，水与黄姚共守，彼此都深情守护，无需诺言，自守忠贞。它们在这一方宁静的天地，凝望着日出月落，成就了天长地久的默契。这一切，并没有暗藏玄机，而是自然天成的风景。

是谁触动永恒的水波？是游动的小鱼。

是谁固守流逝的岁月？是水边的巨石。

是谁吟唱宋时的歌谣？是挺立的老树。

黄姚在群山中静静沉思，水声伴着一帘清凉的梦。它的水是神奇的，无论你转往何处，都有水声伴随，刹那间，便让人仿若行走在清澈的梦境里，放下尘世所有羁绊，将生命沉淀其间，感受黄姚之梦的温柔与低回。

天光云影，都落入了水的怀抱里。一片叶落下，打破了天的蓝、云的白，荡开拢合，拢合又荡开。

推窗，水入眼帘；行走，水在脚边；坐下，水声呢喃。

如梦黄姚，黄姚如梦。

水绕黄姚，抚着角角落落。每一个游人的心事，她都愿意倾听。她似一位柔情的母亲，拥有抚平创伤的力量。天光云影的倒影在水中参差交错、摇摆飘移，天天相同，却天天不同。你敢说水中的这一片天，不是宋朝时的蔚蓝色？你又敢断定水中的这一朵云，还是宋朝时的旧形状？在是与不是间，游人糊涂了；在是与不是间，水依然是旧模样。

站在黄姚的水边，水面清明如镜，低头就可以望见内心深处真实的自己。在这里，忘记了尘世的烟火，以及一切虚荣的浮华。

将心灵交付给黄姚，心甘情愿地做这里的一滴流泉、一尾游鱼、一缕白雾，就可以在梦乡昭平的静谧里彻悟人生的真谛。

绿乡，水乡，茶乡，寿乡，梦乡，共同缔造昭平的灵气与永恒。

美，宠爱着昭平；美，昭示着和平。

美昭和平——昭平，我心至爱。

南国仙山·姑婆山

悠悠南国，巍巍萌渚。在中国南方这片集灵山秀水于一身、蕴神秘文化于一体的大地上，雄伟蜿蜒的萌渚岭山脉横亘在湘、粤、桂三省交界处。次主峰姑婆山海拔 1730 米，它用磅礴的身躯营造了一个神秘而又梦幻的诗画仙境，这就是有“华南地区最大天然氧吧”之称的姑婆山国家森林公园。

姑婆山国家森林公园位于广西贺州市境内，距市区 21 公里，总面积 8 千公顷，是香港——广州——桂林黄金旅游线上的一颗璀璨明珠，是国家 4A 级景区、中国最佳生态休闲度假旅游景区、全国生态文化教育示范基地。峰高谷深，壁立千仞，姑婆山处处是描不尽的风光绮丽、赏不完的繁花似锦。

绝世仙山

姑婆山，因景而美、因仙而灵。相传东汉年间，湘、桂大地瘟疫、瘴气肆虐。山妹子缈红不畏艰险，只身前往萌渚岭采药给乡亲治病，并发誓不治好乡亲终身不嫁。乡亲们的病治好了，缈红姑娘也已白发苍苍。客家人称年长未嫁的姑娘为“姑婆”，缈红姑婆去世后，因普救苍生的厚德感动天庭，直升天界封为“仙姑”，缈红生前采药的大山赐名“姑婆山”。从此，这座山成为人们心中的南国仙山。

险峰。云海。飞瀑。杜鹃。集春之清丽、夏之静幽、秋之华美、冬之高洁于一体，姑婆山以绝世之韵，荡涤震撼着每一个游客的心灵。登临极顶，看滚滚云霞铺写经天纬地；漫步林道，听涓涓清流弹奏空山鸟语。行停之际，感受其独特地貌与冰清圣洁；动静之间，领略这一座仙山的神秘与久远。

云生风来、诗画相融。云从树梢间丝丝飘逸，在山腰间汇聚成团。年年五月，漫山杜鹃，恣意绽放，于巍峨峰顶笑伴云霞。一年又一年，杜鹃自在开放，蝶在伴，云在赏。

雾如潮水般涨满山谷，藤似烟霞般悬挂林间。鳄蜥、大鲵、白鹭、野猴均沾三分仙气；罗浮栲、山乌桕、红椿、木莲平添七分古风。

线香袅袅，仙音声声。缈红姑婆不曾远去，依然驻守仙山、护佑苍生万民。

绝色韵山

一抬头，一挂银练当空舞动。激荡流水，把宁静的山峦摇醒。瀑流轰然下落，阳刚四溢，水沫在阳光下形成道道虹霓，如临仙境。奔马瀑布飘动成梦幻般的烟岚，流淌成掷地有声的珠链，凝聚成玲珑纯净的岁月，挥洒成坦坦荡荡的壮阔。

仙姑瀑布透明如织，高贵典雅，如缈红姑婆的丝丝银发。瀑布在宽大的岩壁上舒展身姿，忽聚忽散，激荡成朵朵水花，飘逸成缕缕雾岚，轻扬于须眉之间，仙烟紫气，随兴飞来。这是大自然的神来之笔，牵引着人们的目光，宁静着人们的心灵。有谁不为之心动、为之倾慕，并愿一次次流连在她的身边呢？

垂落 98 米的银河落九天瀑布，展现出大气磅礴、雄浑遒劲的辉煌气势。奔泻的水像千串落玉，万颗珍珠，直入深潭，轰然回响。两旁岩壁高耸、古树巍巍，瀑布铺展在山谷，尽显沉稳浑厚、博大飘逸的王者风范。

姑婆山处处有水，或漫不经心地凝聚，或丝帘般地垂落，或琴弦般的晃动，或乳汁般的涌流。点点成趣，丝丝有情，弹奏出美妙韵律，一次次流动成绝色的画卷，又一次次滋养着这座南国的仙山。

绝美梦山

掬一捧泉水，可感受她的圣洁；拂一缕清风，能领悟她的典雅。姑婆山的绝美意境和灵性芬芳千古，如梦如幻。

每一棵树都显露着独有的灵性，相依相偎；每一条石径都书写着苍松翠柏的华章，沙沙细吟。山高谷深，小河奔流，情人林就这样掩映在远离尘世的深山中，似梦一般轻盈。漫步林间，棵棵古树成双成对如情侣，见证着爱情的坚贞与永恒。在这里走一走，有情人就会得到仙姑的保佑与祝福，幸福一生。

绿涛如海，翠波层层。在茶园的小木楼里，沏一杯洗涤凡尘的香茗，自然又本朴，是亲近这座仙山的最直接方式。走进方家茶园，走进香港电视剧《茶是故乡浓》拍摄外景地，满目青翠向山外来客倾诉着另一种美。

千圈涟漪，万点晶莹。溪清石现，水车慢转。山风与山泉酿成酒香，陶醉了眼，也陶醉了心。深山里酒香缭绕的古老作坊，是香港电视剧《酒是故乡醇》的外景地，无数粤港观众从影片中领略了姑婆山绚丽清雅的绝尘风范，再也无法按捺探访仙山的脚步。

阳光。翠竹。小桥。流水。群鱼。一脚踏进了锦绣村，就踏进了烟波水色的图画，景美如斯，每一步，都似走在梦里。这里是电视剧《春蚕织梦》的外景地，徜徉在隽永秀丽的景色里，谁又还能分得出是真实还是梦境呢？

群山连绵、白雾飘绕，是无边的梦境；一草一木，一水一石，是梦中的精灵。它们共同缔造了姑婆山的千年奇绝，万古山魂。

绝妙乐山

山是姑婆山之灵魂，水是姑婆山之神韵，树是姑婆山之精华，而留存在这里的民风民俗，则是一杯醇香醉人的美酒。

壮族小伙嘹亮的歌喉唱出动情的歌声，他们雄浑的舞火猫，跳得又是如此洒脱奔放。

看，瑶家阿妹笑容羞赧，舞姿翩然。瑶家祖祖辈辈在深山密林里留下了唱蝴蝶歌、跳长鼓舞的神秘传奇。

漂流。摄影。逗猴。喂鸟。探秘。姑婆山是一部读不尽的奇书，更是一处妙到极致的世外乐园、心灵的憩所。这座仙山留给人世间绝无仅有的美丽极致，让人忍不住一次次亲近、观瞻、礼拜。

几碟山野菜，二两山泉酒，清心爽口，回味千层。还有那数不尽的山里小吃，样样都是这座仙山的馈赠。

听溪声唱眠曲，枕松风入梦。深山里，做一回逸士，找到了生命最本真的快乐。

青山拥翠，绿树扬彩，飞泉晶莹，涟漪荡漾，姑婆山典雅而不失大气，华美而富于变幻，迎接着八方来客。请穿越繁华都市的重重隔阻，听从心灵的指引，依循九曲林道，来姑婆山吧，这座南国仙山已等待了亿万年……

贺州风物记

黄田路口的百年樟树

贺州不是我的出生地。我长期流浪在这具有瑶山壮寨风情的贺州，无数次深夜醒来，让我深深牵挂和动容的，是静静耸立在贺州街头闹市中的那几棵百年樟树。二十多年前我初到这广西的边陲重镇，走出长途汽车，一抬眼看到的就是它。

黄田路口是贺州市最热闹繁华的十字路口，每天车水马龙。樟树约有十棵，就种植在黄田路口的两旁。樟树右边是八达路，八达路是贺州的货车道，货车经此出城和入城，来往穿梭中，车行如流水；樟树的左边是建设路，建设路是贺州的市区主干，是商业区，酒店、超市、小吃摊沿街铺开。在樟树的身边，多少贺州发展的故事在演绎。路变宽了，楼变高了……樟树是参与者，是见证者，但它总无言。智者总无言。

樟树的树龄已经有一百多年。远远望去，樟树的树干高大粗壮，古朴苍劲，如一双双巨人的手，遥遥伸向蔚蓝色的天空。走近了，才发现樟树的树干好大啊，要两个人才能合抱；树皮上有一道道裂纹，仿佛向行人诉说着风雨的沧桑。每一棵树上都钉有一个蓝色的牌子，上面写着它的年龄和名字。

据说因为樟树身上有许多纹路，“纹”与“文”相通，满身木纹，是大有文章的意思。所以就在“章”字旁加一个木字作为树名。每一颗樟树，都是一个文章圣手，它们在天空中恣意挥写，风为墨，枝为笔，留下无数清凉与坚强的诗画。

樟树的枝叶亭亭如盖，绿意葱茏，如一把天然的大伞，遮蔽风霜雨雪。樟树的叶子有手掌那么大，像一个细细长长的心形，在风中翻动摇曳，沙沙回声，向每一个路人致意，为每一个路人送去夏日的清凉。春天，樟树新生的叶子是浅绿色的；到了夏天，慢慢变成深绿。樟树是常绿乔木，它一年四季都是不变的绿颜色。贺州的风，和煦而又热烈；贺州的阳光，在樟树的身上落下一阵又一阵。翠绿的树叶在风中舞动，像一团团墨绿色擦抹在蔚蓝的天际。那是怎样的一种温暖啊，那是怎样的一种生机啊。

青青的樟树，是一片伞的温柔，让我内心深处涌起一缕浓浓的暖意。四周的风景都在感动。此地乡音如水，此地乡邻至亲。

樟树会开花吗？据书上介绍，樟树是会开花的。但这几棵樟树实在太高了，我实在无法看清它的花的模样和颜色。

樟树多年前是贺州的地标至尊，为此衍生出了一个地名：樟树头。无论三轮车、出租车，你只要跟司机说一声：到樟树头。司机自然会带你到目的地，距离误差在五十厘米以内。樟树一年年的绿着，身边的景色不经意间已变幻。在今天，市委、国际大酒店、贺江二桥、火车站，已成为贺州新地标。“樟树头”已在新一代的贺州人口中和脑中淡忘，谁还记得那几棵老态龙钟、老不死的树呢。然而，樟树无言，樟树无怨。

朝阳透影重，
青翠叶动容。
素颜沐夜露，
苍枝接晨风。
无心争芳艳，
一意守清空。
霜雪百年里，
绿叶片片同。

树上，是筑了巢的小鸟，在繁衍生息，吱吱鸣叫；在树下，是一代又一代的贺州人，或下象棋，或喝茶聊天，或嬉戏玩闹。几滴鸟粪，偶尔落在象棋盘上，就是人与动物之间的独有交流。樟树展开宽阔的怀抱，不离不弃。樟树见惯了多少孩童成老儒，见惯了多少青丝成白头，也见惯了多少悲欢与离合。时间一直向前不停息。

我无数次从它的身边走过，倾听过风吹时它的悉悉之声，注视过它身上的皱纹。它无法开口述说，我不知道在我遇见它之前，它看见过什么。我也不知道有多少人在它的身旁走过。它的躯体上有一些记号，是刻痕，或深或浅。没人知道那是什么。仿佛与生俱来一般。

但是我知道它的胸怀里，全是故事。关于贺州的人、贺州的江、贺州的街、贺州的路，甚至是关于新宁街木屋上的那抹苔藓、老百货大楼前的那片落叶、江南路上的那只飞鸟、西约街上的那道小桥，樟树最有资格述说。樟树是贺州最古的经书，最老的诗人。

无数日子里我在这边地里流浪，为生计奔走流浪。在追求物质中我的精神渐近荒芜。我在寻找樟树。我已经感到了她的慈爱，色彩，还有母亲般的气息。我感到樟树渐渐改变了我忧郁的内心和忧愁的面孔。我要在我的心中为自己种一株樟树让它坚强地生长，我要为它写一首感恩的诗歌。静夜里，听见了吗？时间如溪水般洗去了你我的青春。我们都在时间里生息，然后在时间里消亡。时间像贺江的江水那样不停地流淌。多少日子来了，又旧了，又去了，永不再来。在这过程中我们想抓住些什么。可是生命却在指间瞬息流逝。只有樟树还有存在。它低调地绿着，一春又一春，一年又一年。

它悲怜地看着我，正如我尊崇地看着它。我总感到它的眼睛在向我靠近，带着梦。它要告诉我什么呢？我不能预知。我只能从它的苍绿中感受它的气息，我贪婪地呼吸着它的气息，试图让它在我的灵魂深处永驻，试图让自己也像它一样的坚强，一样的从容。

人生中，有多少事情不可推测和预估啊！可以肯定的是，多年后我淡泊的面容也会老去也会隐去，在这尘埃中。樟树大爱依然，大爱依旧。一代又一代贺州人会在樟树身边崛起，新旧更迭中，贺州会越来越年轻，越来越美丽。

贺州瓜花酿

小锄头哟手中拿，
手里格手中拿呀，
井冈山下种南瓜，
种里格种南瓜呀。
挖个坑呀，下颗籽呀，
舀瓢泉水催催芽。
阳光照哟，雨露洒哟，
长长的藤儿，爬上架哟，
金色的花儿像喇叭呀，
吹吹打打结南瓜呀，
吹吹里格打打哟，
结呀结南瓜呀……

这是我儿时听到的最动人的歌曲。想起它，就有轻风吹过，透着阳光，那样清新的田野，那样无邪的年华。无论我走在何处，听到这个歌，都会驻足，心中有暖流。

小时候我总跟在母亲身后，在屋前檐后种南瓜。南瓜极易生长，一垅土，一瓢水，一粒籽，几缕阳光，几丝细雨，南瓜就苏醒了，抽芽了，慢慢生长了。先是嫩芽，然后是青青的藤蔓，再后，就长出如手指粗大的瓜藤。南瓜藤的生长非常有气势，它扭曲着向前，勾须一条条一卷卷，缠着地上的植物，平平延伸出去，遇草缠草，遇树缠树，很无敌，很勇猛。有时爬满屋顶，有时就在荒草丛中沿着篱笆四处蔓延。

瓜叶像小伞一样，表面长着毛刺，有点儿扎手。随手摘下一张，可包东西可挡雨，很有用。然后，它会开出金灿灿的花。有蒂的花能结出一个南瓜，有的花光是花，没有蒂的。到了六月或七月，南瓜就长成了，大大的，憨憨的，充满着大肚能容的禅味和笑意。

南瓜花是这样的诗意，生活却又是那样的艰难。我家曾在饥寒交迫中度过了十多年的童年时光。在那些饥荒的岁月，我天天沿着墙根荒园找瓜果野菜果腹，也给猪找猪食。在那段日子里，我们家吃过太多的芋头、红薯、南瓜。米饭极少，只有过年过节才能吃上一顿。我哥哥是长孙，深得宠爱，有时他从学校里回来，也能吃一顿伴有南瓜的饭。南瓜做菜有点淡，吃多了实在不好吃，我对它充满了恐惧。但我母亲总是将南瓜夹到自己的碗里，慢慢地嚼着，细细地咽着。我实在不服气，问："妈妈，南瓜很好吃啊？"我母亲笑。

在那些静夜里，我和母亲一起睡，我一遍遍摸着她的手，她的脚，我一遍遍和她说话，聆听这世间最动听的音声，试图记住她说的每一句。但她还是离我而去了。她淡泊坚强的品性，即使我穷尽一生也难以学到万一，她成为我仰望的丰碑。我今生在文字上的最大心愿，就是想写一些关于母亲的记录。但我知道我永远也做不了，因为记忆的门一打开，泪水便滚滚而来，滴落处，"红笺为无声"。无限深的怀念，无限深的悲痛，会穿透我的余生。

周日是个大晴天，我站在太白市场，看到有农民车南瓜出来卖，才想起又到南瓜丰收的季节了。菜摊上，南瓜硕大，有青皮的，有黄皮的，还有花纹皮的。童年的记忆一一翻起。我发现我对它仍充满了情感，他乡遇故知的感情。它是个老朋友，它是个老相知。我和母亲曾一起种下它，曾一起煮过它，在过往的岁月时，它养活着我们，它于我有恩。

但是，有一个问题至今让我疑惑不解，在那样困难的情况下，遍地的南瓜花和南瓜的藤苗，在我的故乡为什么一直没人吃呢。在我故乡，南瓜苗长了，又老了；南瓜花开了，然后又落了，掉在地上，无人问津。小时候我甚至摘来扎成一把，玩。

南瓜花和南瓜苗可以吃，这是我来到贺州才知道的，更为让人惊奇的是，这些瓜花藤苗甚至可以堂而皇之端上星级酒店的筵席，并且是招牌菜。南瓜不是穷人才吃的吗！这让我很惊奇，因为在此之前，我私下里认为南瓜是粗鄙的，一副憨态，又无长相，充其量不过是普通时蔬聊以充饥，说不上多好。

一到初春，天气还没有暖透，南瓜苗和南瓜花就上市了，先出的身价很贵，瓜苗论条卖，每条二三尺长，卖五毛甚至一块钱一条；瓜花论朵卖，五毛钱一朵。这是饭店最时兴的菜谱。南瓜苗剥了外皮，放点蒜米炒，香气缭绕；南瓜花可做汤可做酿。这时候的瓜苗和瓜花还很金贵，等到旺季，就很便宜了，就可以餐餐端上寻常老百姓的菜桌了。

剥南瓜苗是一项很高超的手工活，会剥的话能剥得很嫩，把瓜苗的外皮剥去，露出脆嫩的茎，掐成一节一节，清炒，翠色勾人，赏心悦目。以往春日寂寥，我走在太白路或建设中路，临街而住的家庭的老人或妇女，坐在门口剥瓜苗。三五成群，说着客家话、八步白话或桂柳话，讲着家长里短。我看到有个年迈的老太太坐在小凳上，剥着南瓜苗，通绿剔透的瓜苗映照下，她的面容多么慈祥。翠绿清亮的南瓜苗在她手中鲜活地跳跃、晃动，不一会儿就变成了身旁篮子里的一小堆。这就是贺州的乡亲，在这个遥远的边陲，生长、生活，岁月如水一样在瓜苗的绿色中流过。

贺州人热爱生活和生命的心思，无处不在，特别表现在做酿上，更是花样百出，匠心独运。这是我在故乡时没见过的，我从来不知道可以有这么多酿的，茄子酿、辣椒酿、油豆腐酿、水豆腐酿、葫芦瓜酿、笋酿、冬茹酿、蒜酿……甚至还有柚皮酿。还有什么是贺州人不敢酿的？还有什么贺州人想不到酿的？只有想不到，没有酿不到。酿的精巧与心思，无论城镇与乡村，百姓家与酒楼，处处皆同。

卖瓜花的农民们很会讨好客人，很会给瓜花做卖相。一张长方形的篾织成的东东，很疏的，一格一格的，南瓜花就扎成一把一把插在上面。每一把瓜花还衬一两张翠绿生亮的瓜叶，这是世上最美的花，透着生活的气息。有时在去上班的路上，会看到有农村的人车瓜花出来卖，金灿灿，在晨曦的薄雾中冉冉行来，天地都为之一亮。

在贺州八步，无论是太白菜市、中心市场菜市，还是六路菜市，只要有一把南瓜花的点缀，整个菜市便会炫然生色，明丽无匹。穿透喧哗的人声，穿透陈杂的气味，南瓜花亮晶晶，灿莹莹，生机，鲜艳，带露，无尘，极像贺州瑶山深处里的那一曲瑶歌、那一个盛装的瑶族少女。

南瓜花做汤很漂亮，清汤中一盘黄花，灿然开放，如瑶妹子在水边浣衣，正唱一曲亮丽的蝴蝶歌，余韵袅袅，忘俗忘尘。

但南瓜花做汤是太可惜了，顶级吃法是做瓜花酿。将瓜花去梗去蕊后，就变成一个绝妙的容器了，底小口宽。盛什么呢？水豆腐、油条、蛋清、葱花捣碎拌匀，餐餐离不开肉的八步人还爱放点猪肉，节俭的莲塘人把舍不得丢的花梗也剁碎放进去，这就是瓜花酿的全部酿心了。用汤匙将这些酿心舀起放进瓜花里，花尾一收一包，浑然天成。

瓜花酿或煮或蒸，均可。熟后上桌，一个个倒立着，乖乖的，金灿灿，鼓嘟嘟，胖乎乎，透着甜，透着香。光看着就很流口水了。

瓜花酿清香，甜而不腻，我个人认为实在是酿中极品。在贺州，无论是饭店或老百姓家里，这是春夏必备菜谱。瓜花酿，成为既上星级酒店也下寻常百姓厨房的佳肴，人人能做，人人会做，人人必做。大地回暖的春夏间，瓜花酿的气息，在荡漾，在飘扬。

一道瓜花酿，千秋万代功。青青的南瓜苗，金灿灿的南瓜花，开在贺州广阔无垠的大地上，年年在春风中摇曳，在我的心灵深处摇曳……

贺州晒烟

对于烟叶丝，我自小都不陌生。我爸爸就抽烟丝，用水烟筒。水烟筒是竹子做的，三节竹子就可以做一个，最底下的一节用来装水，边上斜斜插入一个小竹管做烟嘴，烟丝就撮成一小撮放在这里点；其余的两节凿孔打通，一吸，水咕嘟咕嘟响，烟丝在烟嘴上火光闪烁，慢慢燃烧。

我小时候没人带的，就时常跟着我爸，他到哪里我就跟到哪里。拿水烟筒和点烟就成了我的任务，做农活、放牛、吃酒、看戏都是我帮提着。我也拿来偷偷吸过，要用很大力才能吸得水咕嘟咕嘟响，水也很臭的，一股怪味，一点也不好玩。童年的记忆里，爸爸的烟丝味一直缭绕着，最熟悉不过、最亲切不过了。

但在贺州，绝少见到水烟筒。这里的人一般抽喇叭筒，就是卷烟纸。很多年前，在西约街，那时那里很多木屋，成排成排的，一个老人坐在木屋前，抽水烟筒，斑驳的阳光星星点点，枣树偶尔掉下几片叶，看家的黄狗趴在石板上，老人慢条斯理，歪着头，吸，水声咕嘟咕嘟。这是唯一的一次在八步看到水烟筒。

我的心，在那一刻飘飘忽忽，飞向了天边。想起了远方那个抽水烟的老人家，想起他如霜白的头发和胡子，他还好吗？那个晴日，我在异乡里，驻足，几欲落泪。烟丝的气味浸透了我的童年，空气里从不缺少它的成分。它像一个朋友，更像一个家人，不离左右。

对于烟丝的本真面目，我是到贺州以后，才得以见到。

春天，田野里有一种青翠油绿的植物，一畦畦，一垄垄，气势豪迈，特别引人注目，这就是烟草，烟丝的前身。它的叶子肥大，丰润可爱，整齐优美，像穿着青裙的少女，裙裾在风中飞扬。成熟后的烟草，头上顶一串粉红色的花，花朵像个铃铛的形状，十几个这样，齐刷刷的挂着，轻风过处，银铃声声脆响。

是不是带毒的植物，都能开出最妖娆的花？比如罂粟。烟草也是这般，它的花，高高擎起，盛装，扬着头，唱着歌，颠倒众生。

烟草在长成后，都要掐去头，以便节约营养，让烟叶更肥美，品质更优良。能够最后开花的烟草不多，必定是留作种子的，也就是长势最出类拔萃的。远望去，一片烟田中，数朵烟花盛放，震撼的美艳。

八步附近的农村都种烟草。黄田、鹅塘、沙田、莲塘都有。从公路上望去，可见成片成片的烟草正茂盛地生长。青翠的烟田，很是赏心悦目。我在钟山、富川也见到有人种，规模是不是也像八步区这边的，不太知道。

烟草是一种娇贵的植物，有点像富家的小姐，因为求婚者众多，主人不得不下心机养着，百般迁就。烟草不喜化肥，最喜农家肥，特别是猪屎。所以农村中的养猪户，猪屎都是早早就有人定下了的。猪屎种出来的烟草，品质优良。养猪和种烟草，是贺州农村的两大副业。养猪简单，但风险大；种烟繁杂，但风险小，收益也比较好，是农村人的首选。连绵的烟田之旁，是农家的红砖小楼。

清新田野，翠色烟田，看着很愉悦，这在诗人的眼里是怎样的一首诗、在摄影家的眼里是怎样的一幅画啊！但晒烟叶却是最考验人的事情。大约五月间，烟叶由青色转为青黄，叶脉变白，发亮，叶片下垂，自然弯曲，成弓形，叶边下卷，看起来黄灿灿，亮堂堂。这时就可以摘了。五月正是分龙雨的季节，雨水说来就来，骄阳之下，有时几滴，有时一阵，有时暴雨，老天爷很任性和随意。

要不怎么说做农民是天底下最辛苦的行当呢？在雨水与阳光交错之间，农民要争取时间晒烟。天晴，晒；天暗，收。重复无数次。重复之间，是汗滴烟下土，片片皆辛苦。

无论是八步，或者钟山富川，都是晒烟，很少烤烟。我也不明其中的缘由。因为不抽烟，贺州烟丝的品质如何，我也无从鉴定。以前，我曾带过八步的烟丝回去孝敬我爸，他自然说好抽好抽。

路过烟田时，我会走到田间。碧绿的，很宽大的烟叶。我低下头去闻，有一丝苦涩味。我想象着它晒干后的金黄色，想象着它在火焰下燃烧，跳起妖媚的舞蹈，身体化为轻烟，远去了，消失了……

笋干

清清的贺江水从这片土地上蜿蜒流过，那样的九曲回肠，那样的有情有义；它与这片土地融成一体，那样的眷恋深爱，那样的难舍难离。贺州人千百年来依江而居，临水而住，贺江水就这样静静地流进了贺州人的血脉里。在那些烟雨的清晨、彩霞的黄昏，我常常沿着河堤，走在贺江边，走在贺江慈母的气息里。贺江边上，有一幅幅美丽的图画，让我一再驻足，凝眸中几欲落泪。

那图画是这样的：碧绿如丝绒的江面上，凤尾竹斜斜探出倩美的身姿，长长的枝似水袖，拂开江面的阵阵涟漪，背衬着青天白云，温柔、秀丽、娴静、婉转、庄严、从容。这样的凤尾竹，在江南路、点灯寨、二桥最多，一丛丛，一排排，沿着河岸聚生。阳光点点洒在凤尾竹上，江风带着竹子的清新气息，进入我的心怀，记忆纷纷扬扬，荡漾天地。

我家世代都是农民，家穷，孩子多。爷爷在家的四周种下了凤尾竹，围成了一个大大的园子。凤尾竹砍下来后，可以削篾编成萝、编成篮、编成箕卖，竹枝可以做篱笆卖。竹叶浓荫下，是爸爸终日编篾的影，低着头，弓着背，五指灵活飞动。时间像竹叶里的漏过的风声那样不停地流淌，多少日子来了，又过去了，凤尾竹绿了一年又绿一年，砍了一茬又长一茬，那样地坚贞，那样地忠诚，献出自己的身体，吐哺着我与哥哥姐姐。农家孩子改变命运的重任，由柔弱的竹子肩负。

在那个年月，贫穷和挣扎是生活全部的内容，饥饿是深刻的记忆。然而凤尾竹牺牲自我的情怀依旧不变。每当春雨飘过，一个一个竹笋破土而立，露出尖尖笋顶，时而从墙角、时而从落叶丛冒出。我和哥哥姐姐欢天喜地，挖了切好，用水煮沸，泡半天就可以炒了。味道清清脆脆，甜美隽永。

家乡的凤尾竹青翠依旧，柔美依旧，我却是离家乡越来越远了，贺州成了我的居住地。在一个傍晚，我来到贺江边，贺江清澈宁静，两岸的凤尾竹修然亭立，竹梢下垂随风轻摆。蔑、萝、箕、篱笆、笋，童年的记忆一一在风中翻起。凤尾竹，是它养了我，是它抚育了我，不是母亲，却似母亲啊！风过处，贺江的凤尾竹风中细细低吟，一如家乡母亲唤儿的音声，那般温柔。

莲塘、黄田、沙田、黄洞、大宁……这些都是贺州境内的乡镇，充满让我熟悉和回味的乡土气息，我常常在圩日来到这些乡镇赶“闹子”。风中有稻苗的清香，也有鸡屎和猪屎的臭味，叫卖声、还价声、摩托车喇叭声，伴着我漫行，淳厚的客家话音与本地话音，将我包围，我感受到的，是一缕缕温暖的气息。

我对篾感情深厚，我注意到那捆东西，就完全是因为捆着它的那根竹篾。在乡镇的圩市中，我看到一种用蔑扎着的东西，黄褐色，皱巴巴的，比手掌长一点点，低头凑近来闻，有浓郁的香气。是什么呢？卖家说：“是笋干。”就像在俗气的尘世里还能看见山间的野花一样，我的精神为之一振。关于笋的深远记忆如潮水般涌来，我想到了我小时候的家，那片竹园还在吗？在的。春雨敲击竹园，笋尖的热情，开始伸向四面八方。闭上眼睛，我甚至能听见竹笋正在拔节，拱得泥土嘎吱嘎吱响呢，尖尖笋芽，执着地向上挺立。

只是我从没见过也从没想过笋会以煮熟风干的姿势站立在我面前，这是它另一种祭献的身姿，另一种祭献的容颜。一扎扎，温柔不改，从容不改，任岁月流逝。无数暖流在我心中涌动，气息是那样亲切。

在一个休息日，我决定好好领略一下笋干的美味，好好拜会这位久违了的亲人。我将笋干浸入水中，泡，约两个时辰，换水数次，水清了，捞出笋干，沥干的笋干满目金黄色。细细切好，然后和五花肉炒。软、易嚼、无渣、爽口，它是那样的清香——让我在唇齿间可以触摸到山川之灵气、在咀嚼时感到四野之丰盈，齿颊留香，久久回味。这位敬爱的亲人和朋友，它的品质如旧，永不曾变，尽管我在尘世中碌碌，但它永远依旧。笋干提醒着我生活中的真切和真实。

笋干的好处是，可以长久地保存，不易变质。那些曾经的过往旧事，也会如笋干一般风干，永久保存在记忆的仓库里，这才是真实的生活，这才是真实的日子。许多浪漫的梦想，都会在岁月之下一天天风干，芳香浓郁，永不变质。

笋干是贺州此地的特产，很多农村家里都自做自吃，有时挑到圩市上卖。将春笋去壳切根后稍加修整，对半剖开，高温煮熟，清水浸漂，晒干即可，全过程纯手工制作，原汁原味，“很土”。贺州的乡里人办喜事，少不了一碗笋干，将笋干用水泡开，一炒即可。筵席间觥筹交错，其乐融融，嚼着笋干，品着乡情。

笋干作为贺州的一种独特景致而永恒。有些景致一晃而过，有些人事经久不去。城市不断发展，人生不断向前，同时又落下很多东西，这过程常伴随着忧伤，也伴着快乐。笋干的情感并不复杂，甚至很单纯，它的芳香弥漫在贺州的过去，也飘逸在贺州的未来。当城市的街灯次第亮起，浸入每一个贺州人的内心的，是喜乐交集的情绪。

每一个城市，每一个生命都是一个故事；每一个城市，每一个生命都有风景。一扎小小的笋干，在贺州的乡镇圩市上，一丛翠翠的凤尾竹，在贺江的两岸边，化作一股暖流涌上心头。

芳林马蹄

广西、广东世称“两广”，两广人对祖宗极虔诚和崇敬，从岭南各地遍布的宗祠就可以看出。特别是近年来得益于改革开放发展，各地纷纷或重建或修缮宗祠。当汽车在公路上急驰，常常有掩映于民居群落中的宗祠一晃而过，琉璃瓦顶、飞檐伏兽、朱柱耸立，一派尊荣。在贺州境内，八步、钟山、昭平、富川到处都有宗祠，散落在城市乡村。

宗祠是氏族祖先灵魂的安息地，无论逝世者安葬于何处，其灵魂都会被隆重地请入宗祠，刻成灵牌，享受后世子孙的瞻仰与祭拜。宗祠逢年过节之际，阵阵线香的芬芳缭绕，声声鞭炮的锐利震耳，两广城乡，处处皆同。

除宗祠之外，在每家每户的主厅还设有与自家血缘最亲近的祖先牌位，我爸爸一概将之尊为“上人”。我因为小时候家里很穷，孩子气的脑中除了饥饿感受最为鲜明之外，并没有多少“上人”的概念，常常盯着供桌上的东西咽口水，趁着爸爸不注意时就偷一点点放在口袋里，不能偷太多，太多容易被发现。其实那时候太穷了，供桌上也没有什么拿得出手的东西，几个红枣，几个橄榄，几个马蹄，放在小碟子里。我最爱偷的就是马蹄，它跟我的小拇指一样大，黑黑亮亮的，扁扁平平的，肚子大大的，还有一圈一圈的纹路，跟算盘珠子很像，不过要比算盘珠子小好多。偷到了之后我都不舍得吃，放在口袋里，忍不住老伸手到口袋里去玩它，脸上充满神秘的诡笑，像把握着一个天大的秘密。玩啊玩啊，终于下定决心要吃了，一点点的咬，黑色的外皮下藏着白生生的肉，脆脆的、清清的，只觉口舌生津、余香缭绕，那一只马蹄化成丝丝甘甜周身弥漫。这样美的味道，穿透童年的记忆。

这么香甜的马蹄，我想象着在一个春暖花开、阳光灿烂的日子里，马蹄树长得高高的，树顶上，开满可能是红色或可能是白色的美丽的马蹄花。然后在一个晚夏或初秋，在一个大风骤起的黄昏，成熟的马蹄果密密麻麻挂得满树满枝，风一吹，噼噼啪啪落下来。

光阴的脚步从不停息，光阴就是一个梦，寂寥无声。马蹄的淡淡芳香成为梦里的记忆，时隐时现，我离开了家乡，居住在贺州。

那是怎样的一个深刻烙印，那是怎样的一个心灵震撼啊！1995年的秋天，我站在贺州市体育路的老电影院门口旁，发现一排排蛇皮袋或麻袋，立得笔直，口子大大的摊开，里面堆着一个个黑乎乎的、带泥的圆东西。卖主就远远站在这些蛇皮袋的后面，农村人的打扮。我看着蛇皮袋子里静静躺着的圆东西，它那种不言不语的乖巧似曾相识。

“这些叫什么？”我问。

“马蹄。”卖主用客家话答。

如果我小时候从供桌上偷吃过的叫马蹄的话，那么眼前这种就简直是巨无霸了，它大大的、圆圆的、鼓鼓的、通体黑亮，仿佛蕴藏着无尽的学问与秘密；它的表面还非常体贴地突起一个尖尖的芽儿，让人便于撷拿。原来马蹄也有大大个的！我满心的惊喜。然而在惊喜中，又差点落泪了：不是马蹄小个，是因为爸爸太穷，买不起大个的。父亲、母亲、穷的家、小的马蹄……记忆一一晃过，远方的双亲，可还安好吗？

可是还有另一个疑问未解：马蹄为什么有泥？难道它不是长在树上的？

“是种在田里的。”卖主这一回终于憋不住笑了。我的记忆就这样被颠覆了。

芳林村在贺州的近郊，搭公车就可以直到。芳林是比较富裕的村，一片片田野绿浪，波涛尽处，是一栋栋红砖小楼，芳林河从中流过，说不尽的田园景致，唱不完的原野牧歌。芳林村盛产马蹄，声名远扬，此处的家家户户都种马蹄。

每年开春时，就可育苗了，在整好的苗田里，用苇席做圈，圈内铺湿稻草，将马蹄顶芽向上，铺在稻草上。想想看吧：千万只马蹄聚放在一起，是怎样的壮观啊。马蹄上还要盖稻草，每天洒水，保持湿润催芽生长。渐渐长出新芽，有三四个芽尖，即可播种马蹄了。马蹄田先放上水，再将马蹄按入泥中，即可。不久马蹄就会长出细长细长的茎，管状，中空有节、无叶。马蹄田最优美的景色是在夏天，一田田翠绿的马蹄苗，每当风起，那些水面上的茎草，一丛丛，在风中轻轻摇动。翠绿、笔直，犹如一支支碧玉簪儿，透着秀丽娴静，纯粹又浪漫，成片成片，满眼都是，震撼心灵。看着它们，只觉得清凉入肺入腑，满目生凉。

到秋天时，马蹄苗枯萎了，将马蹄田的水放干，掀开上面的泥块，一窝一窝的马蹄如宝宝出世一般，乖乖的，可爱极了。

马蹄与莲藕一样出淤泥而不染。当将一颗颗马蹄洗洗净，就会发现那一种紫红或深红的光亮，十分诱人，紫的很紫，红的深红。贺州有很多名产，瓜子、红薯干、柚子、脐橙……但如果没吃到芳林马蹄，人生将是多么遗憾啊。将芳林马蹄去皮，入嘴嚼之，鲜甜、脆嫩、无渣，正是神仙享受。

马蹄与贺州人的生活息息相关，它扮演着生活中很重要的角色。酿豆腐时，加点马蹄做馅，甜美可口；包饺子时，加点马蹄，清香鲜嫩；过年时，合家团聚削马蹄吃。贺州人最爱的吃法还有马蹄煮水，将马蹄去皮后，和甘蔗一起煲，那一碗汤，清甜、去火、润肺，大街上的凉茶摊也有卖。

马蹄还可以做成罐头。在芳林圩上，临街的门面边，一个个媳妇或姑娘手里都拿一把小刨子，飞快地削着皮，只一会，就是雪白的一堆，如云开月出一般。她们的手上忙碌着，嘴上也没闲着，讲着家长里短，喜滋滋的笑声，洋溢在圩里。这些削好的马蹄做成罐头，远销外地。

芳林马蹄，是贺州经典的幸福，清甜的浪漫。

信都红瓜子

在贺州没有通火车之前，我常常坐快巴穿行在八步和梧州之间，信都镇是这条线路上的中间点，快巴司机一般都选择在这里略作停留，以便让旅客稍事休息、吃饭。因此，我流浪的脚步多次从这个小镇身边经过。这是一个田园诗一般的小镇，目光越过临街的铺面与铺面之间的间隙，可以看到远处的植物，淡淡的青绿色，真让人神清气爽，很是销魂。那些油绿的植物，欢乐畅快地生长着，映入眼眸的是满目青翠，直接融化到心里，如一杯清凉的茶。经过了长途汽车的颠簸劳累，乍一看到这样的青翠，醒了，痴了，醉了。

在那些青翠柔和的画面里，流淌着深深浅浅的绿，像一条河流，风吹过，绿浪一波又一波，缠绵追逐，直到望不尽处。绿色以强大的力量，覆盖了四周车声和人声的喧哗，宁静得只剩下植物幽幽生长的声音，淡雅、幽美、娓娓道来，让人心里产生柔情似水的气息。信都，注定了它无以言说的柔情万种。

快巴常停的地方是一间临街的饭店门前，因为旅客在这里无论是小坐、吃饭或上厕所都很方便。老板娘一直面带轻轻地笑，她会和每一部停靠下来的快巴旅客聊天，更多的时候她在卖东西，招呼客人。她个子不高，有着一头乌黑柔软的头发，她的习惯动作就是举手将落在脸边的发掖到耳后去，她的声音很柔和，正如信都话基本不带高亢的音调一样，柔和得随意、平淡。容县话、桂林话、信都话是我听过的很柔的广西地方语言，轻、软，娓娓而谈，独具亲切感。老板娘不时晃动着她的齐耳短发，忙上忙下。日常琐事，这样静谧地做来，这样全身心浸染其中，是如此动人。

无论从八步往梧州还是往广州，信都镇是从北入南的必经中转站，它是桂东北交通枢纽上的节点，自古就是重要的驿站。千百年来信都就是这样静静地迎来送往，日子缓慢地在绿色中流过，它的故事没有什么大起大落，它不像贺街那样有曾经的辉煌，它也不像八步那样拥有现在的繁荣，一切平淡如水。如果说贺街是一个上了年岁的老者，有无限的旧日往事可供回忆，讲一会，停一停，断断续续，中间有些模糊不清，后来又慢慢想起；那么八步则是一个正值青春的妙龄少女，唇红齿白，皮肤紧绷水灵，仿佛轻轻一掐简直可以掐出水来，恃美丽而骄纵；而信都可能就是一个持家的媳妇，天未亮而早起忙碌，夜已深还在灯下操劳，宁静、温柔，如远远的那片绿色。

快巴急行在信都的田野间，车窗外景色清新，入目难忘的那片绿色里，可能种有玉米，可能种有红薯，也可能种有禾稻，我不太敢肯定。可以敢肯定的是：在那片绿色里，有一个个青白带花纹的瓜，卧在如丝绒一般的绿叶上，饱满，乖巧，不言不语，一副待撷的可爱样。藤根重叠缠绕，叶子巴掌大，像个小伞。这真是一首曼妙青秀的田园诗啊：藤苗是诗字一行一行，瓜叶是个逗号，瓜是个句号。无数诗篇，无数逗号，无数句号，四处蔓延，尽情散布。清朗的阳光流水般倾泻而下，照在瓜上，照在瓜叶上。这是西瓜？您只猜对了一半。这是红瓜子西瓜。西瓜是吃瓤的，红瓜子西瓜却是吃籽的。这一个个瓜中包藏着的巨大秘密，就是盛名天下的信都红瓜子。

我的家乡也有人种西瓜，以味甜、瓤沙、籽小或无籽为佳，一边吃西瓜一边吐籽太麻烦了，所以无籽的最好卖。我从没有听说过专门种西瓜来吃籽的。身处极有异地风情的贺州，我总被记忆中的常识愚弄：鸭不是用来焖的是用来白斩的，比如南乡鸭；石头不是贱的，是比黄金还值钱的，比如里松黄蜡石；水不是清凉的，是烫得手都会起泡的，比如南乡西溪温泉……

信都的红瓜子西瓜就是专门吃籽的，瓤不要。红瓜子西瓜分春播和秋播两种方式，春播于4月天气回暖时播种，秋播于7月播种。当西瓜叶片变黄，瓜柄干枯脱落，瓜皮呈深绿色时，红瓜子就成熟了。在晴天的早晨，早早的将瓜采回，剖开，用竹箩或篓盛装置于水中，用手轻捏轻搅，漂去瓜瓤、白粒后，薄层摊晒在竹制簸箕上，就成红瓜子了。那荡漾了瓜瓤的信都江，流淌着一江瓤红与清甜，江风吹过，拂动浣瓜人的衣衫。晨曦薄雾，水声明晰。

红瓜子在采回的当天要晒到七成干，急速晒干后的红瓜子原色凝固在瓜子表皮上，黑红生亮，并且经久耐放，永不褪色。如果遇雨或遇阴天，雨淋过的或得不到阳光晒足的红瓜子颜色暗淡，虽然味道不变，却失了卖相。所以辛勤的信都瓜农总是有多早就起多早去收瓜，珍惜阳光分分秒秒的照晒，用汗水将红瓜子镀上一层黑亮的光辉，争个好收成。

要不怎么说信都像一位会持家的媳妇儿呢？瓜皮丢弃太可惜了，将它细细切成丝条，腌成瓜皮酸，放点红椒末、蒜蓉一炒，就是一道清凉爽口的美味了。瓜皮酸软中有硬、硬中带软，嚼头十足，配一碗白粥，叫人如何不爱？瓜皮酸微微的酸甜辣咸交融口中，脆脆的，萦绕舌尖，经久不散。信都这位媳妇儿除了种红瓜子、腌瓜皮酸外，还会做红糟辣椒、红薯干、三黄鸡，样样手艺都出众不凡，名动岭南。她贤惠手巧，不张扬不花哨，处处是精打细算踏实过日子的居家气息。

我在每年的夏天、冬天都会路经信都，大树底下常有摆小摊的农民，他们的货物随着季节变换，夏天是龙眼，冬天就是红薯干和红瓜子了。红瓜子是贺州人过年的重头戏，个头饱满、黑红透亮的，二十块钱左右一斤，送礼又体面又好看；个头稍小、壳色鲜红的，十块钱左右一斤，买来自吃又香又实惠。吃瓜子全靠牙齿的巧劲，将瓜子尖头竖放在门牙处轻轻一磕，瓜子裂开一道缝儿，再用上下牙将缝儿一撑开，瓜子仁露出了半个，一咬一拔，籽仁儿就到嘴中了。籽仁晶莹如玉、味道芳香、愈嚼愈甘，让人磕之上瘾，欲罢不能。当合家团聚，在磕红瓜子的吱吱脆响中，一年又一年的时光，就这样平静祥和的流过。不可想象万一没有了信都红瓜子，叫贺州人怎么过年哪！

红瓜子细腻、体贴、温柔、质朴而安静，是信都土地对人世最真诚的馈赠，它的品质正如信都，无声地将一缕缕温暖的生活气息，四方散浸，伴随了贺州人一年又一年。在红瓜子的甘香里，让人觉得生命是如此美好，如此真实，每一天都不舍得虚度。

每年两度，我都会与信都重逢。我看到了信都如一个娴静贤淑的媳妇儿，她在庭院里迎风回眸，一双水灵灵的大眼，神态开朗又亲切，她的四周簇满阳光，庭院后是那片绿色。红瓜子西瓜长满了四野。

绿色。西瓜。暖风。阳光。宁静而馨香的信都镇。让人心生留恋与喜爱。

信都·龙舟

水之波涛，浩荡而来，万古悠悠。

水漫过了岁月的堤坝，浸湿沧海，浸湿桑田，浸湿麦地、老桥。水里映着蓝的天，白的云。水里还有遥远的往事。

水里有夸父的影，水里有屈原的魂。屈公子白衫高帽，长袖飘飘，立于河边向远处遥望。楚地郢都依旧水草丰美。湘江两岸的稻花香冉冉飘来。长长的路，百草芳腾，杜衡清芬。湘江敞开宽阔的怀抱，温暖屈公子的梦境。袅袅兮秋风，洞庭波兮木叶下。楚顷襄王十九年（公元前278年）五月五日，屈原抱石沉江，空中留下九嶷的幻彩，血红的颜色在时间里凝固，漫天飞舞成永恒。屈原平静的睡容处，是千帆过尽。水，湘江，轻灵清澈，一如离骚，在心的深海里呜咽流泻。

然而屈原还是来了。

公元前214年，桂林灵渠建成，它像一座设计精巧的桥梁，沟通了从来不曾交集的湘江和漓江，将湘江水缓缓引入漓江。屈原来了！屈原踏水而来。

湘江水从此与漓江水相依相融，连成一体。可能是在一个冬日的清晨，也可能是在一个彩霞的黄昏，屈原的灵魂循山涉水而临，在漓江安息。一捧漓江水，真情自心中汩汩而出。它多么像屈原浪漫的眼睛，纯粹、内蕴、刚强，九死不悔，正是楚辞风骨，万世高标。

漓江水系在这片土地上弯弯曲曲，枝枝蔓蔓。它平静清净地向南流淌，流过桂林，流过阳朔，流过黄姚……勾画了数百里如画如诗的青山碧水，铺展出一片生机翠绿的田园。这一片大地上，姑婆山、大桂山山系静默庄严，溪声幽幽，最宜屈原诗一般美、水一般圣洁的灵魂长眠安息。

那年复一年的五月分龙雨，忧伤，惆怅，是屈原依旧沉郁的叹息？还是我们思慕缅怀时滴下的泪？

可是，五月也是热烈的季节。缅怀，不是感伤，是壮美的情怀。五月端午节是龙舟的绝美欢歌。

五月初六。信都镇上。石榴似火。大桥如虹。

贺江流经信都，在它的身畔停留。清清江水里，信都的田园牧歌荡漾千年。龙舟的龙头高昂，硕大有神，彩漆精美，龙尾高卷，船身细长，掠水的影，翩翩唯美。龙舟平时都沉放在水底下，只有在端午节才出水参赛。信都的“赛龙舟”源远流长，悠悠数百年，由信都镇内的农村与信都街自发组织而成，一年一度，五月初六，从不失约。赛事的资金由各家各村、各商户捐助。“赛龙舟”是信都的头等大事。当铺门、仁义农村的参赛队聚集信都街，街上庭院宽敞的住户都会义务招呼参赛队员的食宿。农村人也很感恩纯朴，知礼而报，天长日久，与接待街坊结成了“龙船亲”，逢年过节，往来探访。乡邻情谊，充满着人情味，带着青翠和阳光的味道，清澈如江水。

四方围聚。凝眸翘首。屏息而盼。这是观赛的人潮。

整装。执桨。凝神。待发。这是参赛的各队。

当第一声鼓响起，激昂、铿锵，沉睡的龙舟惊醒了，高扬的龙头，穿透水雾烟波，眈眈而来，桨橹上下翻飞，龙身溅起一道道白色的水浪，离弦突奔；鼓声再度激越，以高亢的力量覆盖了所有，天地间只剩下这一种音声，它将桨手所有的关节都打得通通透透，将血管中至真至美的激情点燃，噼噼啪啪旺烧在江面上。一江都是豪情。一江都是勇敢。好一个浪里飞舟！

水标近了！鼓声刚激急劲，桨楫搅江抢水，巨龙凌波飞腾。鼓声、水声、人声，响彻天外，气势滔滔。屈原睁开沉睡千年的眸，醒了！

江面上波涛澎湃。烟波尽处，是屈公子华衣高帽，仙袂飘飘，踏浪而来。透过锣鼓铿锵，仍可听见屈公子坚定的音声：路漫漫其修远兮，吾将上下而求索。屈公子睿智深邃的目光，落在时光无尽无穷处，那里，有华夏民族永远清晰灿烂的未来。屈公子带领华夏民族走过唐宋元明，走过灾荒走过战火……脚步永不会停息。

信都的龙舟年年岁岁，从不失约；屈原的灵魂岁岁年年，亦从不失约。

汨罗江。湘江。漓江。贺江。清澈灵动的水波里，是屈原诗一样的魂。

排洪河·紫荆花

季节从身边飘过。一年，又一年，弹指一挥，岁月如水一样流逝。我的青春也走了，只留下燃烧后的寂静。

多年前，那时候大约是枇杷黄熟季节吧，我只身来到贺州。那个时节党校周围弥漫着一片花生苗的青翠，花生正在蓬勃生长。没有新南方酒店，没有国际大酒店，也没有太白市场。微风吹拂青色的田野，蓝天是那样的明亮和纯净。穿过一片稻田，贺江在不远处静静地流淌着，碧绿的水波泛着温柔，深情而又从容，仿佛一段禅意的念白，要向行人诉说。阳光直射的声音，花生苗悄悄结果的声音，叶子轻轻颤动的声音，泥土湿润的声音，清晰又遥远。

太阳西下，天晚了，建设东路两旁的散尾葵的影子垂下来。静静地，风吹过我凌乱的日子，吹过我狼狈不堪的生活脚步。一次又一次，我从排洪河身边走过。

排洪河是贺州的王牌地标，它的一边是杂货批发市场，另一边是灵峰市场。杂货批发市场在八步很出名，约有四个足球场大小，成千上万种日常生活用品，罗列摆开，琳琅满目，令人叹为观止。

在清晨，灵峰市场门口都会有一些农民来卖菜，面前放着竹篓、箩筐。豆角、南瓜苗、薯叶、空心菜……都是脆嫩的苗，刚从山间田边摘出来，鲜绿的颜色顿时涌满眼际。晨风吹拂着农民的衣襟，我能远远看到他们满脚的泥，听他们卑微而朴素的叫卖声。泥土。青草。挣扎。贫困。忆起曾经的穷苦，我很想哭。

天空高远。晨雾在太阳的光影中渐渐消散。灵峰市场门口前已经没有了卖菜农民的身影，两排不知名的大树笔直挺立在排洪河的路边，灿灿烂烂地开着花，紫色，一串串，热情，欢畅，真让人动容。它们就开在我的眼前，在阳光中蓬蓬勃勃，可是我却叫不出它们的名字。地面上，洒着一地紫色的花瓣，有风吹过，花瓣又纷纷扬扬的从树上飘飞下来。

排洪河不像西约街那样有陈旧的岁月余味，也不像向阳路那样有暴富的繁华气息，排洪河一带的民居门市都在新与旧之间，沧桑、含蓄，旧楼与新居错错落落，一如人生波澜壮阔又心酸沉郁的画卷。画卷中，可能隐藏着发黄的淡淡忧伤，也可能隐藏着悄然萌动的情怀。那两排开着花的树，就是这画卷中最亮最真的颜色。

可是我却叫不出它们的名字！这无言的生命，禅意的启迪，它们多少次以幽幽的芬芳忘我地倾诉，它们执着从容地开放了一年又一年，可是我却居然不知道它们的名字！这些树的叶子都是一个个心形的形状，翠绿色；紫色的花就从树枝间流泻而出，如刚挣脱母亲怀抱的孩子，带着格格格的笑声，得意又真纯。花多叶少，一串串，随风摇曳，又像姑娘长辫子，带着温存与文雅，笑意盈盈。紫色的花，紫色的梦在流动，云缠雾绕，充满天际，那样绝世的容颜，那样亲切的气质。

我苦苦寻找着它们的名字。在1997年香港回归的盛大仪式上，那个香港市花的图案正与它们的身姿一模一样。原来，它们叫紫荆啊——这样梦幻的名字，正适合它们，名副其实。紫荆花像绚丽的焰火，将排洪河烧得明亮美丽，迷幻浪漫。紫荆树下，如今已经是贺州夜市小吃街，入夜时分，晚风拂过，紫荆花香穿透情侣甜蜜的影，陪伴着那些青涩悸动而又美丽的心。

紫荆花灿烂的颜色在排洪河盈盈盛开，沧桑风尘中全是它们的花香与艳影。在这紫色的花海中，我的内心不再悲伤。

花开花落，是紫荆舒展烂漫、收放自如的从容。我在贺州走走停停，岁月一晃而过，青春就在糊里糊涂中成为潦草的回忆。而紫荆花仍然是清亮的紫色，优雅、温柔、开朗，在树下走过，我能读懂它们内心里的炽热与大方。走在排洪河，让紫色的花瓣随风落在肩头上……

大庙山

2008年2月，贺州依旧莺飞草长，瑞云山下漫天的春花一路扑卷，开满山坡，开满田垅。它们的芬芳早就从贺江两岸飘逸地浸染，一缕缕清香，飞向千家，飞向万户。草木摇扬，山水曲纡。美好的贺州风光，如画的八步胜景。

可是我精神的世界却崩溃坍蹋，再不见一丝温暖。

我姐姐打来电话说，妈妈已经病重，将不久于人世。所有的感觉都遥远，唯有孤独与刺痛渐渐明晰，渐成无穷无限。那些在贫困中苦苦挣扎的往事恍如梦里，那些浸透了温馨关怀的日子历历在目，不思量，总难忘。那一个我毕生心爱的人，正在离我远去；那一种我毕生留恋的声音，再也听不到。

那一年贺州的春天分外缤纷，天气却分外寒冷，我一个人踯躅在宽阔如流的建设东路，呆坐在灵峰广场的小叶榕下，再也没有方向。

大庙山！

那是绝望中的一点依靠，那是黑冷中的一丝光亮。

我穿过灵峰路，穿过八达路，来到汽车东站。八步到水岩坝的中巴静静地等待着，载着我全部的希冀与热望，载着我全部的虔诚与祈盼，奔向大庙山，奔向那个神仙的国度。

我许多次从大庙山山脚下经过，却从没有如此深情、如此仔细地注视过它。它坐落在半山腰，依山而筑，凿石为室，后有山巅高耸，前临宽阔盆地，那样安详，那样端庄。它的目光，饱含慈悲怜爱。隔着开阔如湖的盆地，透过迷蒙泪眼，我伤感地凝望它，它悲怜地接纳我：“孩子，不要悲伤。”来自它的浩然之气，正荡涤奔流，一遍一遍抚慰我碎了的心。我深深悔恨以前青春年少时，在它面前曾轻狂的高声大笑、放肆傲语，如此不知天高地厚。大庙山有一颗宽厚的心灵，包容芸芸众生的过错：我轻慢它时，它不曾改变笑容，我伤心落魄投奔它时，它仍在原地等待。

山门前的水泥台阶带着岁月的裂痕，山风轻轻，有清脆的鸟虫声。山门静默庄严，巨石嶙峋沧桑，古木郁葱青翠。向上攀登，过戏台，过凉亭，穿正门，来到神像前。神仙叫“七宝大王”，长身玉立，温和、从容、诚挚，他睿智深邃的目光穿透凡尘，穿透岁月，落在苍苍众生身上。签筒笃笃，钟声悠扬，初春的阳光直射下来，暖意流动。在蒲团上跪下，神仙温和融融的眼光，正拂过我的背脊，我忍不住泪水滚滚流下。庙内线香袅袅，那一缕缕青烟啊，轻灵，微妙，飘忽，有朗月当空之悠远，有黛黛青山之绵长，有一碧如洗之清思，有晴日万里之豁达。那附依在缕缕线香青烟上的，是多少老百姓心灵最深处的热诚和祈求啊。烟以己之轻，承万民心灵之重。青烟袅袅，我的悲伤袅袅……

神仙七宝大王将人世间的苦难、灾荒、病痛一肩挑起，赐予苍生幸福喜乐、平安吉祥。春去秋来，岁月流逝，神仙从不离弃，千万年不变的担当。有谁见过这么深情的承诺？有谁见过这么坚定的胸襟？唯有神仙能做到。每年农历正月十九，是大庙山的“炮期”，贺州、梧州、桂林甚至更远的善男信女，都会来到神仙前，虔诚地点上一炷香，将心愿向神仙诉说。

在老百姓心灵最清净的那一方平台，那一方圣地，高擎着大庙山的神仙七宝大王。点一支心香，永燃不灭。

大庙山，坚韧，翠绿，充满实感，充满亲切。在人生的最惨痛时刻，七宝大王大爱无声、慈悲无言，撑起我支离破碎的精神世界……

富川脐橙

浩瀚林海，茫茫绿涛，千峰竞秀，万山青翠，这就是美丽的贺州市。漫天的春花绿树，一亩亩，一垅垅，山深草幽，林木茂盛。这是一座名副其实的森林之城，森林覆盖率达 69.3%，绿化程度达 85.5%，在这一片纯粹的绿色里，有松、杉、桉、樟、苦竹、春茶、秋兰、映山红……空山寂静，水流花开，绿色封天蔽日。夏日里，四野都是植物幽幽生长的声音。阳光耀眼，百鸟鸣唱。清澈碧绿的山林间，传来瑶女脆生生的歌。

富川瑶族自治县。瑶家女孩戴着亮铿铿的银饰，穿着镶彩边的衣裳，在山风中回眸，笑意盈盈。身后，是绿色的山林，山花漫开，山果累枝。脐橙金灿灿，黄澄澄。

数百里瑶乡，十万亩橙林。莲山、古城、富阳、石家、葛坡、城北、柳家、福利……乡乡镇镇镇都弥漫着脐橙的清甜气息，让人莫名心动，这是诗一般的瑶家田园风光啊。天高云淡，几只蝴蝶飞过。富川河闪闪发光，穿行在温柔的绿色里，飘飘逸逸地绕着圈，把大空和大地都绕了进去。风雨桥静雅又内敛，河水荡漾着，清清而涓涓。岸边枝蔓丛生，瑶家的房屋尖檐白墙，错落散布。这是富川的原野。

近处是稻田，稻苗平整如毯；远处是山林，脐橙在枝丫间害羞地开着细细碎碎的白色小花，报告着喜悦的信息。脐橙的叶子像个巴掌，又像个心形，有油质的光彩，摘一张叶子放在鼻子下，会闻到甘辛的香气。绿色在流动，脐橙花芬芳溢满天际。人美，花香，蝴蝶轻轻飞落在瑶家女的肩头，翅膀又薄又亮。四周除了风声，山涧水溪，还有瑶家女长一句短一句的山歌，飘落在树丛花草间。

山歌唱啊唱，脐橙长啊长，长成拇指大，长成拳头大，青涩色，藏在枝间，躲在叶后，怯生生，羞答答，一如瑶家女孩。夏日的天气晴和，流光溢彩。有时候会下一场急来急去的山雨，雨点像欢快的鼓点，噼噼啪啪地打在脐橙叶上，然后晶莹的水珠断线似的滚落，霎时间千万片叶子在雨中竞相欢舞。脐橙一点点蜕去了青色，转成青黄色，转成浅黄色，转成金黄色。点点金黄缀绿浪，醒目，惹眼。风过处，喜浪传遍山野。

十月，脐橙成熟了，芳香满山满垌。瑶家女孩蜜色的肌肤、温婉纯朴的青春、静如山林般的美丽，她们忙碌穿梭在树下，仰头，凝眸，伸手，摘下脐橙。一只，又一只。树底下，一堆一堆脐橙，似无数小金山。瑶家女孩的脸红红润润，脐橙乖乖巧巧。秋日的风，温和又恍惚，风里有笑声。这是一个令人喜悦的丰收时刻，我清晰地看见瑶家女孩的唇角挑起一抹甜甜的笑靥，一圈圈开放在我的眼前。一些如脐橙一般甜而无尘的回忆，种在我心间，不断滋长，在心底蔓延。我行了一生一世的谎言假笑，追了一生一世的虚名利禄，已飞越俗世风尘的光影，在瑶家女孩的浅笑里升华。人生，能走一回翠绿的山林，能看一回瑶家女孩的笑眸，能尝一回新摘的脐橙，足矣。

切开脐橙，橙肉金黄色，晶灿透亮，多汁，清甜爽口，带着山野的原始本色。一曲瑶歌悠悠唱起，瑶家女孩的笑在绿色里荡漾……

秋日里，找一个好天气，和心爱的人一起去富川远足吧，去摘脐橙吧。山林的清风无圬无尘，明净的阳光洒在那些脐橙树上，点点滴滴，泛着光。树叶里满里稠密稠密的绿，绿叶间隙中，会遮不住挡不住地流泻出一串串脐橙，流泻出一串串金黄吉祥的惊喜。难道你不喜欢吗？

奇石神韵

萌渚岭山脉在这个世界上历经了千千万万个春秋，她依旧这样年轻，这样俊秀，这样绿意葱葱。她总像不会忧愁和衰老的天上仙女，永远青春活力。萌渚岭山系雄伟，绵延千里，覆盖湖南和广西两省交界，最高山峰“天堂顶”，海拔 1878 米，常年烟缠雾绕，傲然耸立，傲视千峰。

山之巅，在白云烟霞之上；溪之水，成珠江西江之源。东方初晓，晨曦罩群峰，旭日映染萌渚岭；落日余晖，彩霞透绿松，夕阳暖照天堂顶。

贺州，正是在这令万古如醉的萌渚岭山脚下。贺州市古称临贺县，是桂东一颗璀璨的明珠，它历经漫长的峥嵘岁月，依然光芒不减，风采倍添。贺州自古壮、瑶、苗、侗等多民族聚居，亲如一家，其乐融融；世代岭南，民情淳厚，古风盎然。

这片神奇、美丽、富饶的土地，有秀丽的山水风景，有悠久的历史文化，有丰富的人文景观；这里孕育了多民族的岭南文化，这里生活着几十万贺州人民，这里生长着无尽的希望。萌渚岭展开宽广的怀抱，将贺州世世代代荫护，天堂顶送来和煦的轻风，将万物吹拂抚爱。然而更让人惊叹和留恋的，是那萌渚岭地表下深藏亿万年的神奇怪异、珍稀罕有的矿藏和奇石。

亿万年前的萌渚岭曾经历了复杂特殊的地质变迁，多次造山运动使山体形成了一系列褶皱与断裂，在断裂带，地层、矿石出露，矿藏丰富：

含铌、钽、镝、铱、铀等重稀土元素，藏量异常丰富。1957 年中苏友好，代号为 725 矿的第一个稀土矿地就设在这里。

正是这个罕有的断裂带，孕育着世上的神奇。断裂层向南延伸，形成宽广的火成岩地貌矿床，其中最珍贵的有含发光稀土的“夜明珠”矿床。海兰宝、托帕石、水晶石，都能在这里找到踪迹，名贵的星光水晶宝石的娘家也在这里。宝石水晶，光泽绮丽，色彩迷幻，多少人都梦想拥有。此处还含藏有数以万吨计的石英矿和钾长石、麦饭石……在萌渚岭余脉海拔 100—200 米变质岩地段亦蕴藏着丰富的金、银、铜、锡、钨、锑、铝、铅、锌、铁、猛……

断裂带中，在碳酸岩与伟晶石交际处有一个世界上极少有的冰洲石完全单晶矿洞，洞内晶矿光彩迷幻，这里是矿物收藏家们梦想中的天堂。

萌渚岭的溪水沿山流下，千亿年来不断冲刷山体，出露在山体的石块随水而下，至山脚，形成滩涂。石块囤积于此，处处散布。这些石头石体浑圆，表面光洁，图案色彩丰富，层次感强，石头上呈现出多种颜色组成的纹理图案，颇有艺术性，让人反复玩味，韵趣无穷。最绝妙的是，这些石头表面都冷凝一层光晕，状如冻腊，柔和细腻，世称“黄蜡石”，声名远扬，冠观赏石之首，深得赏石玩家的钟爱。黄蜡石的蕴藏量有多少？无人得知，问那日夜奔流不息的山溪水，它可能会告诉您。

黄蜡石家族庞大，赏石玩家将它细分为红冻腊石、猪肝腊石、青腊石、花腊石……腊石具有独特的色泽、质地、纹理，让人百看不厌，爱不释手。黄蜡石还别具形态美、色彩美、神韵美的特点。一块块黄蜡石，是无言的诗、不朽的画、无声的歌、凝固的舞，是大自然的神来之笔。这些天然艺术品，奇特灵秀，散逸着天地的神秘和灵气，引得人们无限深恋。

贺州的钟乳石晶莹多姿、宝石光芒清柔、矿晶石玲珑剔透、黄蜡石典雅瑰丽，集文化品位、艺术魅力、收藏价值及科研价值于一身。那绚烂的色彩、流畅的花纹，天然成画。它们是掌中山河，案上世界，家中乾坤。细细品味，石画合一，意蕴深刻，让人领略到无穷情趣。

贺州奇石催生了当地的奇石经济，发展成为势头兴旺的石产业。原来深山中无人问津的石头现在成了宝贝，无数农民开始时帮城里人到溪边背石头，最后自己背石头囤积在家中，卖给城里人，建起了新房子，日子越过越甜；更有一些精明的农民又雇佣农民去拣石头，自己当起了“石头老板”，批零兼营，生意十分红火；外地石商、奇石爱好者更是络绎不绝，慕名远来，批量买进。周末，姑婆山大道两旁的奇石市场熙熙攘攘，奇石摊位一个接着一个，接待八方石友。贺州石市场，一片蓬勃之势，已发展成为国内石市场的集散地之一。

萌渚岭常年郁郁葱葱，秀美青翠，孕育了贺州这个神奇的观赏石发源地，赏石爱石藏石研石成为此地的新风尚。或单位点缀庭院，或私人室内收藏；或街心公园的草地上，或玩石行家的大门前，大石或坐或卧，蔚然成趣。

山无石不奇，水无石不清，园无石不秀，室无石不雅。赏石清心，赏石怡人，赏石陶情，赏石长寿。以石为业，以石会友。

深藏在萌渚岭的贺州奇石焕发出越来越美丽迷人的光彩。黄金有价石无价。相信贺州奇石的明天会更美好，相信石头真的会开花！

迷人十八水，美丽瀑布群

泱泱八桂地，青嶂绵渺；巍巍姑婆山，钟灵毓秀；滔滔十八水，惊瀑飞流。十八水景区位于姑婆山萌渚岭山麓，因瀑布流下时依山势转十八弯而得名。

我在十八水景区前远眺，萌渚岭山脉的峰峦叠翠，岚气飘绕。眼前一条清溪穿树过石、弯弯绕绕、时急时缓、哗哗有声，流得闲适随意，姿态万千。沿路溯流而上，怪石峥嵘，深涧鸟鸣，野果闲花、蝴蝶翩翩。远离繁华喧嚣，远离都城闹市，纤尘不到，朦静清幽。

十八水景区的入门处，两块天然巨石巍然耸立，它们紧密重叠，重逾几百吨，凛凛之势，如天外飞来。公园内天然怪石繁多，姿态各异，若鲸鱼、若水牛、若青蛙……无需您留意，随处可见。山为体，石为骨，水为魂，陪伴每一位游客的十八水之行，展示大自然的真与美。怪石无处不有，漫山坐卧，但十八水的神韵精髓，却是瀑布。

沿清溪一直往上，水声变得风吼雷鸣，山岳震撼，大地动摇，惊心动魄，似千军万马破空而来。其实这时离十八水瀑布还有几百米呢，它半抱琵琶，尚在群山绿树的掩映中未露真颜。曲径通幽，沿着这条黄蜡石铺成的石径，一直走向群山深腹，赫然，眼前出现一片飞速跌下的水雾宽瀑。翻腾奔涌，卷起千堆雪，万重雾。随风飘绕，滴滴晶莹。岚气分青嶂，落雾润翠微；洒过山前树，沾湿行人衣。这便是十八水的第一级瀑布——黄绸瀑布。它如妙手少女织就的巨幅绸缦，在山石之上华丽的铺展，曳着阳光飞落，丝丝洒洒，豪放又秀美。一派白虹，层层雪浪；激溅流泉，姿态万千。瀑布落下，形成浅潭，潭中热闹着呢：几块巨石卧于潭中，或如乌龟，或如鲤鱼，或如狮子，神态惟妙惟肖，气魄天成。潭边，痴藤缠老树，流水过石桥。花草临雾，凉亭生风，浑然仙境。潭水溢出成浅浪，浅浪之水清兮，可以濯我缨；浅浪之水清兮，可以濯我足。暑天，成群的男女、孩童，游泳嬉戏，乐而忘忧，享受着十八水流泉的清凉爽适。

溯源而上，就来到了第三级瀑布——神龙瀑布的面前。瀑布在山石间笔直落下，在斜出的石坡上略作停顿，便蓄势奔流，飞泉浪涛，水声雄浑，气势平添。石坡上的一方大石，以凛然之威，中流砥柱之势，将堪堪欲落的瀑布切成两半。被一分为二的巨大瀑布翻腾绞滚，状若青龙飞空，戏珠于水；音如战鼓初擂，留声天外。山风扬起的水雾，吹得临水而开的杜鹃晃荡摇曳，风中生姿。四周的树木被洗得一尘不染，显得生机盎然，郁郁葱葱。

诗云：

源出萌渚衍大流，随峰九转一壶收。
骏浪雨飞翻海市，白练声清上北斗。
激落涧底成碎玉，喷上松梢飘雪楼。
任是鲸鲛龙宫客，不敢在此弄飞舟。

此诗极言第四级瀑布——仙女瀑布水势的急、奇、险、惊。两面的山石成崎角夹缝之状，阻挡瀑布的去路，形成罕见的天堑，高峡迂回曲折，苍宕如剑，力图挽留这山之精灵山之顽童。可水浪滔滔，去意决绝，正欲奔腾万里呢。巨瀑翻银，疾流如奔，挣脱禁锢之际，便成惊涛回响，便成山间吟唱，构成一幅格外奇丽壮美的飞瀑惊泻的画卷。

山高水更高。瀑同而景异。站在十八水的最后一级即第五级瀑布——大佛瀑布前，只见一道虹桥横跨将两山相连，瀑布从面前的山川跌流而下，流过桥底。这是观看瀑布最好的地方最佳的角度，在桥上，尽管四壁是悬崖险谷，但我们仍可以遨游深潭之上，目观全瀑，欣赏那浪花飞溅、水雾弥天的壮景奇观。站在桥上往下望，滔滔银浪，万丈深渊，令人心惊，巨浪掀起的烟雾，长年累月不散，衬着阳光，五彩缤纷，闪烁夺目，使人如入混沌迷蒙仙景。抬头向上望去，巨大的瀑布从丛林间奔涌翻腾而出，宛若蛟龙，它沿着千仞峭壁直落，如银河飞泻，声彻山谷，水雾腾空，涡流滚滚，气势雄厉骇人。

巨瀑落下冲出深潭，潭边一方亭台，供游客歇息观瀑。站在亭台上观十八水全貌，它时而流得温柔飘逸，如轻灵少女；时而流得激荡奔腾，如将军决战沙场；时而流得浊浪翻飞，如蛟龙巡海。近处是万条银练，白雾飘飞，远处是青树寂静，景色清灵，浑不似在人间而似在仙境。大自然的鬼斧神工，令人赞叹不已。游客到此，莫不流连再三，难舍难离，体会山水诗意，体会山水真味。

如果问去十八水游览的最佳时机，有游客朋友会告诉您：要在冬天时去，那里有皑皑白雪，冰挂梢枝；还有游客朋友会告诉您：要在夏天时去，那里惊瀑飞泉，最能消暑；生性浪漫的游客朋友会说：要与心爱的人一起去，共浴十八水的柔水清波、满山秀色。而经验老到的游客朋友会说：无论何时去，十八水无时不美。

诗仙李白曰：飞流直下三千尺。十八水瀑布白练飞空，九转十八弯，高度又何止三千尺！在深山中深藏了千万年的十八水瀑布也焕发了青春活力，它正奔流不息，唱着胜利和美好的欢歌，热忱期待着山外客人……

水上群岛，生态仙境

听说翡翠群岛湖很美，四面山林葱茏耸峙，中间是一碧湖水，在阳光下闪烁，似是大地的眼睛，又似是上天遗落人间的宝镜。我是在秋阳灿烂的中午去寻找翡翠群岛湖水利风景区的。

身后，一个个村寨煎蛋般铺散，偶有古树点缀在错落的民宅中间，也偶有狗吠鸡鸣声遥遥传来。一条哗哗流淌的溪随着路，跟着我的脚步绕，把一缕说不出的清凉注入我心间。转过一山，又出现一山；再转过一山，再出现一山。山仿佛在逗我玩，没有尽头，让我有点沮丧。

就在这时，翡翠群岛湖恰逢其时地出现了。那时候，一阵清爽的微风吹得林荫摆动，我就从青枝绿叶的空隙处，看到了一块又一块的幽蓝。那幽蓝，又被一个又一个浮在水上的长满植物的小岛隔开。幽蓝是眼睛，小岛是睫毛，那一闪一闪的羞涩啊，勾引得我瞬时就爱上了它。

翡翠群岛湖水利风景区位于贺州市信都镇联盟村，是一座国家中型水库，建成于 1966 年，集雨面积达 80 平方公里，库容 1600 万立方米。库区内的水面上散落着一座座绿色的山丘，状如小岛，这些小岛大的有 60 多亩，小的仅几十平方米。远眺小岛，它们就像一朵朵的梅花盛放在水面上，被誉为贺州的“千岛湖”。

景区绿意葱茏，湖面水波荡漾，水上群岛林立，如一幅动感又立体的画卷，以其独有的风貌向世人展示着自然、纯朴、原始的生态之美。

生物景观，山水画卷

景区的植被保护良好，属中亚热带常绿阔叶林、针阔混交季雨林、南亚热带常绿阔叶季雨林。这里碧水青山，风光秀丽，年均气温 18.2℃，相对湿度在 80% 以上，是动、植物休养生息的绿色家园。

景区内动物景观颇具特色，有竹鼠、水獭等兽类，有池鹭、白鹭、绿头鸭、鹧鸪、啄木鸟等鸟类，有鲩、鲢、鲤、鲫、鳝、桂花鱼等鱼类，还有虾、螺、蚌、鳖、蛙等鳞介类。白鹭飞翔于天空，百鸟栖息在树林，游鱼追逐在湖底，形成一幅天然的生态图画。

景区森林茂盛，森林覆盖率在 90% 以上，空气清新、气候宜人。植物品种繁多。青松、翠柏、楠木、香樟，四季常绿；楠竹、金竹、水竹、凤尾竹，一碧万顷。湖中景观独特，山水交融形成山中有水、水中有山的奇特美景，水面、水岸、群岛相互融合，俨然水岸森林。湖岸风景四季更迭，风光时时迷人：春季山花烂漫，夏日凝碧荡翠，金秋枫叶霜红，严冬青松映梅。座座岛屿，颗颗翡翠；茂林修竹，姿态万千；清风徐来，婆娑起舞，正是一幅美不胜收的山水画卷。

湖水很浩渺，群岛把自己的剪影珍藏在水里，一幅又一幅；湖水很幽深，流霞正在漂洗它们的艳丽，一朵又一朵。湖面有一只只飞掠的水鸟，那么自得其乐地行吟着诗文。

水文景观，动感歌谣

景区是天然的。一切司空见惯的生硬的人造景观，在这里完全不存在。湖岸是不规则的，接受着湖水的轻轻拍抚，朵朵野花尽情地盛开，享受这片仙境；水是没被惊扰过的，清澈得看得见一只游动的小虾的须。如果有一水鸟从湖面飞掠而过，那水波一圈圈荡开，渐远渐无，最终被一派寥廓的宁静彻底抹平。

景区山环水绕、蜿蜒曲折，壑沟纵横，座座孤岛静卧湖中。荡舟湖上，微风起时，碧涛拍岸，湖岸风光尽收眼底。真可谓人间仙境，世外桃源。

湖水轻柔、舒缓地从景区内悠悠荡漾；湖岸修竹掩映，绿树叠翠，游人或坐木船荡漾于湖面、或缓步穿行于林中，无不心旷神怡。看，林间白鹤翻飞，湖面野鸭出没，鱼虾嬉戏浅底……峰回水转，曲径通幽。途中，湿地、森林又别有洞天，引人入胜。溪水潺潺，清泉咚咚，翡翠群岛湖水利风景区是一首动感歌谣，令人如痴如醉，恍若置身仙境中。

想去和流霞一道，把自己漂洗得更加素净。想去陪水草在清澈的湖水里沉思。想到湖心最高的那座岛站一站，与一株挺拔的红枫并肩而立。想摇动一叶舴艋小舟，去摘取一朵晶亮的浪花或者一串水鸟清脆的啁啾……群岛湖让我生出了一千种愿望、一万种设想。

人文景观，历史诗篇

翡翠群岛湖的碧波涟漪，岁岁年年荡漾出两岸的秀美风光；翡翠群岛湖的涛声浪花，朝朝暮暮讲述着迷人的民俗风情。

景区内的民风民俗是那样悠久又淳朴。农历十月十六日“盘王节”是信都瑶族祭祀祖先盘瓠的重大节日，这一天，瑶族男女老少都要穿上节日盛装，聚集在一起唱歌、跳舞，欢度盘王节。他们唱《盘王歌》、跳长鼓舞，气氛热烈。

舞火猫是信都壮家在稻子收割后为防老鼠偷吃而举行的独特的祭祀仪式，求助猫神为壮家消灭鼠类、捍卫丰收果实。表演时，扮演“猫咪”的二十来个青年男女，身着颜色鲜艳、饰有层层流苏似花猫毛皮的衣裙，戴着用稻草辫子扎成的头箍和猫尾，并在稻草辫子上，插上根根“燃香”，每人的前额上方再缚上一张“大猫头”面具。众猫咪跳跃旋舞，以感谢猫神为民消灭鼠精，庆贺丰收成果不再被掠夺。

赛龙舟，是信都镇传统的民间活动，自乾隆年间流传至今。每年的五月初五下午五点到六点，信都街的群众都会到河堤接“龙船亲”，到了农历五月初六，信都及毗邻的仁义、铺门、灵峰等乡镇的群众，都会自发到江边举办民间龙舟竞赛活动，年复一年，从未间断。龙舟两旁画有鱼、虾、蟹等图案，船头装着龙头，船尾装着形似龙尾的木舵。划船时，船头击鼓，船尾掌舵，随着鼓声的节奏，水手大力划桨，你追我赶，场面尤为壮观。岁月沧桑，星移斗转，翡翠群岛湖以轻盈的身姿流淌在时空的长河。百里翠湖，波光潋滟，记忆了历史的轨迹，见证了节日的欢声笑语，汇聚成灿烂的民风民俗历史诗篇。

绿松白雾、云海霞光、红叶翠竹装点着景区的四季。松涛声、流水声伴随着万类霜天竞自由的鸟语花香，拥着春天的和风花红、夏天的绚丽云彩、秋天的红叶漫山、冬天的青松傲雪，让人心旷神怡的旭日东升之朦胧，使人如痴如醉的夕阳晚霞之绚烂，巧夺天工地展示着景区鬼斧神工的天然画卷，彰显山水灵气和人文创造之壮丽恢宏。或许，翡翠群岛湖是大自然最后一朵质朴而羞涩的笑靥。

在翡翠群岛湖，我梦幻般地重逢了大自然最优异的品格，最美好的景色。我想把翡翠群岛湖将进我的心里梦里，让它清凉所有的日子……

在生态里行走

引子：2016年10月19日上午，贺州市在北京举行的“世界长寿市”认证会上通过认证，正式成为“世界长寿市”。长寿密码，封藏在何处呢？

茶乡行走

生命是一场多彩的旅程。不断行走，为遇见心灵的纯粹，为寻访脱俗的作品。当我背着画夹走进贺州市昭平县，与清澈的梦境，有了期待已久的相遇。

千年老林像一张巨大的毯子，将昭平严密遮蔽。

五将，马江，仙回，北坨，走马……村村镇镇，茶垅层层，绕满山林。茶树在山峦上尽情铺展，似一幅轻盈的青纱。

千层翠波，万道绿线。

眼前的茶垅顺山绕动，最刚硬，也最柔软。这不是天下至美至真的线条吗？绿线从山脚到山顶、这山向那山，绵延无际。偶尔还有白雾飘散其上。我拿出画板，将条条绿线描入画中。

许多背着竹篓的茶农或随山路上下，或随茶垅横移。青翠茶园，映衬着他们种茶摘茶的背影，也陪伴着他们平和朴素的人生。

采茶人两手飞动，如小鸡啄米似的在修剪得平平整整的茶枝上啄个不停。一叶一芽，如一旗一枪，翠翠嫩嫩。

我问一个采茶的姑娘：“不可以用收割锯吗？一拉过去，像剪树叶似的，又快又好，不用这么辛苦。”

姑娘笑了：“锯子上的油渍会污染茶叶的。要手工采。”

“都是手工？”

“嗯。我们出产的是有机茶，施农家肥，不打药水，手工采制。”

“有虫怎么办？”

“看见没有？那就是杀虫的。那种树也是杀虫的。”

难怪茶园会有一个个灯杆，上面挂着灯。据姑娘说，傍晚开灯了，利用虫子的趋光特性将其诱杀。间种在茶里的树会发出特殊气味，可驱虫。

“可还是有虫，怎么办？”我问。

“剪掉啊。”姑娘往远处指。那边果然有一片剪得光秃秃的茶垅，只留下土黄色的枝梗。

阳光。嫩芽。

茶垅如龙。茶歌清澈。

昭平政府扶持发展有机茶种植，已成优势生态产业。姑娘采撷鲜绿，语声、笑声像在身边又仿佛在天际，时起时落。阳光是如此纯净，笑声是如此纯净，姑娘的心也是如此质朴纯净。纯净的天地承载着万千棵茶树，承载着深山绿林的碧翠嫩叶，清澈无污。

片片茶芽，摇动昭平的灵性，照亮森林的清静，也牵引甘醇的光阴。摒弃城市里的喧闹与浮躁，这千年不变的茶园是灵感的安放地。

阳光落在层层茶树，撒下细碎金砂。这蓝天白云下，这森林茶园里，早已是心灵的故乡。

茶园。茶树。茶人。茶芽。一一收进了我的画稿中。

鹭乡行走

追逐一个梦，需要用执着的脚步去丈量；建就一片景，到底要多少人参与接力？当我走进了鹭乡——钟山县清塘镇新龙村，我的画笔才有了飞翔的欲望。

钟山县以“抓环保，促发展、惠民生”的理念，加强生态环境保护，处处绿枝摇碧、树叶婆娑。同时，强化治污设施建设，以节能减排推进循环经济，促进低碳经济发展。天地万物，共享青山绿水。每年都有上万只白鹭回归钟山绿色家园“落户”，形成了“鹭乡”。那点点白影，或空中翱翔，或栖息树梢，或田野觅食，或牛背站立。

那舞动的翅，引动诗心与画情。

发展的岁月，扬鞭抽打城乡的年华，所到之处，许多原始的恬静早已面目全非。而这里的一草一木、一鸟一牛依然毫发无损，在静静地等待你我的到来。

在村边漫走，遇到一些肩扛长枪短炮的“色狼”，他们在镜头里痴迷地追踪白鹭，屏气凝神，按下快门的一瞬间，脸上浮起孩童般的笑容。我特别想问那个趴在草坡边一动不动的摄影者：您这样不累么？

繁华缤纷、百鸟回旋，将人带离了凡尘俗世，让人感受自然造化的妙不可言，以及苍天赋予它们的灵气。此时此刻，只要一只自在飞翔的白鹭，就能将游人的心伤治愈。而那只鹭鸟，却自在飞翔依然，浑然不觉自己的无量功德。我凝眸望向它，如在膜拜一座佛性庄严的菩萨。

终于相信：每一只动物都有情感，每一棵花木都有灵魂。而生态建设，正是为它们的情感筑巢、为它们的灵魂寻家。为它们的同时，也是在为我们自己。

在这儿，是它们的家，也是我们的家。原来，相依为命的感觉是这般美好！

放学了，一帮孩童走在村道上。一个调皮的孩子对着一只鹭鸟，作势猛追。鹭鸟扑棱着翅膀惊飞，孩童们哈哈大笑。鹭鸟还盘旋在半空呢，孩童们就消失在村居之间了。这，也是人类与它们的一种相处方式，谐乐天真。

我的画纸上，是点点白影，衬着层层青山。或在石边，或在树旁，甚至在烈日下，画了一张又一张。蓦然想起：我与那个趴在山坡上的摄影者，不正是一个样么？我没累，他肯定也不累。

画纸上的凝固，是另一形式的飞翔。

橙乡行走

风雨桥美，蝴蝶歌飞；瑶妹清纯，橙花芬芳。我来到了美丽的富川瑶族自治县。

乡乡镇镇弥漫着脐橙的清甜气息，让人莫名心动，这是诗一般的瑶家田园风光啊。天高云淡，蝴蝶飞过。

十月到来了，瑶乡成了脐橙的海洋。橙树像一朵朵天上落下的绿云，铺在了田野山冈，穿行其间，走不到尽头。脐橙金灿灿、沉甸甸，唱起了丰收的瑶歌。我的心，被橙香填满。

原来，放下心里的虚空，才会获得画作的充实。

太过专注穿行脐橙林，让我在富川福利镇迷路了。村道弯弯绕绕，把我绕入了神仙湖。

一脚踏进了神仙湖，似穿越时空走进了陶渊明的世外桃源，再也不愿走出，只想沉醉在这一片纯净的梦境中。小桥亭台、环湖步道、花海景区、古樟树园……我行走其中，也迷失在其中。这是农村？脑海中农村的破旧的常识冲击着我。

神仙湖是富川县的“生态乡村”建设示范区域，以带动更多的村屯推动生态乡村建设。

百岁老人在这儿随处可见。老人们在亭子里摇扇闲聊，湖水光影泛动。那个背倚着亭柱的老妇人感动了我，她面容慈祥，淡远又亲切。我不由想起远方家乡的母亲，她可还好？我拿出画夹，远远坐在老妇人的侧面，开始勾勒她的面容。

“画得真像！”几个老人围在我身边。

我画好最后一笔，双手递给了老妇人：“阿姨，我想把画送给您。”

她吃了一惊，看到画上的自己，又笑了，露出一排银色的假牙。

老阿姨收下了画，说什么也不放我走了，要我去喝她打的油茶。

老阿姨家是一栋小别墅，由政府、自筹结合，打造成农家乐的模式，为生态游的客人提供住宿、饮食服务。她拿出了铁锅，放上了泡软的茶叶，再放入姜、葱、蒜、花生……边煨火边捶打。一下一下，舒缓从容，如百年岁月悠远的歌。老阿姨讲土话，我听不懂，但这并不影响，微笑就是最好的语言。

我在一阵浓郁的香味中回过神来。茶香，蒜香，清香，甘香，香气缭绕满屋。老阿姨每捶一下，香气就厚一分、浓一分。我沐浴在香气中，神清气畅。

直到打成茶泥，就加入了水一起煮沸。用竹漏将渣滤去，油茶就成了，再放入炒米、油果子，老阿姨笑意盈盈，把一碗油茶递到我手里。

蜜黄色的油茶油光泛动，似佛光普照。喝一口油茶，芳香的秘密被打开。我一直在想，是什么东西抽去了我的烦恼与沉重，怎么就突然遍身轻松？一种从未有过的回甘，一遍遍润泽、安慰我的舌与喉，周身一片祥和与宁静。茶香让我想起阳光下的日子，泥土和森林。风吹过，很轻很轻。

油茶香就这样一直弥漫我的心灵经久不散，深入我的思想，盘踞在我的灵魂之上。而后，一次次落在画稿中。

来吧，在贺州行走，在生态里行走。然后，与春光一起不老，与山水一起长寿……

贺州印象

开篇

森林之城，长寿之乡，美丽的家乡贺州年轻又有活力，光彩照人。我喜欢用笔在贺州年轻的面容里找寻她迷人的风姿。我深信，她一定有传奇、有故事，更有诗情与画意。

我很乐意浸润在贺州的历史沧桑与广阔大地之中，当触抚历史的皱纹，感受着贺州曾经山一程、水一程的坎坷，领略着贺州花一季草一季的风情，这里面怎能没有真情故事？一座巍峨挺立的高山、一段清澈恬静的河流、一群群书写历史与未来的家乡人、一座陈旧古朴的老屋、甚至一棵龙钟老态的古树……这些都是岁月河流留下的珠贝，都是岁月无声却温情的印记。高山、河流、人群、新居旧屋，他们散布在家乡的各个角落，无声地诠释着历史，凝聚着文化。他们的身影，总是令人动容。他们的姿容，穿透了时空、穿透了历史，是一部无字的史诗，是一幅有声的画卷。

在贺州，处处都有绝美的人文景观，风吹过，如歌悠悠，令我深深动容，一再驻足。

是山呵护着贺州，是水滋润着贺州，坚贞又深情，慈爱又沉郁；是人建设着贺州，是居丰富着贺州，家乡的人在这片大地上演绎了动人故事。山、水、人、居一起唱和，风雨兼程。

蓝天白日，高山巍峨，贺江清清，百姓安居乐业。好一幅人与自然共处的和谐图画。

贺州的过往深邃遥远，贺州的姿颜常变常新。可我总是想用我的笔留下一段段贺州的悠远历史，留下一页页贺州的动人的人文诗篇。我深信，那山、那水、那人、那居，会在时光的流逝中，成诗、成画、成故事、成传奇。

找寻光影交错的生命感动。找寻贺州的真善美。找寻贺州最初的印象。

山：我是山的孩子

山。孤倨。挺兀。傲然耸立。卓尔不群。顶天立地站成永恒的映像。贺州的山，高岩峻骨，撑起家乡的青天大地，挽起家乡的日月河流。姑婆顶、天堂顶，雄视群山，睥睨天下，成为我心中最深的向往。雾气氤氲，云集东来。山啊山，我要诞生多少次，才能与你有一凝望的机缘？我今生的夙愿，就是找寻你最美的容颜，让你永驻我的心灵。

试看那褐色岩壁，还保持着沧海桑田、雷霆万钧的威严，还嶙峋着天地玄黄、鸿蒙创世的悲壮。山峰坚韧硬朗、铁骨铮铮，缕缕云雾散落，在峰顶之间留恋徘徊，与群山相依相偎，难舍难离。云雾清淡处，如一缕轻烟缥缈，似有似无；浓重处，若层层白纱升腾，跌宕开阖。峭壁上几棵老树，是一幅幅笔墨简约的写意国画。山风呼啸，摇撼老树，它们的根盘入岩缝，和花岗岩石一般颜色，一般坚贞。老树在千米高山，接苍穹白雾；站茫茫峰顶，俯芸芸苍生。山峰与云雾、峭壁与老树，赋成永世的恋歌。请告诉我，我该用怎样的视角，才能描述这样的忠诚？

古木问天，四季青葱；雾聚雾散，花开花落。这就是山的岁月。

极顶升旭日，远山送夕阳，在天与地之间写一首大气磅礴的诗篇。这就是山的凝重。

沐浴在大山温暖的目光中，我还是我，我也已经不再是我，我心中明明有了坚强刚韧的绵延群山，年年翠绿至永恒。

走进山的怀抱里，又是另一番细腻温柔的景致。原始森林。青松叠翠。绿树摇碧。如纱雾霭。花香暗袭。微风贴着满坡山草吹送，古树修长，将风切割，沙沙、沙沙，动听若天籁。光影细碎，树枝恣意伸展。我们在林中穿行，一路泉声相伴，若即若离如娇俏的恋人。泉声一曲，叮叮咚咚，迷失在清丽的波光里。灌木丛。蔓藤。苔藓。青草在阳光下泛出金色。一只白鸟翩然远去。鸟鸣高一声低一声，飘落在山谷。无数的花花草草，它们热烈绽放。亲爱的，我要用眼与心，记录下你倩美的影。山花啊山花，如果有天我逝去，请记得将我埋葬在你的身边，我要与你永永远远不分离。

听到了吗？林涛叠浪宛如交响乐，唤醒我们内心深处的激情，游荡于空谷，在山色的静默中沛然流泻，将我们有限的生命写得绵长又多姿。一次又一次，我的脚步在山中徘徊留恋。

巨大的山谷伸展宽广的手臂，把蓝天、白云、大地和我拥进怀里，无论时光如何流逝，却从来没有厌倦，没有离弃。即使走出了岁月，我永远也走不出山的目光，那样深邃，满含期望与叮咛。

我是山的孩子。

水：水若慈母

水是娇俏的精灵，日夜欢歌。水是慈悲的母亲，滋润万物。水是智慧的禅者，开悟世人。贺江、桂江，水波荡漾，一切都在清凉的光阴里摇动。我们从俗世里来，当我们的视线定格在水里，许多浑浊的念头也会随那黝亮的江水慢慢澄清。头顶上方，那是一片哗啦啦绽放白云青花的浩渺蓝天。

贺江、桂江水系在家乡的大地静静流淌，用清凉的歌声陪伴四季，让家乡人在每一个日子都不再孤独。江水滋润出丰收，浇灌出富裕，哺育出无数故事。贺江一桥大气凝重，二桥英姿飒爽。无数河流上的风雨桥、老石桥、铁索桥，在清波里倒映。水天一色，水是地上的天，天是地上的水。

家乡的水悄然润四方。汩汩的水声很柔和，让人心醉神迷，像音乐流经菜花地和稻苗田。清清水波里，有水草、河蚌、鱼虾、螺蛳，也许还有被淹没的历史、树木、渔家女孩的歌声。流动和浸润，这是水的两种节律。水声里催生了那么多飞扬的激情和思绪，水声里孕育了处处村落。天边挂着落日，河流闪着金光从我的眼前缓缓流过，孩子们光着身跳入水里，像一条条灵动的鱼，笑声飞落在水面，童年如水清纯。数条河流，一座城市，我的如此美丽的家乡。

水总能以它独特的波澜感染我们的生活，枕着清凉入梦，听着水声醒来，水在身边，水在心里。一条条河流像一根根长长的韧性十足的水草缠住我，让我一生阅读，让我一生痴迷。

上善若水。家乡的水没有具体的形状。汇聚时，它叫贺江叫桂江，水面宽阔，深不见底，托着远航的船，承载着乡亲们的梦想；分散时，它叫小凉河马尾河里松河大宁河黄洞河，漫进稻田与菜地，化成一片绿色的芬芳；再分散时，它叫仙姑瀑布五马归槽瀑布龙潭瀑布，甚至叫马尿爽瀑布，在山林里自唱自歌，自在奔流；又再分散时，它叫泉叫露叫珠，从石缝间渗出，从土地下涌出，从一片树叶上滴下。伸出舌头，这一滴泉这一滴露，就到了我们的嘴里或者到了动物的嘴里，或者到了植物的叶脉里。水滋养着家乡万物的生命，智慧又深情，胸襟博大如母亲。

温柔如水。家乡的水没有脾气。洗衣、洗菜、淘米，可以将污垢全洗进水里，水仍然沉默无言，为我们带走污秽的，又流来清净的，如此重复至永远。竹排、渔船、货船，可以行走在水里，水以柔情又坚定的姿势，将船只托起让它走向富裕。合面狮水电站、临江水电站以及大大小小的水电站，可以将水拦腰积蓄，水仍温顺不言，无怨无悔。家乡的水任乡亲如何折腾，都不生气发怒，都始终如一的深情无私。这不是母亲，又能是谁呢？

家乡的水是母亲，永远慈爱着她的孩儿。水波闪烁，是她万古情深的眸。

人：乡音至善，乡邻至亲

太阳照在家乡的大地，像温暖的吻，风中传来暗流般热烈的花香。日光西照，江水东流，原始森林莽莽无际，尽情延伸的山谷，充溢着辽远与深邃。这是我的家乡贺州。家乡有我的亲人，有我的朋友，还有那个我深爱的男孩。他爽朗的笑声，让空气里都是花香与幸福的味道。

这片土地，绕尽我今生的缕缕牵挂。

在过往的岁月中，我曾经为生计奔走流浪，疲惫的脚步在异乡他方苦苦坚持，只为追寻心中的那个梦想。昔我往矣，杨柳依依，今我来思，雨雪霏霏，迎接新年的鞭炮响得铺天盖地，当我归家的脚步一踏上这片土地，八步白话、客家话、本地话、桂林话、柳州话，声声乡音如潮水般向我涌来，将我幸福地淹没。熟悉的乡音，是世间最美的音乐，是世间最善良的语言。乡音如流水，一声声将游子的心洗得通透晶莹。

黄田路口。老汽车站。穗丰酒店路口。中心市场。灵峰广场。高楼与矮楼。人声与车声。我被嘈杂快乐地包围着，站在街边，没有人知道我的满足。在外人眼中的落后街道，都是我眼中的繁华，因为她的名字叫家乡。子从不嫌母丑。

莲塘圩。黄田圩。大宁圩。圩圩镇镇，乡里乡亲，洋溢着纯朴的笑容。水泥墩子，上面搁上木板，摆上货物，热闹的圩市买卖开始了。笋干、豆腐、青菜、红薯、马蹄……都经农家人的手种出来，带着乡野的清甜和淳朴，这是大都市看不到的风景。农家人与这片土地相融，让四季从此有声有色。请为他们写一首诗吧，写一写他们的纯朴；请为他们画一幅画吧，画一画他们的勤劳。

客家山歌高一句低一句，唱熟了禾稻；谣歌长一句短一句，唱黄了脐橙。水灵灵的瑶家女孩站在树下，树叶缝隙间漏下的阳光，跳跃在她的脸上。她提着篮，手里拿着剪子，将脐橙剪下，一只又一只。金灿灿的脐橙映着她红润润的脸，脸漾出笑意。时不时有蝴蝶歌从她的嘴中哼出。我迷失在瑶家女孩的笑眸里。

家乡是梦想的起飞之地。乡亲们在这一方舞台出任主角，演绎自己的传奇与故事。人人都是主演者，人人也都是观众。演者用生命演绎，全情投入；观者真诚欣赏，击节赞叹。

然而光阴逝如流水，我怕遗漏了细节，我怕来不及回味，我就苍老了。所以我要用笔记录乡亲们的笑，让他们与山水一起永恒。

居：凝固的浪漫

粉墙。花窗。砖雕。牌坊。围屋。福溪莲花池。秀水状元楼。贺街石板街。龙泉老井。黄姚古镇。这些旧居的古老元素，散落在家乡贺州的角角落落，浩浩天地间就有了风光的柔情与迷离。

它们曾经蕴含着怎样的浪漫？面对它们沧桑的面容，我要如何解读？

围屋的天井漏下光线，明月时至，清风徐来，形无所牵，心无所拘。花窗下，数盆植物自在生长，花瓣盈地，满园清奇。抬头望，青瓦切出一角蔚蓝色的天空。

福溪古屋前临莲花池。水中荷叶田田，绿叶荷花扑面拥来。莲花，在阳光里蓬勃生长，你一定会感到这个清风明朗的世界如此浩大与广阔，一种热情在心中浩荡奔涌，古屋与莲池结成了诗意的影子。究竟是怎样浪漫的先辈，才能构想出这梦幻的景致？一座座旧屋古居像在深闺的温娴静女独处一隅，无招摇之态却风情万种，成就了这清丽曼妙的立体的诗，有声的画，凝固的音乐。

黄姚。沙田。百年老屋的绵绵深情，像百年醇酿，像天地间无止流泻的阳光，像一首简单生动的歌谣。沙田镇的龙泉老井，几百年仍喷涌不息。我看见井边一个个女子，正在浣衣。她们的脸边，垂下黑亮的发丝，一边浣衣，一边晃动，随意又率真。

走在黄姚幽深绵长的青石板街，脚步一声一声回响如敲在梦里，梦尽处，依稀是丁香花般的姑娘只影伫立。木门半开，庭院静寂，这里曾有多少悲欢离合的故事上演呢？时间在这里浓缩成一段断墙残垣，一段苔藓蛛网，甚至一段香炉泥灰。风过处，前尘往事成流水，任我凝神叹息。

婉约、纯朴、宁静的家乡贺州，有世外桃源的韵致。如今，她的脚步在改革开放中款款行来，她的身影在西部大开发中显得迷人又秀美，她走进了繁华里，眼眸闪动着水灵灵的朝气。

新宁街、西约街、江南路、牛仔湾，沧桑又含蓄，是贺州的老居民区。在改革开放的春风里，这些旧楼都陆续翻新或重建，旧楼与新居错错落落，如同一幅笔力沉郁的画卷。

向阳路、日月街、建设路，是家乡盛装的模样，时尚又自信，高楼连成片，绵绵延伸，时不时透出绿化树的身影，在斑斓的色彩里涂上一抹绿。贺州大道、迎宾大道，街道宽阔街灯闪烁，家乡退去了青涩的颜色，笑容里满是自信妍美的风致。

夜色下，贺江两岸晚风吹送，灯火亮成一片，我的家乡睡着了，安宁又从容，这是最令我迷醉的姿颜。

清晨里，望向远处，铁路、高速公路、高铁贯穿原野。农村的红砖小楼掩映在稻田间、树阴间，或连绵成片，或散散落落，自成风格，自成景色。

更远处，山岭郁郁葱葱，山雾飘飘忽忽，瑶家的木楼在浓树密林中露出一角。瑶歌悠悠响起，如在耳畔，又如在天边。

家乡的脚步没有停止，她在大步向前。晨曦中，夕阳里，塔吊笔直的身躯，将发展奋进的壮志写在蔚蓝色的天空里。越来越年轻美丽的家乡是这样迷人，叫人怎么不喜欢？在她温暖的怀抱里，让我觉得活了一回还不够，多么想再活一回。

结语

山水永恒久远，人事新旧更迭。山水万古依然，人事一晃而过。山、水、人、居作为贺州的独特景致而使贺州灿然生色。

城市不断发展，人生不断向前，同时又落下很多东西，这过程常伴随着忧伤，也伴着快乐。无论忧伤与快乐，我都要做一个忠诚的记录者。

山水的情感并不复杂，甚至很单纯，它的清新弥漫在贺州的过去，也弥漫在贺州的未来。当城市的街灯次第亮起，浸入每一个贺州人的内心的，是喜乐交集的情绪。每一个城市，每一个生命都是一个故事；每一个城市，每一个生命都有不同的风景。家乡那山、那水、那人、那居，化作一股暖流涌上心头。

可以肯定的是，我是贺州人中极渺小的一个，多年后我淡泊的面容也会老去也会隐去，在这尘埃中。只有那山大爱依然，只有那水大爱依旧。一代又一代贺州人会在这山、这水的身边崛起，新旧更迭里，家乡贺州会越来越年轻，越来越美丽。

我以能在家乡温馨的怀抱里，真真实实地活了一回而深深自豪。

用心找寻、记录家乡的真与美，是我今生的夙愿。生命不息，找寻不止……

徜徉富川，行走云端

徜徉富川瑶族自治县，会发觉时光对这里的偏爱。逝如流水的光阴在富川停驻了脚步，那古村古寨、古桥古街、古井古庙……都是光阴留下的笑靥，永恒而恬静。刹那间，让人仿佛从今朝走向了远古、从有限走向了无限。

我们穿行在富川大地，与两千年前的潇贺古道时分时合。万年起落的古道夕阳，视我为一颗尘埃；千载荡涤的古道清风，把我的灵魂送至云端。

在福溪村、深坡村，静静地与光阴相对，淡漠了尘世里的一切尊贵荣华。我的灵魂获得了翅膀，高高飞扬。

福溪福兮——这是哪一个满腹诗书的先民取的名字？荡气回肠间有着幸福的祈盼。我顺着溪水的指引飞临福溪村，于古雅的风雨桥上，期待一场温柔的相遇；在沉稳的百柱庙前，忘却了烟火的人间。

所有的寻找，都是为了一份生命里的纯净。那些隐藏在绿色原野的古桥、轩窗、雕花门、檀柱，是岁月里明亮的星辰。

一湾清溪，绕过村中的古老民居。水中的水草丰茂，从千年前摇曳至今朝。屋后的棵棵龙鳞树，背负起数个世纪的厚重光阴。

把心灵交付给富川，在她的从容里，纵然渺小得如同一片绿叶、一株小草、一只蝼蚁，也能了悟人生、明心见性。借富川交给我的一双慧眼，从天空中望见了青烟古道上渺然的自己。

在这一片无言的温柔里，羁绊了我半生的虚名与浮利，瞬间挣脱。从前无法跨越的得失与成败，如今竟一掠而过。我是飞行在天空？还是飞行在自己的心境？我无从知晓，我只知晓我此刻身如轻燕，我只知晓我此刻行走云端。

要怎样辽阔的胸襟，才能装得下这众多的古村古寨、古桥古街、古井古庙？这是一份彩色的心情，凝固成流年的记忆，供无数后人景仰。

何处鞭炮、锣鼓齐鸣？每年正月初十至十五，富阳街炸龙的鞭炮响彻夜空。长龙舞动，从神楼出发，在火光里穿梭，向各条街道游走。神楼雅致中透出沧桑，若是家中添了新丁，就在神楼里挂一盏灯。生命之灯，璀璨闪亮。生生不息，代代相承。

飞行于天空俯视，我发现富川的内心是如此丰富。富江蜿蜒于其间，脐橙林生长于其上，神仙湖浮于其中……那些苍翠的樟树林，让我多次驻足；那些错落的古道，让我数回迷失。心上的潮湿与柔软，也在飞行中一点一点润开来。

我飞过青石板街，思忖着多少行人走过，将它磨得这样滑润；我的翅膀掠过沱溪的泉水，就接触到了宋朝的清凉；我的目光落在一块块进士、文魁、武官的功绩牌匾，就读懂了“耕读传家”的绵远……

那溪流古桥，那近村远舍，让人遗忘了曾经喧嚣浮躁的日子。我想在微风细雨的富川，守着这古村古寨，伴着金色的油菜花，过人间仙境的岁月。

富川——我找到了这片宁静出世的仙乡，真山真水，不染凡尘。我知道这仍是人间，但我更知道这是一片净土。

我不再飞行，我要降落。我要以一片花的形状降落，我要以一滴雨的形状降落，全身心融入富川。然后，我与富川，再也不分离……

登姑婆山顶

如果将方圆几千平方公里内的最高主峰踩在脚下，雄视群山，睥睨天下，是何种感觉？如果站在那个极目苍茫的峻者崇山之巅，清风过耳，岚气森然，呼喊一声，万岭回应，又会是何种感觉？

望向那个极顶，你会不会感到一个慈爱的声音在召唤：来吧，如果是强者！你会不会感到一种再也不能忍耐的挑战与嘲笑：来吧，光吹大牛有什么用？敢于登顶才是强者！

那个极顶，就是姑婆山顶，海拔 1734 米。远望去，它从群山之中悄然探出，孤傲独立，卓尔不群，披带着轻纱似的雾，永远望也望不真切，成为我多年深藏心中不甘不服的梦。

那一天，我和贺州市摄影家协会、登山探险协会的朋友们，将要会师那个极顶巅峰，会师那个天之近点，会师那个梦幻故乡。

早上 10：00，全体人员分成两拨，一拨从望高、一拨从姑婆山森林公园西面向峰顶进发。一路上，姑婆山真的没有亏待每一个来访者。罗汉瀑布的潺潺流泉，穿山过石，穿越了多少苔藓、岩层、树根，历经了怎样漫长的路途，才凝聚成清泉的模样，来到我们眼前我们手中。由此可知造物的艰辛和神奇。你不喝一口这甘洌澄澈的泉水么？请喝一口吧，这一捧泉，是宇宙轮回的密码，是姑婆山更是大自然高贵的馈赠。

路中那些叫也叫不出名的大树，老态苍劲，如仙风骨，身上披满了青苔和缠藤。它们在这里到底经历了多少风霜？它们会感到寂寞吗？无论尘世如何风云变幻，它们年年翠绿，忠贞而坚定，岁月的蹉跎苦楚不会在它身上留有痕迹。如果我们能有一点点它们的内蕴，世事在我们胸膛中将会是如何的云淡风轻啊！可树之深意，又有多少人体会了呢？

偶尔会有经霜成红的枫树，在万绿丛中透出，炫目而娴静，是那般的姿态美好，那般的气质高华。着一身彩衣，开尽生命中最美的颜色。

沿途中，至于那些小桥流水，曲径通幽，怪石峥嵘，深涧鸟鸣，野果闲花，是数也数不尽。悠然间，只能意会，妙处实在难与君说。

山路越来越陡峭。越接近顶峰，因日光的强烈照晒，高山气候，土壤肥力缺少，植物长势愈加矮小，随便一株手腕粗的树，没有百年以上长不成这个模样，愈发彰显出生命的坚韧和锐气。登上极顶前的五十米，山路几乎成直立的角度，往下一望，云浸雾绕，奇石凌厉，风吟细细，绿涛漫漫，哪里见底？

但就在这千尺绝壁之上，长满一株株杜鹃花，只有半人高，枝干错节横伸，风霜劲韧，倔强势显；根茎深扎石缝，纠结盘踞，老态赫然。触目所及，绵绵不尽，其面积之大何止万亩！试想在六七月的杜鹃花期间，满山的杜鹃尽放，会是何等的繁花如锦、色胜朝霞！

下午14：30，我们与望高方向登顶的队伍如约会师。姑婆山极顶上相机镁光闪烁，彩旗大舞，喊声成片。山登绝顶我为峰，在这绝顶之上，植物草木更加矮小，竹子和杜鹃花都只有膝盖高，而最高者，试问舍我之外其谁？

山有公母之分么？有。这个姑婆山峰顶就是雄性的，其性别之分明，一目了然。你如果见到它，就不会反对我这种说法。它泰然安坐，树少石多，巨石凌空抢势，雷霆万钧，凛凛之气，威仪八方，如君临天下，帝子出游。而旁边的山脉则万象朝向，驯服祥霭。满山秀色，翠绿可人，一派娇媚葱郁，一派宁静温柔，就如世间恋爱的男女，相依相偎，相亲相爱。原来山与山，也有这样的爱情传奇与盟誓啊，他们站成这种坚贞深情的姿势。根，相握在地下；肩，相拥在云间，任时间荏苒，千亿年不会改变。

峰顶上的巨石，粗粝沧桑，还嶙峋着创世之初的悲壮。姑婆山啊姑婆山，你没日没夜的站在这儿到底已有多久？你见惯了多少风霜？你送走多少过客？人类没有存在之时你已存在，即便是人类消亡之后你也不会消亡。今天，我们能将滚烫的手掌和面颊贴在你的冰凉石壁上，无论怎样讲，于我们都是一种莫大的荣幸。

下午 15：00，队伍开始从防火道下撤，姑婆山峰顶在渐行中渐远。归程中，我忍不住频频回首。

回首中，姑婆山仍旧巍峨之势，衬着白云飘绕，雾色远空。回首中，我只觉得阵阵惊叹与震撼：这哪里还是姑婆山？这不是佛祖如来么！这分明是一尊垂膝静坐的如来佛像：高起的峰顶是头，两旁延伸的山脉是手，而光滑如镜的千尺石壁，就是如来那容纳三千大千世界的胸膛了。这尊坐佛善眉慧目，法相庄严，慈悲含情，注视苍苍众生。

大自然长存的浩然之气，总是将人类的过错和微小包容，就如娇纵一个淘气的孩子，大自然才是人类的母亲。一时间，我只觉得无边的感动和感恩。

下午 17：30，回到山脚下已是暮色四合，我们随车踏上归途。在车中兴奋的人群里，我却一再地沉默，仿佛只有沉默才是对姑婆山那种回味的长久挽留。沉默中，我还是昨天的我，但我已不再是昨天的我了：我心中明明有刚韧不屈的姑婆山脉，那座屹然不动的姑婆山顶主峰，如巨神如大佛，守护着这一方土地，守护着子子孙孙的未来。